KB251832

악양루에 오르다 登岳陽樓

가까운 친구들에게서는 편지 한 통 없으되
늙고 병든 내게는 외로운 배 한 척 있을 뿐
관산의 북쪽에는 전쟁이 한창이니
난간에 기대어 눈물 흩뿌린다

親朋無一字, 老病有孤舟.
戎馬關山北, 憑軒涕泗流.

꼬
사

황규영 新무협 판타지소설

초판 2쇄 찍은 날 § 2004년 10월 19일
초판 2쇄 펴낸 날 § 2004년 10월 29일

지은이 § 황규영
펴낸이 § 서경석

편집장 § 문혜영
편집책임 § 유경화
편집 § 장상수 · 김민정 · 최하나
마케팅 § 정필 · 강양원 · 이선구 · 김규진 · 홍현경

펴낸곳 § 도서출판 청어람
등록번호 § 제1081-1-89호
등록일자 § 1999. 5. 31
어람번호 § 제2-0436호

주소 § 경기도 부천시 원미구 심곡1동 350-1 남성B/D 3F (우) 420-011
전화 § 032-656-4452 팩스 § 032-656-4453
E-mail § eoram99@chollian.net

ⓒ 황규영, 2004

ISBN 89-5831-262-9 04810
ISBN 89-5831-261-0 (SET)

※ 파본은 본사나 구입하신 서점에서 교환하여 드립니다.
※ 저자와 협의하여 인지를 붙이지 않습니다.

Fantastic Oriental Heroes

暴劍師

황규영 新무협 판타지 소설

표사

도서출판 청어람

무협소설을 좋아하는 수많은 분들이 그랬던 것처럼, 저도 만화가게 구석에서 그 책들을 읽으며 시간 가는 줄 몰랐던 시절이 있었습니다.

1995년에, 기존에 대세를 이루던 무협소설들과는 조금 다른, 제가 읽고 싶은 그런 무협소설을 쓰고 싶어졌습니다.

그동안 그렇게 많이 읽었는데, 어디 나도 한번 써보자는 생각을 하게 되었습니다.

처음에는 단편소설로 시작했습니다.

그 당시에는 PC통신이 있었습니다. 요새는 인터넷이 대세이지만 그 당시에는 PC통신이 대세였습니다.

1995년에, PC통신 하이텔의 무림동에 단편무협소설을 몇 번 올렸습니다. 읽으시는 분들의 반응을 보며 무척 기뻐했습니다. 자신이 생겼습니다.

1997년에, 바로 이 글인 장편무협소설 '표사'를 하이텔 무림동에 연재하기 시작했습니다.

단편은 몇 번 써봤으니, 이제는 장편을 한번 써보자는 욕심이었습니다.

그러나 그 욕심은 현실의 벽을 넘지 못했습니다. 표사는 불과 한 달 정도 연재된 후 중단되고 말았습니다.

지금도 마찬가지이지만 그 당시에도 저는 직장인이었습니다. 그것도 햇병아리 프로그래머였습니다. 매일매일이 야근의 연속인 생활에서 글을 쓰는 데 많은 시간을 투자할 수가 없었습니다. 어쩔 수 없이 연재를 중단하게 되었습니다.

바쁘게 살아가다 보니 마음은 점점 여유를 잃고, 한번 손을 뗀 글쓰기는 다시 시작하기 어려웠습니다.

그렇게 버려둔 글이었지만, 많지 않은 분량의 글이었지만, 그래도 아끼는 글이었고 언젠가는 다시 써보리라 다짐하는 글이었습니다. 그런데 그렇게 아끼던 제 글이 표절당하여 판타지소설로 출판되는 일을 당했습니다. 화가 났습니다.

그러나 글을 다시 시작하는 것은 쉽지 않았습니다. 마음은 가는데 선뜻 손이 가지 않았습니다.

2004년 여름이 되어서, 어느 날 문득 글이 다시 쓰고 싶어졌습니다. 옛날에 쓰던 이야기의 끝맺음을 하고 싶어졌습니다.

남는 시간을 조각 내고 아껴서 다시 글을 쓰기 시작했습니다.

저는 오래전부터 가지고 있던 욕심이 있습니다. 언젠가는 내 책이 커다란 서점에 꽂혀 있는 것을 한번 봐야지. 그 책장 앞에 서서 바지 주머니에 손을 넣고 흐뭇하게 쳐다봐야지. 그리고 그냥 걸어나와야지. 내가 지나다니는 전철역의 구내서점 책장 구석에 내 책이 꽂혀 있는 모습을 봐야지. 어느 날 그 책이 없어지면 누군가 사 간 사람이 있을 거라고 생각해야지.

그 욕심 때문에 책을 내게 되었습니다.

최근에 글을 다시 쓰면서 알게 된 것이 있습니다.
글을 쓰는 것은, 제 평생의 취미입니다.

2004년 가을

황규영

목차

鏢師

第一章

　　사내가 십 년 만에 돌아온 집이었다. 그의 아버지는 병든 몸으로 혼자 살고 있었다. 과거 그가 집을 떠났을 때 그들 부자가 집안 식구의 전부였다. 그렇게 생각하면 그의 아버지가 혼자인 것이 당연하기도 했지만, 그는 자신이 없는 동안 식구가 늘었으리라고 생각했다. 그는 아버지가 새살림을 차렸으리라 예상했다. 그렇게 확신했다. 그의 부친이 마음에 두고 있는 여인이 있었지만, 그를 의식해 행동에 옮기지 않는다고 생각했기 때문이었다. 그리고 그것이 그가 집을 떠난 이유들 중 가장 큰 것이었다. 돌아오면서 동생이라도 있지 않을까 하는 기대를 하기도 했다. 오늘에야 그는 그때의 그 생각이 잘못이었다는 것을 알았다.

　　조금 늦게 알았다.

　　그의 아버지는 오십의 나이였다. 비록 고수급은 아니었지만, 그 나이의 일반 무사들과 비교해서 제법 강한 무공을 익히고 있었다. 그리고 삶에 치여서 몸을 학대하며 가난하게 사는 사람이 아닌, 직업과 관련해서 무공을 익히고 몸을 단련하는 사람이었다. 그런 사람의 나이가 오십이라고 하면 무공이 절정에 다다르고 한창 힘을 쓸 시기였다. 그렇게 예상했다. 그런데 현실은 그의 예상과는 조금 틀렸다.

그가 떠난 후 그에 대한 걱정으로 정기를 소모한 그의 아버지는 이제 죽어가고 있었다. 망가질 대로 망가진 정신으로는 일 년 전의 표물 수송에서 입었던 상처를 추스를 수가 없었다. 악화될 대로 악화된 몸은 이제 생명력이 거의 다해, 천하명의가 오거나 소림사의 대환단을 사용한다고 해도 살릴 수 없는 지경이 되었다. 그는 그것을, 남은 생명력이 없음을 그의 아버지의 몸을 만져 보자마자 알 수 있었다. 그의 능력으로는 이제 할 수 있는 일이 없었다. 그의 눈빛이 흐려졌다.

"아버지, 제가 너무 늦게 왔습니다."

그는 작게 말했다.

십 년 전의 결정이 잘못되었던 것임을 너무 늦게 알았다. 그의 손을 부친이 살며시 잡았다. 뼈만 남고 거칠게 변한 손이었다.

"잘 다녀왔느냐."

그의 아버지의 눈에도 눈물이 글썽거렸다. 민택은 가슴이 찢어졌다. 지난 세월 동안 집에 연락조차 하지 않았던 자신의 결정이 후회되었다. 그때는 그게 최선이라고 생각했었다.

안쓰럽게 그를 쳐다보던 그의 아버지가 힘겹게 말했다.

"민택아. 내가 죽거든 너는 칠성표국에서 일하도록 해라. 중도에 그만두지 말고 몸이 허락하는 동안 계속 표국에서 일해라. 나의 마지막 소원이다. 그렇게 할 수 있겠니?"

민택은 싫다고 할 수 없었다. 아버지가 이리된 것은 그의 책임이라는 자책감에 몸서리를 치는 중이었다. 부친의 마지막 소원이었다. 그가 표사를 하지 말아야 하는 이유 따위도 없었다. 그는, 십 년 전에도 그랬지만 그의 아버지를 사랑했다.

"예."

민택의 아버지는 그 말 한마디에 마음이 놓였다. 그가 기억하고 있는 그의 아들은, 아버지의 입장에서 좋게 보더라도 분명히 사고나 치고 다니는 망나니였다. 자신의 옆에 있을 때도, 앞에서 다그치면 듣는 듯하다가도, 뒤로는 다시 사고를 치기 일쑤였다. 그런 놈이 사라진 후에 어디서 칼이라도 맞고 죽지 않았을까 걱정하느라고 십 년을 보냈다. 아들의 얼굴에 나 있는 칼자국으로 보아 그의 걱정대로의 인생을 산 것 같았다. 그동안의 생활도 짐작이 되었다. 하지만 그래도 살아 돌아왔다. 그리고 집을 나서기 전에도 칼 솜씨는 제법 되었으니 이제 표국에 들어간다면, 그리고 쫓겨나지 않을 만큼이라도 노력해서 산다면 평생 먹고살 일은 걱정이 없었다. 칼날 위를 걷는 표국의 특성상, 어느 정도 문제를 일으키더라도 용납이 될 거라고 믿었다. 그리고 칠성표국은 그리 위험한 일을 하는 표국이 아니었다.

아들이 돌아오면 표사로 써준다는 것은 이미 국주와 총표두에게서 확답을 받아놓은 상태였다. 그 약속은 십 년 전부터 지금까지 기회가 있을 때마다 다짐을 받아두었다. 약속에 무게를 싣기 위해 표국을 위해서 열심히 일했다. 총표두도 아들을 각별히 생각했었다. 게다가 아들이 문제는 많은 놈이었지만 자신에 대한 마음 하나는 제법 진실했었다. 그런 아들이 자신의 유언을 어기고 중도에 표사 일을 그만두지는 않을 거라고 믿을 수 있었다. 그래서 그는 죽어가는 순간이었지만 십 년 만에 처음으로 편안한 마음이 되었다.

마음의 번뇌가 사라지자, 이미 한계를 넘기면서까지 억지로 버티고 있던 육체와의 끈이 끊어졌다. 그는 아무런 걱정 없이 죽었다. 칠성표국의 표사 생활 삼십 년, 대표두의 자리까지 올라갔던 그의 마지막이었다. 향년 50세.

민택은 너무 늦게 돌아왔다. 너무 늦게 알았다. 아무것도 돌릴 수 없었다.

표국에서 그를 맞아준 사람은 그의 아버지의 절친한 친구였던 안상진 대표두였다. 과거 그가 떠나기 전에 안 대표두는 그에게 몇 초식의 실전적인 무공을 가르쳐 주기도 했었다. 그런 안 대표두인지라 그를 처음 봤을 때 무척이나 반가워했었다. 그는 친구의 아들이었다. 그리고 민택은 아버지의 친한 친구에게 버릇없게 굴지 않았었다.

표국은 예전과 마찬가지로 조그마했다. 그리고 상황 또한 그때와 별반 다르지 않았다. 무공을 정진할 생각이라고는 눈곱만큼도 없지만 표국이 돈을 벌어다 주기 때문에 물려받았고, 그래서 국주 자리를 꿰차고 있는 국주. 전대 국주에게 생명의 구함을 받고, 그 은혜를 갚는다며 표국에 들어온 지 이십 년이 지난 총표두.

총표두는 표국 사람들 중 유일하게 무림명을 가지고 있는 사람이었다. 일수삼검 강대영. 한 번 검을 떨치면 상대의 몸에 세 개의 칼자국을 남긴다는 쾌검의 달인이었다. 이런 조그마한 표국에 그 정도의 고수가 있다는 것은 흔한 일은 아니었다. 그리고 그 밑에 있는 세 명의 대표두. 안상진을 제외한 나머지 둘 역시 과거부터 알던 사람들이었지만, 이들은 아버지와 친한 친구가 아니었다.

그리고 서른 명 정도의 표사가 있었다. 삼십 명의 표사, 세 명의 대표두, 한 명의 고수 총표두, 국주 별도라고 하는 표국의 규모는, 동시에 세 개의 평범한 표물을 맡을 수 있을 정도였다.

칠성표국은 작은 규모였다. 표국 중 가장 큰 중원표국의 경우, 잘 훈련된 천여 명의 표사를 거느리고 있었고, 총표두 강대영과 동급의 고수들이 대표두를 하고 있었다. 그런 곳과 비교하면 중원표국의 일개 지국만도 못한 규모였다.

"결국 여기로 돌아왔군."

이곳에서 새로 시작할 필요는 없었다. 그동안 벌어놓은 돈도 있고 더 많이 벌 능력도 있었다. 하지만 돈을 더 벌거나 명성을 떨치고 싶은 욕심은 없었다. 굳이 생계를 위해 표사 일을 할 필요는 없었다. 그러나 그는 그가 이룬 모든 것을 버리고 고향으로 돌아왔다. 은거하여 그의 유일한 가족인 아버지와 살기 위해서 돌아왔다.

하지만 십 년 전에 그렇게 건강하던 아버지가 자신 때문에 그 오랜 세월 동안 마음 고생만 하다가 죽었다. 그것은 그의 마음 깊은 곳에 남은 상처였다. 아버지의 마지막 소원을 무시할 순 없었다. 그리고 별반 어려운 일도 아니었다. 어차피 그는 은거를 하고자 했다. 달리 생각하면, 그를 고향으로 돌아오게 만든 번뇌를 잊어버리는 방법으로 이것이 가장 좋은 선택일지도 몰랐다.

그때, 상진이 그의 정신을 깨웠다.

"하필 지금은 총표두님과 국주가 자리를 비우셨어. 어차피 허락은 받아놨던 상태니까 일단 나와 함께 다른 표사들을 만나러 가자. 그동안 사람들이 많이 교체됐다."

"예, 대표두님."

그의 말을 들은 상진은 너털웃음을 터뜨렸다.

"십 년 전에는 네가 나를 안 아저씨라고 부르더니, 이제는 대표두라고 하는구나. 왜? 서먹해서냐?"

"아닙니다. 이곳은 표국. 공적인 자리에서는 지켜야 하는 법도가 있습니다."

상진은 고개를 갸웃거렸다.

"너, 그동안 어딘가 제대로 된 단체에라도 소속되어 있었나 보구나. 그동안 도대체 무슨 일을 한 거냐?"

민택은 쓰게 웃었다. 그런 그를 보던 상진이 손을 내저었다.

"좋아. 언젠가 술이라도 한잔하면서 듣지. 가자."

작은 표국이라 표사들이 지내는 곳도 넓지는 않았다. 표사들 중 상당수는 가족과 집이 있었기 때문에 표행을 나가지 않을 때는 집에서 출퇴근을 했다. 따라서 표국에 상주하는 표사들은 많지 않았고, 그런 이유로 넓은 곳이 필요하지도 않았다.

표사들을 위한 건물은 건물 전체가 하나의 큰 방으로 되어 있었고 바닥은 나무판자로 덮여 있었다. 줄맞춰서 늘어선 여러 개의 침상에는 몇 명의 사람들이 뒹굴고 있었다. 이곳은 대기 순번인 사람들이 쉴 때도 이용하고, 가족이 없으면서 주거 비용을 아껴보려는 사람들이 아예 눌러 살기도 했다. 표국에서 살면 돈을 내지 않아도 공짜로 밥을 먹을 수 있었다. 식사 시간에 근무자들 틈에 끼어서 그릇을 내밀 때, 그걸 박정하게 거절할 만큼 매정한 곳이 아니었다. 아예 그런 사람들을 생각해서 밥을 조금 더 지었다. 때문에 모아놓은 재산이 없는 총각들은 표국이 자신의 집이나 다름없었다.

대충 뒹굴던 몇 명은 상진이 들어서자 모두 침상에서 내려왔다. 표국 세 번째—최근까지는 네 번째—서열이 들어오는데 누워 있을 수는 없었다. 민택은 그들을 둘러보았지만 그가 아는 사람은 보이지 않았다. 상진이 그들을 보고 민택을 가리키며 말했다.

"이 친구는 오늘부터 우리 표국에 새로 들어온 표사다. 아니아니, 새로 들어온 게 아니지. 십 년 전에 우리 표국의 표사였는데 그동안 표국을 떠나 있다가 이제야 돌아왔다. 한 대표두의 아들이다. 나이가 올해 서른이던가? 하여간 잘 지내기 바란다."

그는 민택을 돌아보았다.

"뭐, 새삼스럽게 설명해야 할 일은 없겠지? 네가 떠난 이후로 변한 건 별로 없으니까. 난 일이 좀 있어서 이만 가봐야 돼. 표국 내에 남아 있는 대표두가 지금 나 하나뿐이라서 해야 할 일이 좀 많아야지. 나중에 보자고."

"살펴 가십시오."

상진이 방을 나가자, 그에게로 표사들이 모여들었다. 신입이란 언제나 관심의 대상이다. 비록 중고품 신입이고 생각하기에 따라선 고참이긴 하지만 따분한 일상에 변화가 생겼다. 게다가 한 대표두님의 아들이란다. 그것 하나면 충분히 거슬렸다.

모여든 사람들 중 한 표사가 말했다.

"너, 한 대표두님의 아들이라고? 너 때문에 대표두님이 마음 고생하시던 게 생각나는군. 씨발, 십 년 동안이나 대표두님한테 연락도 못할 만큼 바빴냐?'

얼굴에 구레나룻이 가득하고 온몸이 근육으로 뭉쳐진 장신의 사내였다. 민택은 주위를 둘러보았다. 어느 하나 그에게 좋은 인상을 가지고 있는 사람은 없었다.

'아버지를 따르던 사람들이었군.'

그들이 화를 낸다고 해도 할 말이 없었다. 그 자신도 스스로에게 화를 내는 문제였다.

그가 대답이 없자 기세가 오른 사내는 얼굴을 바짝 들이대고 말했다.

"십 년 동안 떠돌다가 할 짓이 없으니 집으로 기어들어 왔구만. 마음 같아서는 당장 너에게 이 주먹으로 훈계를 하고 싶지만."

갑자기 그는 가래침을 끌어올려 바닥에 뱉어내었다.

"돌아가신 대표두님을 생각해서 참는다. 그분이 돌아가신 건 결국 너 때문인데, 널 패면 대표두님이 저승에서나마 슬퍼하실까 봐 관둔다. 너 같은 씨발놈도 표사라니, 씨발. 개나 소나 다 표사네."

그리고는 콧방귀를 뀌며 자신의 자리로 돌아가서 드러누웠다. 다른 사람들도 그가 물러가자 각자의 자리로 돌아갔다. 그들도 덩달아 한마디 욕을 해주기에는 민택의 체구나 상처있는 얼굴이 부담스러웠다. 그러나 주먹을 쓰진 않았지만, 구레나룻의 말은 민택을 충분히 아프게 했다.

"당신의 이름을 알 수 있을까?"

구레나룻이 자리에서 벌떡 일어서며 반겼다.

"장석민이다. 왜? 기분 나쁘냐?"

민택은 미소를 지었다.

"아니, 어느 자리가 비었는지 물어보고 싶어서."

석민은 그를 노려보았다. 꼬리를 마는데 팰 수는 없었다.

"여기는 자기 자리가 없다. 먼저 눕는 씨발놈이 임자야."

“고맙소.”

그 고맙다는 말은 꽤나 진심으로 들렸다. 석민도 마음에서 우러나오는 소리를 알아들을 눈치는 있었다. 그래서 의아해졌다.

“고맙다고? 뭐가? 너를 훈계하지 않아서?”

민택은 그저 미소를 지을 뿐이었다. 그로서는 자신의 아버지를 이렇게까지 생각해 주는 사내가 너무나도 고마웠다.

‘아버지는 인심을 얻고 사셨군요. 마음에 드는 곳입니다, 정말로.’

칠성표국은 크지 않은 규모였다. 칠성표국을 지탱하는 가장 큰 힘은 일수삼검 강대영의 명성이었다. 그의 실력과 명성은 소규모의 산적 나부랭이들이 감히 도전할 수 없는 수준이었다. 그 사실이 칠성표국에 끼치는 영향은 막대했다.

표국 자체가 작다 보니 운송하는 표물 자체도 그리 고가품이 아니었다. 그들처럼 작은 표국은 대규모의 녹림 조직이 본격적으로 노릴 만한 대량의 금은보화나 고가의 비단 등은 맡지 않았다. 그런 것을 잘못 받아 큰 규모의 도적단의 표적이 되면 표국이 문을 닫을 수도 있었다. 세상에는 감당할 수 없는 수준의 표물을 무리해서 맡았다가 망하는 소규모의 표국들도 꽤 많았다.

또한 쉬운 표적을 골라 털어먹고 사는 산동 지방의 소규모 도적들은 칠성표국의 깃발을 보면 대부분 표물을 터는 것을 포기했다. 칠성표국의 물건을 털려면 강대영에 의한 보복을 감수해야 했다. 먹고살기 힘들어 차린 작은 산채 수준으로는 강대영과 칠성표국의 표사들이 몰려오면 감당할 수 없었다. 그렇게 주제를 모르고 감당할 수 없는 먹잇감을 노리다가 토벌당한 산적들 역시 꽤 많았다.

산적들이 알아야 할 가장 중요한 것은, 현재 노리고 있는 표적이 자신들이 감당할 수 있는 표국이냐 아니냐 하는 것에 대한 정보였다. 결국, 칠성표국이 적과 만날 때는 부랑자 몇 명으로 구성된 얼치기 산적들이 멋모르고 덤빌 때가 대부분이었고, 커다란 산적단과 아주 우연히 재수없게 부딪치는 경우가 드물게 있었다. 후자의 경우는 일 년 전에 민택의 아버지가 큰 부상을 입었던 때가 마지막이었다.

총표두의 무공에 의지한다는 사실 때문에 칠성표국은 그 규모를 더 이상 키울 수 없었고, 장거리 표행도 나갈 수 없었다. 규모를 키우기 위해서는 더 큰 표물을 맡고 더 먼 표행을 나가 수입을 늘려야 했다. 그러나 그렇게 해서는 총표두의 이름 값으로 통하지 않는 상대를 만나게 될 수 있었다.

지금 민택이 십 년 만에 다시 표행을 나섰지만 아직까지는 아무런 문제가 없었다. 대표두 한 명과 표사 아홉, 그리고 표물을 맡긴 쪽에서 보낸 수레 세 개와 마부 세 명이 인원의 전부였다.

"그때 만난 산적들이 바로 녹림맹의 산채 소속이었지. 녹림맹 산동지부였다더군. 그곳의 부채주가 삼십 명쯤 되는 산적들을 데리고 가는 길에 네 부친과 마주친 거야. 그놈들, 어디서 이미 한탕 해 가지고 돌아가던 중이었다는데 우리를 보니까 입가심으로 처리하고 싶었나 봐."

상진이 열심히 옛날이야기를 하고 있었다.

"상대가 되지 않았을 텐데 어째서 표물을 포기하고 물러서지 않으셨던 겁니까?"

"원래 본격적으로 싸웠다면 몰살을 당하는 것은 당연한 결과였겠지. 하지만 우리 표사들은 총표두께서 직접 훈련시킨 사람들이라 그리 녹록하지 않잖아? 아마 그 산적 몇 놈은 함께 저승으로 데리고 갔을 거

야. 놈들도 그걸 알았겠지. 산동에서 활동하는 산적이 산동의 표국에
대해서 모른다는 건 말이 안 되니까. 그래서인지 표물을 내놓으라고
호통만 쳤다고 하더군. 그때 그 친구가 제의를 한 거야. 대장끼리 일
대 일로 겨뤄서 이기면 조용히 보내달라고 말이야."

상진은 수레에 앉아서 담뱃대를 한 번 더 빨았다.

"그자의 이름을 아십니까?"

민택의 말에 상진은 눈살을 찌푸렸다.

"복수는 꿈도 꾸지 마. 그는 고수야. 산동패도 상우라면, 거의 총표
두에 가까운 실력이라고 알려져 있어. 하여간 그 친구는 표국의 신용
때문에라도 물건을 그대로 넘겨주기 싫었을 거야. 크흠, 그 친구, 표국
에 꽤나 공을 들였거든. 뭐, 그래서 싸움을 걸었겠지만 그래 봤자 이길
리 만무했지. 그 친구가 아무리 우리 대표두들 중에서 가장 강했다고
해도 무림명조차 없는 실력이었으니까. 상대는 고수고. 그래도 잘 싸
웠다고 하더군. 가슴에 칼을 맞을 때까지 스무 합 정도는 대등하게 싸
웠다고 했으니까 말야. 그리고 그때는 그 상처가 그렇게까지 대단하지
는 않았는데 조리를 잘못해서인지 이후에 도져 버렸지."

'녹림맹 산동 지부와 산동패도 상우……'

민택은 조용히 그 이름을 외워두었다.

"오늘부터 사흘 동안만 휴가를 주십시오."

총표두 강대영은 어이없다는 표정으로 그를 쳐다보았다.

"한.민.택. 십 년 만에 돌아와서 겨우 보름 일하고 휴가를 달라고?
그것도 사흘이나? 네 녀석은 우리 표국이 무슨 중원표국처럼 표사가
천 명쯤 되는 곳인 줄 아는 거냐? 표사 하나 빠져도 표도 안 나는 그런

곳인 줄 알아?"

십여 년 전에 그는 민택이 무공에 자질이 상당히 뛰어나다는 걸 알았다. 개망나니라고는 하지만, 민택은 자기 아버지의 직속상관인 그에게는 꽤나 고분고분했다. 은근히 자신의 제자로 삼으려는 욕심도 가지고 있었고, 실제로 자신의 무공의 상당 부분을 전수해 주기도 했었다. 하지만 정작 제자로 삼겠다는 말을 그에게 하기 전날, 민택은 집을 나가서 돌아오지 않았다.

나름대로 정을 쏟았던지라 그가 처음에 느낀 실망감은 이루 말할 수 없을 만큼 컸다. 그는 자신의 제자가 청출어람해서 자신의 경지를 넘어서고 강호에 이름을 떨치기를 바랐다. 그러나 민택이 떠난 후에는 도대체 그 정도의 자질을 가진 사람을 찾을 수가 없었다. 드물게 엇비슷한 사람이 보이기는 했지만 그들은 이미 다른 고수나 명문정파의 제자였다. 민택에 의해 눈이 높아져 버린 그는, 도저히 자질이 부족한 사람을 제자로 삼고 싶지가 않았다.

그가 고수 소리 듣는 실력을 가지고서 표국을 떠나지 않은 데는 두 가지 이유가 있었는데, 첫째가 많은 돈을 받고 있기 때문이었다. 이곳에서 그의 비중은 너무도 커서, 설사 중원표국에서 대표두를 하더라도 받을 수 없을 만큼 많은 돈을 받고 있었다. 그는 이십 년 전의 구명지은이라면 벌써 예전에 갚았다고 생각하고 있었다. 두 번째는, 칠성표국에 너무 오래 몸을 담았고, 또 표국의 모든 것을 관리한 시간이 너무 길어서, 이제 칠성표국은 그의 생활 자체였고 그는 이 표국을 자식처럼 아끼고 있었다. 그가 표국에서 받는 돈도 일반 표사들처럼 몇 냥이라고 정해진 것이 아니라 표국 전체 순이익의 삼분의 일로 되어 있었다. 물론 나머지 삼분의 이는 국주의 몫이었다.

무림에서 실력이 있다고 꼭 돈이 생기거나 안정된 생활을 할 수 있는 것은 아니었다. 자신이 새로운 문파를 세우거나 하는 것은 절정고수들이나 꿈꾸는 것이지, 그처럼 단지 일류고수일 뿐인 사람이 할 수 있는 일은 아니었다. 그래서 그는 민택에 대한 실망감이 더 컸다. 자신의 제자가 자신 이상의 능력을 발휘해서 출중한 고수가 된다면 혹시 일파를 세울 수 있을지도 몰랐기 때문이었다.

이제 나이가 서른이나 되어서 돌아온 그에게 무공을 새로 가르치기에는 조금 늦어 보였다. 새록새록 되살아나는 기억 속의 서운한 감정과 이젠 늦었다는 안타까움에 그는 민택이 돌아왔다는 말을 듣고서도 한 번 만나보지도 않았었다. 물론, 그것은 민택이 그를 따로 찾아와서 인사를 하지 않았다는 점이 서운해서이기도 했다. 그런데 마침내 찾아온 그를 보니 저절로 기대하는 마음이 생기는 것을 느꼈다.

민택의 얼굴에 칼자국도 하나 있는 것으로 보아 지난 십 년 동안 싸움과 관련된 일을 한 것 같았다. 어차피 정상적인 밥벌이를 할 놈은 아니라고는 생각하고 있었다.

그동안 무공에서 손을 뗀 것도 아닌 것 같았다. 자세가 안정되어 있고 기세가 튼실한 것이, 그동안 어느 정도는 수련을 한 듯했다. 무공을 수련했다면 당연히 자신이 가르친 내공과 검술뿐이었다. 자신을 일류로 만들어준 무공이었다. 다른 데서 그것보다 나은 것을 배울 수 있을 리가 없었다. 일류가 될 수 있는 무공이란 시장에서 돈 주고 살 수 있는 게 아니었다. 물론 검술의 오의와 정말 치명적인 비장의 수법들까지는 전수하지 못했으니 실력에 한계는 있으리라고 보았다. 그래도 내공의 핵심은 전수했으니 그나마 다행이라고 생각했다.

원래 익숙해져 있는 무공의 좀 더 높은 경지를 가르친다면 그건 새로 배우는 것보다는 훨씬 쉬울 게 분명했다. 게다가 자질이 원래 꽤 괜찮았으니 앞으로 잘 가르치면 십 년 정도 후에는 지금의 자신 정도의 고수로 성장시킬 수 있으리라 생각했다. 차라리 그게 자신만 못한 사람을 백 년을 가르치는 것보다 나았다. 그는 무공을 열다섯 살 때부터 수련했으니 그와 비슷한 수준의 자질과 끈기를 가진 사람을 가르쳐도 삼십오 년은 지나야 지금 그의 수준을 만들 수 있었다. 그렇게 생각하니 지금이라도 돌아온 민택이 꽤나 반가웠는데, 머리 한 번 꾸벅이고 한 말이 '좀 놀겠다' 는 것이었다. 처음에는 황당할 수밖에 없었다. 그리고 곧바로 화가 치밀어 올랐다.

"사흘 동안 휴가를 준다. 대신 임금은 엿새치를 깎는다. 그리고 휴가를 갔다 온 뒤 엿새 동안 너는 표국 내에서 대기를 해야 한다. 이건 갑작스런 휴가를 요청한 너로 인해 표국 운영이 피해를 입기 때문이다. 어떠냐? 이래도 휴가가 필요하냐?"

휴가를 주기 싫어서 댄 핑계였다. 그 말을 듣고 민택이 그에게 고개를 꾸벅 숙였다.

"감사합니다, 총표두님. 오늘부터 사흘 동안 표국 일을 쉬겠습니다."

대영은 어이가 없었다. 한 대표두가 모았던 재산은 모두 그의 병을 치료하는 데 들어갔기 때문에 민택에게 물려진 유산이라고는 자그마한 집 한 채뿐이었다. 외지에서 떠돌다 고향으로 돌아온 놈이 따로 재산이 있을 리가 없었다. 그런 그가 임금을 엿새치나 깎이고, 또 그만큼의 시간 동안 집에도 가지 못하고 표국 내에서 일해야 한다는 데도 휴가를 가겠다는 데에는 놀라지 않을 수 없었다. 그는 민택을 제자로 만들려는 데에 제법 미련이 남아 있었기 때문에 걱정이 되어서 고함을 쳤다.

"이 바보 같은 자식아, 너는 엿새 동안 대기하라는 말이 그 기간 동안 표국 내에서 뒹굴라는 건 줄 아는 거냐? 내가 대기하라고 하는 것은 하루의 삼분의 일은 보초를 서고, 삼분의 일은 무공을 수련하고, 남는 삼분의 일 동안만 씻고, 먹고 자라는 뜻이다. 보통 표국 내에 대기는 아무리 길어도 사흘을 넘기지 않는다. 그걸 알기나 하고 좋다고 하는 거냐?"

민택은 웃었다. 지난 십 년 동안 별로 웃어본 적이 없는 그였지만 이곳에 있으면 계속 웃음이 나왔다. 그는 대영이 말은 거칠게 하지만 자신을 위하는 마음이 느껴졌다. 십 년 전에는 그의 고향에 마음에 드는 사람이 별로 많지 않았는데 지금은 이곳 사람들이 너무나 그를 즐겁게 했다.

'고향에 돌아온 건 정말 잘한 거야.'

그는 머리를 다시 한 번 조금 더 깊게 조아렸다.

"알고 있습니다, 총표두 어른."

순간적으로 그는 민택이 자신의 아버지의 복수를 하려는 것이 아닌가 생각했다. 그렇다면 당연히 죽으러 가는 길일 테니 말려야 했다. 하지만 다시 생각해 보니 녹림맹 산동 지부가 있다고 알려진 산은 말을 타고 가더라도 사흘은 걸릴 거리였다. 그는 가만히 물어보았다.

"혹시 네 부친의 복수를 하러 가려는 것은 아니겠지?"

민택은 또 조용히 웃었다.

"그곳은 사흘 만에 다녀오기에는 좀 먼 곳이라고 들었습니다."

말을 타도 왕복 육 일이 걸리는 길이었다. 그것이 그가 사흘을 요청한 이유였다.

그는 가지 않는다는 말은 하지 않았지만 대영이 듣기에 그것으로 충분했다. 그는 손을 내저었다.

"좋다. 가고 싶으면 맘대로 해라. 하지만 나흘째 아침에는 반드시 돌아와야 한다. 안 그러면 앞으로 한 달간 표국 내에서 대기를 시킬 테다."

얼마 지나지 않아서, 곡부의 목장 주인은 자신이 가지고 있는 말 중 가장 좋은 말을 팔았다. 그리고 하루 반 뒤인 다음날 저녁까지, 그 지방과 산동 사이에서 말을 파는 사람들 중 몇몇은 갑자기 나타난 먼지를 하얗게 뒤집어쓴 사람에게 자신이 가진 가장 좋은 말을 웃돈을 받고 팔았다.

그의 휴가가 시작된 후 하루 반이 지난 둘째 날 밤에, 녹림맹 산동 지부의 채주인 산동패검 주태는 꽤나 놀라 버렸다. 정체를 알 수 없는 녀석이 자신의 집 문을 부수고 들어왔기 때문이었다. 문짝이야 부서질 수도 있었지만 이곳은 산채의 중심부 자신의 집이었다. 괴한 따위가 저렇게 들어올 거라고 생각하지 못했기에, 그리고 지금은 누군가가 그런 식으로 들어와서는 곤란한 때였기 때문에 정말 깜짝 놀랐다.

그는 괴한의 손에 들린 검을 보았다. 피가 흥건히 묻어 있는 것이 자신의 부하들을 몇 명쯤 죽이고 온 것을 알 수 있었다. 그러나 항상 목숨을 칼 위에 걸고 사는 녹림의 채주인 그에게 피 묻은 칼을 보는 것은 일상사였다. 지금 이 자리에 있는 자신과 부채주인 산동패도 상우만으로도 웬만한 고수들은 찜 쪄 먹고도 남았다. 더구나 현재처럼 녹림맹의 순찰사자까지 와 있는 상황에서는 더욱더 그랬다. 그가 당황한 이유는 바로 그 순찰사자가 자신의 옆에 있기 때문이었다. 순찰사자가 자기보다 위급의 인물은 아니지만 조직 내에서는 직급만으로 결정되지 않는 직책들이 있었다. 순찰사자가 현재의 상황을 보고 경비 체제가 허술하다고 보고했다가는 자신이 맹의 질책을 받을 것이 뻔했기 때문이었다. 하지만 일은 일단 터졌다. 당황한 마음이 가시자 이내 그는 화가 나서 외쳤다.

"네놈은 누구냐? 겁도 없이 여기를 쳐들어오다니."

"산동패도 상우가 누구냐?"

들어온 사내는 나직이 말했다. 그의 목소리에는 살기가 끈적끈적하게 흐르고 있었다.

그 목소리의 섬뜩함 때문에 상우는 흠칫하는 기색을 보였다. 그 모습을 본 민택이 고개를 돌리고 노려보았다.

"너냐?"

다음 순간, 상우는 미친 듯이 자신의 도를 빼 들어 민택을 향해 내리쳤다. 민택에게서 흐르는 살기는 그가 감당할 만한 것이 아니었다. 그는 맹수 앞에 놓인 먹잇감의 느낌이 어떤 것인지 실감했다. 그리고 그 느낌에서 벗어나고 싶었다. 살고자 하면 적을 죽이면 된다. 그래서 도를 뽑았고 베었다. 그러나 그 행동은 아무런 소용이 없었다. 민택은 단지 한 걸음을 옮겨 그의 도를 피하면서 검을 거칠게 내리찍었다. 상우의 정수리가 쪼개지면서 부서져 나갔다. 그의 검이 상우의 몸통을 가르고 엉덩이까지 찢어발겼다.

잘려진 몸 사이에서 터져 나온 피가 민택의 전신을 뒤덮었다. 그런 그의 모습은 한 마리 야차와도 같았다.

주태는 상우를 단 일 검에 두 조각을 내버린 민택의 검술이 자신보다 훨씬 뛰어나다는 것을 한눈에 알아보았다. 따라서 그는 자신의 순찰사자와 연합해서 적을 상대해야 한다고 판단했다. 고수를 상대하는 데 일 대 일을 논한다는 건 도적 떼에겐 배부른 소리라고 생각했다. 잠시만 그를 막다 보면 곧 부하들이 몰려들 테고, 그러면 아무리 강한 자라고 하더라도 이 자리에서 뼈를 묻을 수밖에 없을 거라고 믿었다.

그는 동의를 구하기 위해서 순찰사자를 돌아보았다. 순찰사자 역시 도적 놈이었지만 무술이 고강하니 자신과는 다르게 일 대 일의 싸움을 원할지도 몰랐기 때문이었다. 그리고 순찰사자의 얼굴을 본 순간, 그는 뭔가 잘못되었다는 것을 알았다. 순찰사자의 얼굴은 하얗게 질려 있었고 눈은 민택의 얼굴을 향해 있었다. 그러고 보니 이 나서기 좋아하는 순찰사자가 처음부터 가만히 있었던 것이 이상했다. 그때 이곳에 침입한 괴한의 목소리가 들렸다.

"오늘 밤, 녹림맹 산동 지부는 세상에서 지워진다."

왕복 사흘 동안 잠도 자지 않고, 밤낮으로 말을 몬 민택은 나흘째 되는 날 아침 일찍 표국으로 출근했다. 그리고 그의 휴가 기간 동안 모두 네 마리의 말이 지쳐 쓰러져 죽었다.

第二章

석민은 이해할 수 없었다. 자기와 같이 정문에서 보초를 서고 있는 이놈은 희한한 구석이 있었다. 육 일치의 임금을 포기하고 또 그 기간 동안 표국 내에서 대기해야 하는 것을 감수하고서 사흘을 쉬었다는 것은 그가 보기에는 말이 안 되는 것이었다. 간단한 계산만 할 수 있어도 그게 얼마나 손해인지는 알 수 있었다.

석민의 취미는 도박이었다. 원래 선천적으로 건장한 몸을 타고난 데다가 무공도 정식으로 조금 익힌, 그래서 이 칠성표국의 표사들 중에서는 대표두들 다음으로 강한 그는 표사 말고도 할 수 있는 일이 많았다. 부잣집의 호위 무사로 들어가거나, 아니면 주루의 기도를 하는 것이 표사보다는 더 많은 돈을 벌 수 있었고 결정적으로 그런 일들은 안전했다.

호위 무사가 된다면 잘 먹고 편히 쉬며 가끔 고용주의 비위나 맞춰

주는 것이 일의 전부였다. 외딴 곳도 아닌 이런 번화한 곳에 있는 부잣집에 호위 무사가 감당할 수 없을 만큼 큰 도적이 드는 것은 무척이나 드문 일이었다. 주루에서 기도를 보는 것도 마찬가지였다. 물론 주루에서는 무림인이 시비를 일으킬 때도 있었다. 그러나 기도는 그럴 때 나서라고 고용하는 게 아니었다. 어설픈 기도가 칼 좀 쓴다는 무림인을 상대했다가는 목숨을 잃는 것은 물론 주루가 박살날 수도 있었다.

반면에 일반 불량배들은 그 정도의 실력자가 검을 들고 나타나면 꼬리를 마는 것밖에 할 수 있는 일이 없었다. 따라서 표사처럼 종종 길고 힘든 여행을 하고, 또 얼마나 강할지 모르는 도적 떼들과 목숨을 걸고 싸우는 데다가, 표국이 작아서 임금마저도 그리 풍족하지 못한—일반 노동 일보다는 훨씬 풍족한—이런 곳에 그 정도의 무사가 붙어 있는 경우는 흔치 않았다. 흔치 않았기 때문에 칠성표국의 일반 표사들 중에서는 그가 가장 강했다.

이런 여러 불합리한 조건에도 불구하고 그가 칠성표국에 표사로 있는 이유는 오직 한 가지였다.

칠성표국은 전적으로 일수삼검 강대영의 명성 때문에 유지되는 곳이었다. 강대영은 표사들에게 꽤나 높은 수준의 훈련을 시키지만, 그 시간이 적었다. 대부분의 훈련은 가끔 있는 표국 내 대기 순번이 돌아왔을 때 하는 것이 전부였다. 강대영은 체계적으로 훈련을 시키기만 하고, 그것에서 얼마나 얻느냐는 표사들 각자 하기 나름이라는 생각을 가지고 있었다. 어차피 제자로 키울 것도 아니기 때문에 가르칠 수 있는 무공의 수준은 한계가 있었다. 표사 하나하나를 잡고 그의 밑천인 내공과 초식들을 다 가르쳐 줄 수는 없었다.

수십 년 동안 표사들을 가르친 그는 꽤 훌륭한 교관이었다. 가르치는 강대영의 높은 수준 때문에 훈련 시간이 짧음에도 불구하고 표사들의 수준은 일반 소규모 표국들보다 높았다. 게다가 강대영의 이름 값에 의존한다는 칠성표국의 특성 덕분에 표물 운송 도중의 중간 기착지에서 자유 시간이 많았다. 따라서 이곳에서 하는 표사 일은 여유 시간이 많았다.

사실 칠성표국이 마음만 먹는다면 절반 규모의 표사만으로도 지금 받아들이는 일감 정도는 처리할 수 있었다. 하지만 그렇게 되면 표국의 규모가 너무 작았다. 표국이 작아지면 표물은 더 작은 규모로 들어오고 산적은 칠성표국을 덜 두려워하게 된다. 그러면 일수삼검의 명성만으로는 운영이 어려워진다. 그가 고수라지만 살아남은 표사 몇 명을 데리고는 산적들의 산채에 복수를 할 수 없기 때문이었다. 반면에 표사 수를 늘리게 되면 들어가는 돈이 많아지므로 더 큰 표물을 받아야 운영할 수 있었다. 그리고 그건 그의 명성으로 감당할 수 없는 더 큰 규모의 산적을 불러들일 수 있었다. 그런 이유로, 어쩔 수 없이 표사 삼십 명을 거느리고 있는 것이 칠성표국의 실상이었다. 일수삼검 강대영의 명성은 표사 삼십 명짜리였다.

장석민이 칠성표국에서 일을 하는 가장 큰 이유는, 표국에 근무하면서 정기적으로 보수를 받음에도 불구하고, 실제 그가 표국의 일을 하는 시간은 한 달 중 보름뿐이라는 데 있었다. 게다가 일하는 보름 중에서 며칠쯤은 도박장이 있는 큰 마을에서 숙박을 했다. 그것은 그처럼 골수의 노름꾼에게는 무척이나 중요한 것이었다. 그에게 가장 필요한 것은 노름을 할 수 있는 돈이었고, 그 다음으로 중요한 것은 그 돈으로 노름을 할 수 있는 시간이기 때문이었다.

그런 그의 관점에서 볼 때, 돈도 받지 못하고 시간도 손해 보는 그런

무의미한 짓을 저지른 민택은 미친놈일 뿐이었다.

"네놈은 도대체가 이해할 수가 없다. 표사 일은 뭐 하러 하는 거냐?"

"아버님의 유언이오."

허리에 칠성표국의 기본 무장인 한 자루의 철검을 차고, 검이 주무기인 칠성표국에서 정문 경비로서의 위압감을 주기 위해 지급한 기다란 창을 세운 채로 앞만 바라보면서 한 대답이었다. 석민은 또 화가 났다. 도대체 이 녀석은 그의 마음에 드는 구석이 없었다.

일 년 전, 녹림맹 산동 지부와의 싸움에는 그도 끼어 있었다. 그리고 그때 그는 한 대표두에게 깊은 감명을 받았었다. 진정한 사나이의 모습을 봤다고 생각했다. 그런데 그의 아들이란 놈은 십 년 만에 돌아와서 자기 아버지 덕에 뒷구멍으로 겨우 표사가 된 주제에, 아직도 정신을 못 차리고 되는대로 살고 있었다.

그 스스로가 도박이나 하면서 세월을 보내고 있었지만, 그는 언젠가는 크게 한판 따서 이 생활을 청산하고 호의호식하겠다는 꿈을 가지고 있었다. 그리고 자신은 목표를 가지고 매진하는 훌륭한 사람이라고 생각하고 있었다. 그는 끓어오르는 화를 속으로 삭였다. 한 대표두에게 지난 몇 년 동안 진 신세가 너무 많았으니, 이제 바르게 살아가는 사람으로서 이 덜떨어진 놈을 바로잡아 줘야겠다는 일종의 의무감이 조금쯤 생겼다.

"너는 꿈이 뭐냐? 사나이로 태어났으니 언젠가 이름을 한번 크게 떨치겠다는 꿈이라도 한번 가져 보는 게 어떠냐?"

민택의 나이가 그보다 몇 살 많기는 했지만, 그는 그 대접을 해주고 싶은 마음은 꿈에도 없었다. 그의 말투에는 동생을 타이르는 형의 분위기까지 배어 있었다.

"조용히, 평범하게 평생을 사는 것이 나의 꿈이오."

막 삭이던 화가 다시 치밀어 올랐다. 그러나 그가 막 한마디를 하려고 할 때, 민택이 손을 저어 그를 말렸다. 그리고는 앞을 가리켰다. 그들이 있는 표국 정문 쪽으로 말을 타고 달려오는 몇 명의 사람이 보였기 때문이었다.

모두 다섯이었다. 평복을 하고서, 허리에 한 자루씩의 검을 차고 있었으니 무림인이 틀림없었다. 선두에 선 자는 중년의 사내였으며, 그를 따르는 넷은 영웅건을 머리에 두른 청년이었다. 그들은 질풍처럼 달려오는 것이 문이라도 부수고 들어설 기세였지만 정작 문 앞에서는 일제히 말고삐를 잡아당겨 말을 급히 세웠다. 민택이 들고 있던 창을 들어 선두의 사람을 겨누었기 때문이었다.

그 모습을 본 석민은 깜짝 놀랐다. 상대는 무림인이 분명한데 그런 행동을 하는 것은 위험천만한 일이었다. 그들은 자신의 자존심을 다른 사람 열 명의 목숨보다도 중요하게 생각하는 존재들이었기 때문이었다. 그러나 말리기엔 늦었다. 이미 창은 들려 있고, 상대는 민택을 노려보고 있었다. 게다가 말을 탄 젊은이 넷이 중년인 주위로 모여드는 것이 여차하면 그들을 도륙해 버릴 듯한 표정이었다.

'이 미친놈 때문에 난리났다. 씨발.'

순간적으로 그는 만화루에서 자신을 고용하겠다던 제의를 거절했던 것을 후회했다.

낙화검 함성호는 민택을 조용히 쳐다보았다. 일개 표사에 불과해 보이는 자가 창을 들어 자신을 겨누었다. 물론 그럴 수도 있었다. 하지만 문제는 그 표사가 오른손 하나만으로 창의 손잡이 끝을 잡고 있었는데도 불구하고 창날의 끝은 그를 향한 채 조금도 흔들리지 않고 있다는 것이었다. 그것이 그가 이 오만불손한 창을 단칼에 잘라 버리지 않은 유일한 이유였다.

"신분을 밝히시오. 칠성표국은 그런 식으로 뛰어들 수 있는 곳이 아니오."

그 말이 이 건방진 표사에 대해서 생각하고 있던 그의 정신을 깨웠다.

"허허, 무림문파의 정문에서나 들을 수 있는 말을 여기서까지 들을 줄은 몰랐군. 좋아, 우리의 실수를 인정하지. 그런데 자네는 이곳의 표사인가?"

"그렇소. 당신은 아직 나의 질문에 대답하지 않았소."

그 말을 듣는 순간, 성호를 따라왔던 네 명의 젊은 무사들 얼굴에 살기가 돌았다. 그러나 그들은 상대가 아무리 건방져도 자신의 상관과 이야기를 하고 있는 도중에 함부로 나설 수는 없었다.

"나는 낙화검 함성호다. 검군장 사람이지. 칠성표국의 총표두와 약속이 되어 있는데?"

그제서야 민택은 창을 바로 세웠다. 그리고 공손히 허리를 굽히며 말했다.

"오신다는 통보는 미리 받았습니다. 들어가셔도 좋습니다."

그 말을 들은 네 명의 젊은 무사는 흥분해서 얼굴이 시뻘게져 있었다. 함부로 나서지 못하는 것도 정도가 있었다. 그들 중 하나가 검을 뽑아 들었다. 그 무사의 얼굴과는 반대로 석민의 얼굴은 하얘졌다. 성호가 그런 그들을 손을 저어 막았다. 그리고 민택을 향해 말했다.

"자네는 우리가 누구인지 미리 예상을 했으면서도 그런 건방진 태도를 보였던 건가? 대답 여하에 따라서는 내가 이 친구들을 말리지 못할 수도 있네만?"

민택의 얼굴에는 아무런 표정의 변화가 없었다.

"제가 대인의 얼굴을 모르니, 단지 말을 타고 달려오는 사람을 전부 대인으로 생각할 수도 없지 않습니까? 여기는 표국이라 원수를 진 도적들이 많습니다. 표국의 안전을 위해서는 알아보지 않고 아무나 들여보낼 수가 없습니다. 이해해 주시기를."

그의 말이 떨어지자 마침내 젊은이 중 하나가 호통을 쳤다.

"네놈이 감히 우리를 도적 떼와 비교하는 거냐? 네가 호랑이 염통을 삶아 먹었나 보구나!"

"규정이오."

민택의 말은 간단했다. 그의 말은 모두 옳았다. 하지만 성호는 조금 기분이 상했다. 그래서 한마디를 던지면서 표국으로 들어섰다.

"허, 네놈의 말이 맞다. 창을 들던 모습을 보니 몇 가지 재간은 익혔나 보구나. 설마 그런 잔재주를 믿고 떠든 건 아니겠지?"

네 명의 젊은이들은 모두 그를 잡아먹을 듯이 노려보면서 성호의 뒤를 따랐다.

석민의 창백해졌던 얼굴이 그제야 혈색을 찾았다. 그의 머리 속에는 민택이 위험한 놈이라는 생각이 조금씩 들었다.

'같이 있으면 내 명줄이 짧아지겠다.'

총표두에게 실컷 욕을 얻어먹은 석민은 민택을 두들겨 패서라도 썩어빠진 정신머리를 고쳐 주고 싶었다. 그리고 세상을 살아가는 처세술에 대해서도 조금 가르쳐 주려고 했다. 그런데 민택이 옷을 갈아입을 때, 그의 오른팔에 그어진 검상이 보였다. 상처는 최근에 생긴 것 같았는데, 그리 깊지는 않았다. 민택이 더러워진 천을 떼어내 물로 씻고,

처음 보는 약을 바르고 다시 깨끗한 천으로 감싸는 동작을 한 손으로 했다. 그 모습이 무척 능숙해 보였다.

표사들처럼 싸움을 자주 해야 하는 사람들은 상처도 자주 입었고, 표행에 나가서 다쳤을 때는 그들 스스로 치료를 하는 수밖에 없었다. 따라서 조금이라도 의술을 가진 사람은 표사들 사이에서도 대접받기 마련이었다. 하는 폼으로 봐서 저 정도면 써먹을 만했다.

'씨발놈, 그래도 잘하는 거 한 가지쯤은 있구나. 이번 한 번만 용서해 줘야겠군.'

그는 민택이 창을 어느 손으로 어떻게 들고 낙화검을 겨누었는지 따위를 생각하지는 못했다. 그때 그는 너무 긴장해서 제정신이 아니었기 때문이었다.

석민은 똥을 밟은 기분이 되어 있었다. 본래 지금쯤이면 노름방에 가서 그의 취미 생활이자 현재 생활의 유일한 탈출구인 도박을 하고 있어야 정상이었다. 그런데 망할 놈의 표물 운송이 갑자기 생겨서 표국 내에서의 대기도 취소되고 지금은 이 산길을 걷는 짓을 하고 있었다.

동원된 표사들의 규모 면에서 볼 때 이번 표물은 무척이나 중요해 보였다. 그리고 특이했다. 수송에 당연히 있어야 하는 수레가 이번에는 없었다. 단지 검군장에서 온 그 다섯 명의 무사와 함께 움직이는 것이 그들의 임무였다. 그는 터벅거리면서 주위를 둘러보았다. 말을 탄 사람은 모두 아홉이었다. 검군장 무사 다섯과 총표두, 세 명의 대표두만이 편안히 길을 가고 있었고 나머지 스물은 걷고 있었다.

석민이 들은 소문으로는 명색이 무림문파인 검군장은 무사 하나하나가 최소한 칠성표국 표사 둘의 능력은 가지고 있다고 했다. 그리고 저 중년의 무사는 총표두와 버금가는 실력이라고 했다. 석민이 지난 몇 년 동안 칠성표국의 밥을 먹으면서 이렇게 대단한 규모의 움직임은 처음이었다. 지금 표국에는 단지 몇 명의 표사와 별 볼일 없는 무공을 가진 국주 한 명만이 남아 있었다.

"이곳에서 야영을 한다. 표사들은 삼 개 조로 나눠서 각 대표두의 지휘 아래 일 개 조씩 교대로 보초를 선다. 나머지 이 개 조는 야영할 장소를 만든다. 실시하라."

산길이지만 그래도 비교적 넓은 공터가 나타나자 낙화검 함성호와 몇 마디 말을 나눈 총표두가 명령을 내렸다. 표사들로서는 늘상 하던 일이었으니 어려울 게 없는 명령이었다. 하지만 가뜩이나 짜증이 나 있던 석민은 속이 부글부글 끓어올랐다. 말을 타고 편하게 온 검군장 무사들은 야영 준비를 하는 표사들을 아랑곳하지 않고 멍하니 안장 위에 앉아 있는 것이 보였기 때문이었다. 다 같은 쫄따구 신세에, 어떤 놈들은 놀고 있고 어떤 분은 일을 한다는 건 일하는 분 입장에서는 고깝기 마련이었다. 그리고 화를 터트릴 곳을 찾는 그의 눈에 민택이 보였다. 그는 즉시 네 개의 커다란 빈 물주머니를 모아서 민택의 앞에 던졌다.

"주머니에 물 좀 채워 와라."

바닥에 나뭇잎 따위를 편편하게 까느라고 주저앉아 있던 민택이 그 자세 그대로 올려다보았다. 눈썹이 굵고 눈마저 커다란 데다가 기다란 칼자국까지 있는 그가 올려다보는 모습은 험상궂었다.

"야영을 할 때 물을 보충해야 하는 것은 표사의 기본이다."

그가 변명이라도 하듯 뒷말을 붙인 이유는 단지 험상궂은 민택의 모습 때문만은 아니었다. 인상이 나쁜 것으로 따지만 그가 더하면 더했지 못하지는 않았다. 그는 커다랗고 근육덩어리인 몸을 가진 데다가 입이 남들의 두 배는 될 정도로 큼지막했다. 그 입에 어울릴 정도로 머리도 크고 인상 자체도 거칠었다. 웬만한 사람은 그를 보기만 해도 기가 죽을 만한 모습이었다. 그는 싸움에서 인상으로 반쯤 먹고 들어갔다. 그가 한마디 덧붙인 이유는 아주 약간은 미안해서였다.

본래 산속에서는 어지간해서는 물을 찾기 힘들었다. 게다가 혼자서 저녁때 모르는 산을 돌아다닌다면 길을 잃기가 십상이었다. 그는 그걸 알 만한 사람인 민택이 거절하기를 기다리고 있었다. 화가 날 때는 남을 패는 것이 화풀이에 가장 좋다는 것이 그의 지론이었다. 그래서 자신의 화풀이 대상이 되어야 하는 민택에게 아주 약간은 미안한 감정이 들었던 것이었다.

그의 예상은 빗나갔다.

"알았소."

민택은 두말하지 않고 네 개의 물주머니를 들고 길 옆 숲으로 들어섰다. 그 모습을 보고 있던 석민은 정말로 화가 치밀어 올라서 그런 민택을 말리지도 않았다.

'저놈은 오기를 부리고 있다. 아니면 비굴한 게 천성일지도 모른다.'

이제는 화를 풀 대상이 없어졌다.

그는 숲으로 꽤 많이 들어왔다. 일행에게서 충분히 떨어진 이후로는 경공을 사용해서 달려왔으니 상당히 많이 들어왔다. 그런 그의 앞에 드디어 개울물이 나타났다.

민택은 애당초 일행이 산으로 들어오기 전부터 대략적인 산세를 파악하고 있었다. 산에는 물이 없다. 그러나 산과 산 사이의 계곡에는 물이 있는 경우가 곧잘 있었다. 그는 그것을 알고 있었다. 산을 세 개를 넘고 나서, 드디어 그는 물을 찾았다. 그러나 그는 졸졸 흐르는 계곡물을 보고도 물주머니에 담지 않았다. 그를 향해서 달려오는 사람들이 보였기 때문이었다.

개울물을 따라서 앞에서 쫓기면서 달려오는 사람은 한 명, 그것도 여자였다. 그리고 그 뒤를 따라서 달려오는 다섯 명의 남자들은 상당히 훌륭한 경공술을 발휘하면서 쫓아오고 있었다. 그들 여섯은 모두 개울물 사이의 조금씩 돌출된 돌을 밟으면서 달리고 있었는데, 어느 하나도 물속에 발을 빠뜨리지 않았다. 민택의 인상이 일그러졌다. 앞의 여자는 그가 아는 사람이었다. 그 여자는 똑바로 그를 향해서 달려오고 있었다.

강호에 조금은 이름을 떨치고 있는 흑랑오도(黑狼五刀)의 둘째, 흑랑이도는 어이가 없었다. 추격하던 여자가 일개 표사의 뒤에 숨어서 득의양양하게 자신들을 쳐다보고 있었다. 그것보다 더 황당한 것은 그 하찮은 표사가 자신들을 똑바로 주시하고 있다는 사실이었다.

"이 개새끼만도 못한 표사 나부랭이야. 니 눈은 폼이냐? 나 흑랑이도의 칼이 무섭지 않냐?"

그의 본래 성질대로라면 저 표사는 이미 단칼에 목이 날아갔어야 했다. 그러나 무공이 상당히 강해서 혼자서는 도저히 감당할 수 없는 저 여자가 그 틈을 타 자신의 목을 노릴까 두려웠다. 게다가 왠지 그들의 대형은 조금 전부터 멈춰 서서 움직일 생각을 안 했다. 녹림도적이 표국의 강약에 대해서 잘 알아야 표물을 터는 데 지장이 없듯이, 표사들 역시 녹림도들에 대해서는 자세히 알고 있어야 했다. 따라서 흑랑이도 는 이 하찮은 표사가 무림에 대해서 다소 어둡다 하더라도 자신들의 명성은 익히 들어 알고 있으리라고 생각했다. 그리고 자신의 이름을 들었으니 저 표사는 달아나든지 아니면 제자리에 넙죽 엎드리기라도 할 테고, 그럼 더 이상 자신들이 공격하는 데 방해가 되지 않을 거라고 생각했다. 그리고 확실히 표사는 반응을 보였다. 반응은 그의 예상과 는 조금 틀렸다.

"흑랑이도? 너희들은 녹림맹의 흑랑오도구나."

민택의 눈이 조금 가늘어지면서 전신에서 살기가 뿜어져 나왔다.

흑랑오도의 대형인 흑랑일도는 조금 전부터 자신의 눈알을 뽑아버 리고 싶었다. 그는 저 표사 복장을 하고 있는 사내를 예전에 본 적이 있었다. 그때 그가 받은 인상이 너무 강해서 종종 자다가도 그 얼굴이 떠오를 때가 있을 정도였다. 그런 인물을 직접 보게 된다는 것은 결코 반가운 일이 아니었다. 오히려 절체절명의 위기였다. 그는 자신의 눈 이 없으면 눈앞이 보이지 않을 테고 그러면 모든 것이 꿈으로 돌아가 지 않을까 하는 생각을 했다. 그런데 그때 흑랑이도가 감히 그에게 욕 설을 하는 소리를 들으니 이제는 정말 귓구멍마저 파내고 싶었다.

민택의 몸이 가볍게 떠올랐다. 선 자리에서 발목의 힘만으로 튀어 올랐다. 그것만으로도 그의 몸은 흑랑이도의 머리 위쪽을 향해 날아갔 다. 흑랑이도는 설마 상대가 아무 준비 동작도 없이 날아올 줄은 몰랐 다. 오랜 세월 싸움을 해본 감각으로 자신의 도를 휘두르기는 했으나 빈 허공만을 가를 뿐이었다. 그래도 그는 무림에 알려져 있는 고수였다. 비록 도는 빗나갔지만 그의 눈은 민택의 몸을 계속 따르고 있었다. 순식간에 민택의 몸은 그의 머리 위쪽으로까지 날아와 있었고, 그는 고개를 뒤로 젖히면서 상대의 모습을 놓치지 않으려고 애썼다.

사람의 목뼈는 상당히 강하면서도 약했다. 목에 힘을 주면 자신의 몸무게도 버틸 수 있었지만, 방심한 상태에서는 뒤에서 보통 사람이 머리를 강하게 당기는 것만으로도 목숨을 끊을 수 있었다. 흑랑이도는 지금 민택을 보기 위해 오히려 목을 뒤로 젖히고 있는 상태였다. 그 이마를 민택의 발이 가볍게 눌렀다. 그리고 그 반동으로 다시 처음 서 있던 자리로 돌아갔다. 그 모습은 마치 고무공이 벽을 맞고 튕기듯이 자연스러웠다. 그러나 그 잠깐의 사이에 흑랑이도는 머리가 뒤로 꺾인 채로 즉사했다.

흑랑일도는 눈앞이 캄캄했다. 방금의 광경으로 볼 때, 그는 자신들을 용서하지 않으려는 것이 분명했다. 하나를 죽였으니 나머지도 죽일 거라고 생각했다. 저 섬짓한 살기가 그 생각을 확신으로 바꿔주었다. 그렇다고 뒤돌아서 달아날 수도 없었다. 설사 흩어져서 달아나려고 한다 해도, 그들이 등을 보이는 순간이 목숨이 끊어지는 때가 되리라는 것은 거의 분명했다. 상대는 충분히 그럴 능력이 있는 고수였다. 그는 멋도 모르고 흥분해서 칼을 뽑아 드는 자신의 동생들이 불쌍했다. 하지만 진실을 말할 수는 없었다. 상대가 전설상의 금강불괴가 아닌 이상 눈먼 칼에라도 맞으면 멀쩡할 수는 없다. 일단 한칼이라도, 그리고 대충이라도 명중시킬 수 있으면 자신들은 달아날 수 있을지도 몰랐다. 그러기 위해서 자신들 넷은 동시에 검을 들고 상대를 공격해야 했다. 때에 따라서는 진실을 여럿이 아는 것이 안 좋을 수도 있었다.

"차륜 공격! 쳐라!"

그는 비장한 목소리로 외쳤다. 순식간에 그의 동생 셋이 도를 휘두르면서 각각 약간의 시간차를 두고 튀어 나갔고, 그 역시 그 뒤를 따라서 도를 휘둘러 갔다. 본래 이 공격법은 한 명의 상대를 흑랑이도부터 오도까지가 연이어 공격을 해서 혼을 빼놓은 후, 마지막으로 흑랑일도가 결정타를 날리는 방법이었다. 당연히 이도부터 오도까지는 방어에 치중하면서 상대를 혼란스럽게 하는 수준의 공격을 하는 게 요점이었다.

흑랑삼도가 가장 먼저였다. 그는 상대가 단순히 일개 표사이며, 운이 좋아서 흑랑이도를 죽였다고 생각하고 있었다. 그가 보기엔 너무 자연스러운 움직임이라 특별한 위기감을 가지지 못했다. 그의 경지로는 그 한 수에 담긴 의미를 파악할 수 없었다. 그리고 이도가 죽은 시간과 차륜 공격이 시작된 시간 사이의 간격이 너무 짧아, 그 문제를 곰곰이 생각해 볼 수가 없었다. 그래서 일개 표사에게 차륜 공격을 하는 것 자체가 마음에 들지 않았다. 그는 자신의 칼로 상대의 정수리를 쪼개서 이 운이 기막히게 좋은 표사를 두 조각으로 자르려고 했다.

민택이 그의 칼을 피하는 데는 단지 한 동작, 한 발자국 몸을 오른쪽으로 움직이는 것으로 충분했다. 그와 함께 그의 왼 손바닥은 흑랑삼도의 목을 후려쳤다. 그의 손에는 상당한 내력이 실려 있었다. 얻어맞는 것이 설사 목이 아니라 허리라고 해도 흑랑삼도는 죽음을 피할 수 없는 타격이었다. 그의 목뼈는 완전히 부서져서 하얀 조각이 목 뒤로 튀어나왔다. 그와 동시에 그의 오른손이 검 손잡이를 잡았다. 흑랑삼도의 뒤를 이어 달려오던 흑랑사도 역시 칼을 휘둘렀다. 그는 흑랑삼도와는 달리 그 칼을 옆으로 휘둘렀다. 그러나 그때 이미 민택은 흑랑사도의 왼쪽 가슴을 어깨로 들이받고 있었다. 그가 어깨로 상대의 심장 바로 위를 들이받는 동안, 흑랑사도의 오른손에 들려 있던 커다란 칼은 텅 빈 허공밖에 벨 수 없었다. 그리고 민택의 검이 뽑혔다. 그의 검은 바로 뒤에서 달려오던 흑랑오도의 이마를 꿰뚫고 있었다.

고수 셋이 목숨을 잃는 데 든 시간은 그야말로 찰나였다. 흑랑일도는 몸을 멈칫하고 세웠다. 그는 자신이 동생들에게 상대에 대해 이야기하지 않은 것을 크게 후회했다.

'하지만 무슨 상관인가? 어차피 내가 이야기해 줬다고 해도, 그들의 목숨이 단지 차 한 잔 마실 시간조차도 연장되지 못했을 텐데.'

그는 고개를 쳐들고 민택을 쳐다보았다. 도저히 그로서는 상대할 수 없는 거인이었다. 불가항력이었다.

"크하하하!"

갑자기 그는 미친 듯이 웃어 제끼다가 자신의 도로 스스로의 목을 그어버렸다.

민택이 상대의 목숨을 빼앗을 때 몸에서 피가 별로 나지 않는 수법들을 사용한 것은 표사 옷에 핏물이 묻을까 봐 걱정되어서였다. 일행에게 복귀해야 하는 그가 피칠갑이 될 수는 없었다. 그래서 지금도 흑랑일도에게서 뿜어져 나오는 핏물이 묻지 않도록 뒤로 물러설 수밖에 없었다. 그리고 민택은 자신의 뒤로 피했던 여인— 이제는 옆에 서게 된 팽지영을 쳐다보았다.

"네가 이 깊은 산속에서 나를 만난 것을 우연이라고 말하지는 마라. 납득할 수 있는 설명을 듣고 싶다."

"대, 대장님, 우연이에요. 정말로, 난 저자들에게 쫓기다가 그만."

그녀는 말을 끝내지 못했다. 민택의 검이 그녀의 목을 겨누고 있었다.

"나를 농락하지 마라."

지영의 눈동자가 흔들렸다. 하지만 그녀는 이내 결심했다.

"저는 예전부터 대장님에 대해서 조사해 오고 있었어요."

지그시, 검날이 목에 닿았다.

"너는 첩자냐?"

그녀는 검날에 의해 목에 붉은 선이 그어지는 것을 아랑곳하지 않고 고개를 흔들었다. 따가웠다. 검이 닿은 곳으로 몇 방울의 피가 흘러내렸다. 지금 그건 중요하지 않았다. 그녀의 대장은 칼을 써야 할 때는 망설이지 않는 사람이었다.

"대장님이 하 낭자에게 보냈던 편지, 그녀는 제대로 읽어보지도 않고 버렸죠. 저는, 쓰레기통을 뒤져서, 그 편지들을 모았어요."

그녀는 목이 더 따가워지는 것을 느꼈다. 그녀가 알기로 옆에서 벼락이 친다고 해도 눈 하나 깜빡하지 않을 이 사내의 검날이 조금씩 떨리고 있었다.

"몰랐나요?"

"상관없다. 이제, 그녀는 나와는 무관한 존재다."

검을 거두면서 그가 말했다. 그녀는 그만둘 수 없었다. 어쩌면 이건 기회였다.

"가끔은, 그 편지들 속에 대장님의 고향 이야기가 언급될 때가 있었어요. 조금씩 나오는 단편적인 이야기들이라서 자세히 알 수는 없었지만, 그래도, 대략적인 지형과 풍습은 알 수 있었죠."

"그것만으로 나를 찾았다는 말은 충분치 못하다."

"물론이에요. 오랫동안, 싸움이 없을 때는 매일 모은 편지였는데, 그래도 정보가 너무 부족하더라고요. 하지만 대충 열 군데 정도가 후보로 올랐어요."

이제 민택은 가만히 서서 그녀의 이야기만을 듣고 있었다.

"그 후보지를 하나씩 훑고 있는 도중에, 녹림맹 산동 지부가 박살났다고 하는 소식을 듣게 되었어요. 마침 방문했던 순찰사자와 함께 있던 산동 지부의 고수급 핵심 인물 십여 명과, 산채를 지키고 있던 산적 오십여 명이 몰살을 당했어요. 그 살겁을 피한 것은 다른 곳에 가 있던 고수 서너 명과 그들이 거느리고 있던 산적들이었는데, 결국 녹림맹의 산채 하나가 완전히 사라지고 평범한 산적 떼만 남은 결과가 되어버렸죠."

그녀는 잠시 말을 끊고 민택을 쳐다보았다. 그의 표정에는 아무런 변화가 없었다.

"문제는 그 산적들 육십 명이, 그것도 고수가 열 명이나 끼어 있는, 그것도 얼치기 도적 떼도 아니고 녹림맹의 산적들이 단 한 명에게 학살당했다는 거예요. 한 명에게 당했다는 건 제가 직접 그곳을 찾아가서 은밀히 확인한 것이니 틀림없었죠. 천하에 그 정도 능력을 가진 사람은 정말 적어요. 저는 대장님이 가장 먼저 떠올랐어요. 대장님의 편지에는 표사 이야기도 잠깐 나오지요. 아니, 그 편지들에서는 아마 그 몇 마디의 말이 제가 얻을 수 있는 가장 큰 정보였을 거예요. 그 산채가 있던 곳에서 사흘 정도 거리에 대장님의 고향으로 보이는 곳이 있더군요. 작지만 표국도 하나 있고요. 산동패도 상우만이 두 조각이 난 채로 비참하게 죽었는데, 대장님의 고향에서는 그자와 한 표사와의 이야기가 상당히 유명한 이야기지요. 결국, 대장님을 찾기는 무척 쉬웠고, 전 대장님을 쫓아오고 있었는데, 저들을 우연히 만나서 그만."

민택이 입을 열어 그녀의 말을 끊었다.

"너의 말에는 허점이 너무 많다. 네가 그 산채에서 나를 찾아올 때는 말을 탔을 테고, 필요한 만큼은 쉬어가면서 왔을 테니 사흘은 걸린다. 결국 내가 이번 표행을 떠난 시간과 비교해 보면 사흘이 남는다. 산채가 박살난 소식이 전서구를 통해서 전해졌다고 해도, 너는 그 산채에서 사흘 이내의 거리에 있었어야 한다. 세상은 넓고, 후보지도 열 군데나 되는데, 게다가 산채는 내 고향에서 사흘 거리에 있었는데, 네가 하필 그때 그 산채와 그렇게 가까운 곳에 있었다는 말을 나보고 믿으라는 말이냐? 그것도 너 혼자서 나를 찾고 있었는데? 내가 너를 그렇게 가르쳤더냐?"

그의 검은 다시 지영의 목에 닿아 있었다.

"저자들이 이렇게 공교로운 순간에 너를 만난다는 것도 말이 안 된다. 저들은 너의 얼굴이나 제대로 알고 있었겠느냐? 우연이 반복되면 그것은 더 이상 우연이 아니라고 했다. 하지만, 결정적으로, 네가 설명하지 않은 것이 있다. 도대체 너는 남의 편지를 왜 그렇게 오랫동안 수집했느냐? 첩자가 아니라면 그럴 이유가 뭐냐?"

그 말에 지영의 눈에 눈물이 글썽거렸다.

"전 당신을 사랑했어요. 혼자서, 몰래."

민택은 흠칫했다. 짝사랑은, 짝사랑인지도 모르고 한 사랑은 그 역시 마음이 망가질 정도로 했다. 그의 마음이 약해졌다. 그 말은 그의 마음속 깊이 숨겨둔 상처를 건드렸다. 그리고 지금 이 여자의 목을 친다고 해서 해결되는 것은 없었다. 이건 그리 간단한 문제가 아니었다.

"평생, 남은 평생토록 나를 사랑하는 여인이 있을 수 있으리라고 생각해 본 적은 없다. 누구를 사랑하고 싶지도 않다. 일단 네 말을 믿기로 하마. 그러나 나는 혼자, 조용히 살고 싶다. 내 과거가 밝혀지는 것은 원하지 않는다. 나의 평화를 깨지 마라.”

그는 검을 검집에 넣었다. 그리고 물 주머니에 물을 채운 뒤에 조용히 그 자리를 떠났다. 그런 그의 뒷모습을 지영은 조용히 쳐다보았다.

‘저는 당신을 사랑했어요. 하지만 그것은 과거의 이야기예요. 지금까지 사랑하지는 않아요. 미안해요.’

다음날 표행을 따라 산길을 걸으면서도 민택은 전날 지영과의 만남이 계속 마음에 걸렸다.

‘이런 작은 표국에서 평생을 보낸다면 나의 정체를 아는 사람을 만날 확률은 거의 없다. 그나마 있다고 하더라도, 그들이 일개 표사의 모습을 하고 있는 나에게 신경을 쓸 리 없다. 나는 그들을 알아볼 수는 있어도, 그들은 나를 알아볼 수 없다. 적어도 내가 그들과 직접 마주 서지만 않는다면 걱정할 필요가 없는 일이다.’

그는 주위를 둘러보았다. 그가 고향으로 돌아오지만 않았다면, 평생 볼 기회가 없었을 사람들이었다.

‘그런데도 그녀는 나를 찾아냈다. 아무도 알지 못하던 나의 고향까지 찾아내서. 그녀 혼자서는 불가능한 일이다. 그럼 누굴까.’

그는 상념에서 깨어났다. 길을 오십 명 정도의 산적들이 몰려나와 가로막았다. 제법 큰 규모였다. 그리고 그들 중 선두는 커다란 철퇴를 든 대머리의 거한이었다.

‘거한은 힘만 키웠군. 힘으로 배고픈 유민들을 끌어 모았겠지. 저 정도 숫자면 웬만한 사람들은 기가 죽겠지.’

그들은 한눈에도 어수룩해 보였다. 일행 중에 긴장하는 사람은 단지 경험이 부족한 몇몇 표사들과 검군장의 젊은 무사 네 명뿐이었다.

긴장하지 않는 것은 산적들도 마찬가지였다. 그들의 수는 오십. 저 한 떼의 표사의 무리는 아무리 많이 쳐줘도 자신들의 절반밖에 되지 않았다. 게다가 그들의 두목인 대머리거한은 그들이 신처럼 믿고 있는 천하장사였다.

"크하하하. 돈 되는 물건과 무기는 모두 땅에 놓고, 너희들은 속옷만 입고 이 길을 지나가라. 내, 목숨만은 빼앗지 않겠다."

거한인 홍국은 본래 목소리가 무척 컸다. 낮은 수준이었지만 내공이란 것도 조금, 아주 조금 익혀본 적이 있어 그가 지금 지른 목소리는 쩌렁쩌렁 울릴 정도였다.

검군장의 젊은 무사들은 자신들의 이번 임무의 중요성에 대해서 잘 알고 있었다. 그들은 드디어 걱정하던 강적이 나타났다고 생각하면서 모두 검을 뽑아 들었다.

"장석민, 네가 나서라. 저 대머리를 치워라."

갑자기 들린 일수삼검의 고함 소리에 검군장 무사들은 몸을 조금 움찔거렸다. 목소리 자체에 내공을 싣고서 지른 것이라 홍국의 소리보다 절대로 작지 않았다. 하지만 그래도 그들은 불만이었다. 상대는 자신들을 노리고 왔으니 고수가 틀림없었다. 그러니까 제법 무공이 고강하다는 이 총표두가 직접 나서야 한다고 생각했다. 지불한 돈의 대가는 받아야 한다는 것이 그들의 공통된 생각이었다.

석민은 사양하지 않았다. 표사 경험이 벌써 몇 년이 지난 그는, 상대가 덩치만 큰 멍청이라고 판단하고 있었다. 총표두 같은 고수가 그를 혼자 내보낸다는 것이 그 추측을 믿음으로 바꾸어주었다. 그는 승리를 확신하고 있었다.

반면 홍국은 그렇지를 못했다. 보통 이 정도의 인원을 몰고 나타나면 상대는 꼬리를 감추기 마련이었다. 그렇지 않다 하더라도 그의 고함 소리를 듣고 나면 항상 가진 물건을 모조리 바쳤었다. 그것이 지난 몇 달 동안 산적질이란 것을 해보면서 그가 얻은 경험 전부였다. 그리고 그는 목소리의 크기가 곧 기세라고 생각했다. 그런데 상대편의 표사 대장쯤 되어 보이는 자가 자기 못지않은 목소리로 고함을 치더니, 역시 자기만큼 근육으로 다져진 자를 내보냈다. 그는 이미 꼬리를 말고 싶었다. 자신의 뒤에서 눈을 빛내면서 그를 쳐다보고 있는 오십 명의 수하들만 아니었어도 진즉에 달아나고도 남았다. 마음가짐에서 이미 둘의 싸움은 반쯤 결판이 나 있었다.

총표두 강대영이 자신의 무공 한두 가지만 보여줘도 겁을 먹고 몽땅 도망갈 상대를, 약간의 위험까지 감수해 가면서 석민으로 하여금 상대케 하는 것은 미래를 위해서였다. 어쨌거나 칠성표국은 그가 이십 년이나 일해 왔고, 또 앞으로 힘이 닿는 데까지 몸을 담고 있어야 하는 곳이었다. 현 국주는 무능력했고 칠성표국의 실질적인 지배자는 그였다. 그의 밑에 있는 표사들이 조금이라도 실전 경험이 는다면, 그것은 그의 복이었다. 지금처럼 적당히 약한 상대가 나와주는 경우도 흔한 건 아니었다.

저들은 명색이 산적이니 깨놓을 필요가 있었다. 놔둬봤자 다른 상인들에게 피해나 줄 뿐이었다. 석민이 상대를 이기게 된다면, 저자의 부하들은 산산이 흩어질 것은 불을 보듯 뻔했다. 표사 한 명으로 오십의 산적을 꺾는다면 그것은 표사들의 사기와 표국의 명성에 지대한 영향을 끼칠 수 있었다. 더불어, 저 건방진, 검까지 뽑아 든 검군장의 젊은 무사들의 콧대마저도 꺾을 수 있었다. 이런 기회는 돈 주고도 얻기 힘들었다. 그는 민택을 내보내고 싶었지만, 아직 민택이 십 년 동안 어느

정도 발전이 있었는지, 아니면 퇴보했는지를 알 수 없기 때문에 참기로
했다.

그의 예상은 틀리지 않았다. 석민은 대표두들 다음으로 강한 표사였
다. 물론 대표두와의 실력 차는 컸지만 실전으로 다져진 그의 검술은
저 검군장 무사 하나보다는 조금 나았다. 석민의 검은 홍국이 철퇴 한
번 제대로 휘두르기 전에 그의 가슴을 베어버렸다. 홍국이 피를 쏟으
며 쓰러지자 오십의 일종의 산적이었던 무리들은 모조리 사방으로 흩
어져 달아나 버렸다. 그리고 검군장 무사들의 얼굴에 나타나는 놀라움
과, 똥 씹은 듯한 표정이 그를 기쁘게 했다. 대영은 피식 웃었다.

검군장 쪽 사람들 중에서 석민의 모습을 보고 기뻐한 사람은 오직
낙화검 함성호뿐이었다. 칠성표국의 표사 하나하나의 실력이 석민과
같은 정도라면 이번 여행은 그의 생각보다 훨씬 안전하게 끝낼 수 있
었다.

'고수가 가르친 표사들이라 그런지 꽤 괜찮군.'

그는 조금쯤 착각하고 있었다.

"칠성표국이 알고 보니 여느 유명 문파 못지않은 힘을 가지고 있었
군요. 놀랐습니다."

"허허, 별말씀을. 그저 아이들이 잔재주나 조금 익히고 있는 것뿐이
지요."

잔재주란 말을 듣자 그는, 민택이 생각났다. 그가 자신을 향해 창을
겨누던 모습이 갑자기 떠올랐다.

'그 안정된 자세를 생각해 볼 때, 그자는 저 커다란 표사보다도 실력
이 더 뛰어나다. 칠성표국, 정말 강한 곳이었군. 소문과는 달라.'

본래 그는 이번 여행에서 자신이 목숨을 잃을 확률이 삼 할은 되리

라고 생각했었다. 이번 일의 핵심은 그가 쥐고 있었으니 가장 위험한 것도 그였다. 그는 검군장을 떠나기 전에 주변 정리까지 끝마쳐 둔 상태였다. 그런데 칠성표국의 능력이 변수가 되었다.

'살아 돌아갈 확률이 구 할은 되겠군.'

그로서는 그보다 기쁜 일은 없었다. 죽고 싶은 사람은 없는 법이었다.

"또야?"

다음날 길을 가다가, 검군장 무사 중 하나가 검을 뽑으며 말했다. 그들의 앞으로 푸른 옷의 중년인 둘과 젊은이 넷이 다가오고 있었다. 그들은 무사의 행동을 보고 말을 세운 채로 그들을 쳐다보았다. 그들 중 젊은이 넷은 무장을 한 채였다.

시비를 건 것은 분명히 검군장 무사들이었다. 어제 석민의 활약을 본 이후로 자존심에 상처를 입은 그들은, 그 이후로 명예를 회복할 기회를 노리고 있었다. 그런 그들의 앞에 적당한 상대가 나타났다. 여섯 명의 남자. 둘은 무장조차 하지 않았고, 넷은 그들의 호위 무사쯤으로 보였다. 그들이 이 일행을 만만하게 본 이유는 한 가지였다. 부잣집에서 능력있는 호위 무사를 거느린 것이라면 행차가 더 화려해야 했다. 아니면, 잡일을 할 하인이라도 두어 명은 따라붙어야 했다.

이도 저도 아닌 상황을 보고 검군장 무사들은 상대를 얕잡아보았다. 상대는 단지 칼 조금 쓰는 사람 몇을 임시로 사서 데리고 가는 사람들로, 고수를 수하로 거느리기에는 좀 부족한 수준의 부자가 틀림없다고 생각했다. 평소 무공을 믿고 오만하던 이들은 누구에게라도 누명을 씌워서 명예를 회복하려고 했다. 그들은 표사 따위에게 얕보일 수 없었다.

"요새 세상이 흉험해져서 곳곳에 도적 떼가 출몰한다더라구."

"칼까지 차고 있는 것을 보니 저놈들은 척 보기에도 도적 놈들이 분명해. 분명히 우리를 노리고 나타난 놈들일 거야. 함 대인, 저희가 나가서 처리하도록 허락해 주십시오."

그들은 서로 맞장구를 치면서 낙화검 함성호를 쳐다보았다. 성호의 얼굴은 잔뜩 일그러져 있었다. 그 표정에서 자신들의 요청이 거절당하리란 것을 눈치 챈 무사 하나가 자신의 검을 뽑았다. 이 정도 모습이라도 보여야 상대가 꼬리를 말고 항복할 기회를 줄 수 있었고, 그래야 그들의 체면이 좀 세워질 거라고 보았다. 그래서 그는 함성호가 말리기 전에 서둘러 고함을 쳤다.

"네 이놈들, 네놈들의 정체를 순순히 밝히고 당장 말에서 내려서 엎드려라. 말을 듣는 놈은 살 것이요, 듣지 않는 놈은 죽을 것이다."

그는 당연히 상대가 벌벌 떨면서 지시를 따르리라고 생각했다. 적어도 이쪽의 인원수는 상대편의 다섯 배였다. 상대가 자신들의 실력을 모른다고 하더라도 이 명령을 거부할 수는 없을 거라고 확신했다.

마침내 중년인 둘 중의 하나가 고개를 젖히며 크게 웃었다.

"와하하하! 우리 청사이살이 이런 대접을 받기는 대충 십 년 만이군. 안 그렇습니까, 형님?"

형님이라 불린 자— 청사일살 방지허는 조용히 웃을 뿐이었다. 그러나 청사이살이란 말을 들은 표사들의 얼굴은 일제히 노래졌다. 도적들이 표국에 대해서 알아야 하는 것이 생존의 필수 조건이듯이 표사들이 녹림의 고수들에 대해 알고 있어야 하는 것도 직업상 기본에 속했다. 청사이살처럼 녹림맹에서도 중요한 자리를 차지하고 있는 고수들의 무공 수위에 대해서는 당연히 알고 있어야 했다. 분위기가 이상해지는 것을 느낀 검군장의 무사들은 그때서야 자신들이 또 실수한 것을 알았다. 이번 실수는 지난번보다 더 컸다. 훨씬 더 컸다.

녹림맹에서 감찰관으로 있는 청사이살은 일종의 사권을 익힌 고수들이었다. 그들이 푸른 옷을 즐겨 입는다고 해서 그들의 무공은 청사권이라고 불렸다.

"아이들이 철이 없어 잠시 실수한 모양입니다. 대인의 풍모를 가지고 저 녀석들을 용서해 주시지요."

일수삼검 강대영으로부터 청사이살이 누구인지 전해 들은 낙화검 함성호가 말했다. 중요한 임무를 가진 상태에서 청사이살 같은 고수들을 상대로 싸울 수는 없었다. 그가 칠성표국의 힘을 제대로 판단한 것이라면, 청사이살과 싸워서 이기는 건 어렵지 않겠지만 그들을 무찌르는 과정에서 따라올 인명 피해가 문제였다. 상대가 자신들을 노리고 나타난 것도 아닐 텐데 일부러 이 싸움을 할 이유가 없었다. 아무리 칼밥 먹는 무림인이라고 해도 만만찮은 상대와 목숨 걸고 싸우는 걸 즐기지는 않았다. 그러나 상대는 그렇게 생각하지 않았다.

"우리는 산동 지부의 슬픈 일 때문에 가슴이 답답했었다. 이제 그곳을 조사하러 가는 와중에 너희처럼 건방진 표사들을 만났으니 이 또한 하늘의 뜻인가 보다. 내, 너희들 전부를 죽여 산동 지부 형제들의 영혼을 위로하리라."

청사일살이 보기에 이 서른 명 정도의 무리는 단지 한 떼의 표사와, 별 볼일 없는 무사일 뿐이었다. 표국에서 호위를 할 정도의 인물들이라면, 돈은 제법 많을 테고 무공은 그리 뛰어나지 않을 거라고 판단했다. 스스로나 호위 무사들의 무공이 강한 사람들은 표사들의 도움을 받을 필요가 없었다. 그리고 표국 역시 고수들이 많으면 그 고수 몇을 붙여주고 말지, 표물 수송도 아니고 보표를 하는 데 저렇게 우르르 몰려다니지는 않았다. 이건 쓸 만한 고수가 없을 때 머릿수로 해결하는 법이었다. 보통은 그랬다.

그는 상대의 기를 죽일 필요를 느꼈다. 말로는 전부 죽인다고 했지만, 산동 지부 참사를 조사할 임무가 있는 그가 함부로 그런 큰 싸움을 할 수는 없었다. 아무리 실력 차가 나더라도 자기들 여섯으로 삼십 명이나 상대하다가는 인명 피해가 나기 쉬워 보였다. 눈먼 칼에 맞기라도 하면 오히려 손해였다. 게다가 그는 산적이지 살인귀가 아니었다. 그가 지금 이렇게 나오는 것은 단지 상대가 돈이 많아 보였기 때문이었다. 이 기회에 아주 짭짤한 부수입을 올려야겠다고 기대했다. 표사 한 떼를 고용하려면 돈이 얼마나 많을까 생각하니 제법 흥분이 됐다. 지난 몇 년 동안 어떻게 살았는지에 상관없이 그의 본분은 도적이었다. 녹림은 도적질을 잘하는 사람들이 모인 곳이었다.

그는 저 표사들 중의 대장을 제압해서 간단히 상대의 항복을 받아내려고 했다. 그리고 그렇게 결심함과 동시에 그는 말 등을 박차고 일수삼검 강대영을 향해 날아갔다. 표사들 간에 의견을 묻는 눈짓을 보아 그가 대장임을 눈치 챘다. 서로 간의 거리가 그렇게 멀지 않으니 그는 상대가 대응하기 전에 자신의 청사권의 금나수법으로 적의 대장의 목을 움켜쥘 수 있을 줄 알았다.

그리고 꽤나 놀랐다. 자신이 말 등에서 뛰어오르자마자, 상대 역시 자신을 향해, 그것도 똑같이 말 등을 박차고 뛰어올랐다. 상대는 허공에서 검까지 뽑고 있었다. 발검술부터 예사가 아니었다.

일수삼검 강대영은 그 명호에서 보듯이 쾌검술을 주로 사용했다. 특히, 검집에서 빠져나오면서 상대의 급소 세 군데를 연달아 공격하는 그의 검법은 무척이나 위력적이었다. 하지만 지금처럼 서로 빠른 속도로 마주쳐 지나가는 동작에서는 세 번이나 칼질을 할 수 없었다. 그의 명호가 일수삼검이지만 그렇다고 그의 검술이 모두 세 번의 칼질을 하는 초식으로 된 것은 아니었다. 그와 청사일살의 명성에는 약간의 차이가 있었다. 장기전으로 간다면 그가 불리했다. 그는 처음부터 한 번을 노렸다.

청사일살 방지허는 적이 이렇게 나올 줄 몰랐다. 그는 조금쯤 당황한 상태에서 적이 찌르는 검을 상대해야 했다. 시간은 찰나였다. 검은 그의 가슴을 노리고 날아왔고, 그는 뱀처럼 흐느적거리는 권법으로 직선으로 날아오는 검의 옆면을 후려치려고 했다. 성공만 할 수 있다면, 곧바로 검의 면을 친 손을 쭉 뻗어, 날아오는 상대의 턱주가리라도 날려주려고 했다. 하지만 검은 그의 예상보다 빨랐고 그는 조금 당황하고 있었다.

구경하는 사람들 중 몇몇 고수들을 제외하고는 단지 서로가 스쳐 지나가는 모습만을 볼 수 있었다. 그들은 상대의 말 위로 내려서더니, 곧바로 다시 뛰어서 자신의 자리로 돌아왔다. 두 번째는, 서로를 극도로 경계하느라 아무런 충돌도 일어나지 않았다.

일수삼검 강대영은 무척이나 놀랐다. 상대의 명성과 곧잘 쓰는 수법을 들어서 알고 있던 그는, 청사일살이 말 등을 박차고 자신에게 날아올 것을 충분히 예상하고 있었다. 그는 상대가 움직이는 그 순간을 기회로 삼으려고 노리고 있었다. 상대의 허를 찌른다면 자신보다 반 푼이라도 명성이 높은 그를 단칼에 죽이거나, 아니면 중상이라도 입힐 수 있으리라고 생각했다. 하지만 상대는 멀쩡했다. 그는 생각보다 실력 차가 크다고 느꼈다.

청사일살의 놀람은 강대영보다 더하면 더했지, 결코 못하지 않았다. 자신은 그래도 기습을 한다고 생각했는데, 상대는 자신의 움직임마저 예상하고 움직였다. 게다가 그가 청사권을 사용했는데도 불구하고 그의 오른팔에는 기다랗게 그어진 검상이 생겼다. 오른팔의 옷 전체가 서서히 피로 물들어가기 시작했다. 재빨리 그의 부하 하나가 금창약을 바르고 깨끗한 천으로 그의 상처를 싸매어주었다. 그는 그때서야 눈앞에 있는 표국을 평가할 생각을 하였다.

"칠성표국에 대해서 아는 것이 있느냐?"

표국의 깃발을 읽은 그가 자신의 팔을 붕대로 싸매고 있는 부하에게 물었다. 자잘한 표국을 다 기억하기엔 그의 지위가 조금 높았다.

"예, 곡부에 본거지를 둔 표국입니다. 산동 지방을 벗어나는 표물 수행은 하지 않을 정도로 작은 표국입니다. 서른 명 정도의 인원으로 구성되어 있습니다. 특이하게 일수삼검 강대영이라는 고수가 총표두를 맡고 있습니다. 그자는 쾌검의 달인으로, 제법 뛰어난 인물로 평가받고 있습니다."

예전에 청사이살과 둘이서 한창 도적질을 하던 당시에는, 방지허 역시 이런 정도의 표국 정보는 외우고 있었다. 단지 그가 주로 활동하던 무대가 산동이 아니었고 칠성표국은 산동을 벗어나지 않았으며, 이제는 그런 것은 기억하지 않아도 아랫것들이 알아서 챙기는 위치가 되었기 때문에 알지 못할 뿐이었다.

청사일살 방지허는 표사들을 하나씩 훑어보았다. 가뜩이나 놀란 상태로 그들을 보니 모두 한가닥씩 할 것처럼 보였다. 그러다 민택이 그의 눈에 띄었다. 언뜻 보기에는 평범해 보였지만, 다른 표사들과는 달리 안색 하나 변하지 않은 상태로 자신을 주시하고 있었다. 평소에 일

개 표사가 그를 노려보았다면 즉시 목숨을 끊어줌으로써 훈계를 했을
테지만, 지금 상황은 그렇지 않았다. 그는 임무가 있었고, 상대는 그의
예상보다 강했다. 그냥 물러서자니 그의 명예에 손상을 입을 것 같았
고, 싸우자니 자신들도 피해가 만만찮을 것 같았다. 그런데, 일개 표사
가 자신을 조금도 두려워하지 않는 것을 보자, 그는 칠성표국에 대한
평가를 더 높여서 계산했다. 그는 자신의 동생인 청사이살을 쳐다보았
다. 그의 표정에서 자신의 뜻에 동의한다는 것을 쉽게 알 수 있었다.

"임무가 우선이라 너희들을 그냥 보내준다."

그들은 명색이 녹림맹의 감찰관이었다. 감찰관들 중에서도 그 수사
력을 인정받는 존재들이라 이번 참사에 조사차 파견되고 있었다. 따라
서 자신들의 판단을 믿었다.

'작은 표국이라고? 저 정도 실력의 표국이 작다고? 칠성표국은 강하
다. 머릿수가 표국의 실력이라고 생각하는 맹의 멍청이들에게 표국 재
평가가 필요하다고 요청해야겠군.'

그들 둘의 공통된 생각이었다. 그들은 그들의 생각을 고위층에게 전
달할 수 있을 만큼의 명성은 가지고 있었다.

그날부터 표사들은 표행이 훨씬 쉬워졌다. 그들이 지고 다니던 식량
과 물 따위의 물건들을 네 명의 무사들이 타던 말 위에 얹어놓았기 때
문이었다. 그들 전체를 위기에 빠뜨렸던 검군장의 무사들은 말고삐를
잡고 걸어가는 마부 신세로 전락했다.

第三章

표행이 거의 끝나가는 시점에 이르러서 대부분의
사람들은 긴장이 풀려가고 있었다. 여행 일정은 이제 하루가 남았을
뿐이고, 앞으로 하루 동안은 별로 위험할 만한 곳을 지나지 않는다. 남
은 길에는 사람이 사는 마을이 많고, 관청의 힘도 충분히 미치고 있었
다. 그들은 이제 임무를 무사히 완수했다고 생각하고 있었다. 검군장
무사들은 돌아간 후의 포상을 기대했고, 표사들 역시 대규모의 표행을
마친 뒤에 있을 특별 수당과 휴식을 생각하고 있었다. 석민은 도박장
을 기대하고 있었다. 그들 중에서 긴장의 고삐를 늦추지 않고 있는 사
람은 단지 셋뿐이었다.

낙화검 함성호는 자신의 임무가 아무런 제지 없이 끝나기를 꿈꾸지
않았다. 그는 그것이 지나친 욕심이라는 것을 알고 있었다. 그의 품속
에 있는 물건은 세상을 바꿀 만한 대단한 보물은 아니었다. 그럼에도

불구하고 이것을 노릴 곳이 분명히 한 군데는 있었다. 게다가 물건을 수송한다는 정보 역시 바로 그곳으로 이미 새어 버린 후였다.

검군장에서는 이번 임무에 그 이외의 고수를 파견할 여력이 없었다. 다른 문제로 정신이 없었기 때문이기도 했지만 시간마저 촉박해서 타지에 나가 있는 검군장의 고수들을 불러들일 수 없었고, 또 검군장을 지킬 고수들도 필요했기 때문이었다. 꼭 필요한 인원들을 제외하고 보니 함성호와 몇몇 젊은 무사만이 남았다. 그렇다고 그들만 보낼 수는 없었고 다른 곳에서 인원을 더 빼자니 빠질 곳이 불안했다. 낙화검은 제 몫을 하겠지만 상대는 녹록치 않았다. 그래서 부족한 부분을 머릿수로 채우기로 했다. 결국, 많은 돈을 들여서 일수삼검 강대영이 있는 칠성표국을 몽땅 고용할 정도로, 검군장에서는 이번 임무를 쉽지 않게 생각하고 있었다. 반면에 직접 몸을 움직이지 않는 검군장의 지휘부는, 그 정도 인원이면 충분할 거라고 생각했다. 검군장에서 심각하게 불안해하는 건 낙화검 함성호뿐이었다.

차라리 습격이 이미 있었다면 그가 이렇게까지 긴장하고 있지는 않았겠지만, 지난 여행은 너무 순조로웠다. 그의 바보 같은 부하들이 아니었다면 아주 편안한 여행이 될 뻔했다. 그런데 그럴 리가 없었다. 적이 이 기회를 놓칠 리가 없었다.

일수삼검 강대영 역시 긴장하고 있었다. 그의 칠성표국은 이번 호송의 대가로 제법 많은 돈을 받았다. 검군장이라도 돈이 소중하지 않을 리 없었다. 그의 이십 년 표국 생활의 경험에 의하면 검군장에서는 적의 습격을 거의 기정사실화하고 있는 게 틀림없었다. 그런데도 아직까지 습격이 없었다면 뭔가 치명적인 게 준비되어 있을 확률이 컸다. 눈앞에 보이는 칼은 상대하기 쉽지만, 보이지 않는 곳에서 다가오는 칼은 위험하다는 것을 그는 잘 알고 있었다.

민택이 긴장하는 것은 전혀 다른 이유였다. 그에게는 그들 일행을 노리는 적이 어떤 식으로 나오더라도 상대할 능력이 있었다. 그러나 자신의 과거를 아는 사람이 존재한다는 것이 문제였다. 지영을 만난 이후 며칠 동안 고심한 그는 지영의 배후에 대해서 조금 알아볼 필요가 있다고 느꼈다.

'나를 추적하고 있는 자들은 과연 누구일까? 아군인가, 적군인가. 아니, 내게 내가 모르는 아군이란 존재가 있던가?'

상대가 누구든지, 그는 그들을 기다려야 했다. 적어도 지금 그가 나서서 상대를 자극할 필요는 없었다. 그는 기다리고 있었다.

최초로 위험 신호를 포착한 것은 민택의 감각이었다. 지난 몇 년 동안 목숨을 내놓고 살았던 그가 가장 먼저 의문점을 찾아냈다. 그들이 들어선 곳은 허름한 객잔이었다. 여행객들이 쉴 수 있는 몇 개의 방이 있는 작은 초가집과, 마당에 음식을 먹을 수 있는 탁자들을 늘어놓은 곳이었다. 그곳에서 그는 눈에 거슬리는 것을 찾아냈다. 탁자와 의자가 너무 상태가 좋았다. 거의 새것이나 다름없었다. 객잔이 새로 생겼을 수도 있는데, 그의 본능은 '새로 생겼다'는 것 자체를 위험 신호로 받아들였다.

그는 눈을 빛내며 다른 수상한 것이 없나 찾아보았다. 주문을 받는 점소이의 손에 굳은살이 박혀 있었다. 손 안쪽에 박히는 굳은살이야 농기구에 의해서 생길 수도 있으니 별문제가 없었다. 그러나 점소이의 경우는 손날과 손등에 두터운 굳은살이 있었다. 수도를 수련한 경우가 아닌 다음에야 그곳에 그런 것이 생길 이유는 없었다. 이제 그의 본능은 머릿속에서 경종을 마구 울려대고 있었다. 그들 일행이 삼십 명, 미리 객잔에 와 있던 다른 손님들과 이곳의 종업원들을 다 합쳐 봐야 대략 열 명. 그는 상황을 짐작할 수 있었다.

긴 여행을 거의 끝마쳐 가는 상황이었기 때문에, 그리고 이곳은 인가가 없는 산길도 아니었기 때문에 대부분의 사람들은 마음을 푹 놓고 있었다. 긴 여행길에 아껴 마시던 물 때문에 갈증이 일었다. 특히 참을성이 적고 덩치가 큰 석민은 목이 더 많이 말랐다. 점소이가 각자의 탁자에 물그릇을 놓고 있을 때, 그는 아예 점소이가 가져왔던 물통을 들어 올렸다. 통째로 마실 작정이었다. 그러나 한 모금도 마실 수 없었다. 막 통에 입을 대었다가 그대로 물을 뒤집어써 버리고 말았다. 민택이 그 물통을 잡고 뒤집어 버렸기 때문이었다.

"뭐, 뭐냐, 이 씨발놈, 드디어 싸울 용기가 났냐?"

석민은 총표두도 아랑곳하지 않고 소리를 질렀다. 화도 잔뜩 난 데다가, 표국 내에서 다섯 번째 실력자—그의 생각에—인 그를 단지 싸움 한 번 했다고 자를 리는 없다고 생각했다. 그래서 자신있게 소리쳤다. 그리고 누가 봐도 민택이 잘못한 상황이었다. 주먹이라면 자신이 있었다. 칼이라도 겁을 먹을 그가 아니었다. 그런 그에게 민택이 주먹을 내밀었다. 그리고 손을 펴자, 그 안에서 거무스름한 것이 묻어 있는 은자가 나타났다.

"물에 독이 있소."

그의 말이 떨어지기가 무섭게 표사들은 검을 뽑아 들고 검군장 무사들, 정확히 말하면 낙화검 함성호를 보호하기 위해 모여들었다. 표사는 표물을 보호해야 했다. 보표를 수행할 때도 마찬가지였다. 그리고 그들에게는, 건방짐이 하늘을 찌르던 검군장의 젊은 무사들은 보표 대상이 아니었다.

구석에서 음식을 먹던 몇몇 손님과 점소이들 역시 한쪽으로 모여들어 무기를 찾아 들고는 그들과 대치했다.

"이 간악한 놈들, 감히 독을 쓰다니. 내 검이 너희들을 용서하지 않을 것이다."

일단 일수삼검 강대영이 호기롭게 외쳤다. 그는 그렇게 주의를 경계했으면서도 객점의 물을 조사해 볼 생각을 하지 않은 자신을 속으로 욕했다. 그리고 자신이 간과한 것을 발견한 민택을 슬쩍 쳐다보았다. 왠지 믿음직해 보였다.

'녀석, 십 년 동안 허송세월만 한 건 아닌가 보군.'

객잔의 주인 역할을 맡고 있던 중년인은 어이가 없었다. 그가 이번 일에 특별히 참여한 것은 친구의 부탁 때문이었다. 계획도 빈틈없이 세웠다. 그런데 자신이 쓴 독이 들통나는 바람에 시작부터 계획이 틀어졌다. 하지만 그가 황당해하는 이유는 다른 데 있었다.

그가 사용한 것은 일종의 마취제로, 상대를 제압하는 데 목적이 있었다. 그것은 은이 닿는다고 하더라도 변색이 되지 않는 상당히 값이 비싸고 귀한 마취제였다. 게다가 그는 그 약을 물에 타지 않았다. 상대가 혹시나 은보다 민감한 다른 어떤 것으로 조사해 볼지 몰랐기 때문에 그는 그 약을 물그릇의 바깥 면 가장자리마다 정성스럽게 발랐다. 물이 그릇에 담긴 후에라도 물 자체에는 약이 조금도 섞이지 않을 만큼 조심을 했다. 그는 그만큼 용독술의 고수였다. 그래서 이 정도면 어설픈 표사 나부랭이들과 멍청한 무사 몇을 상대로 충분히 성공하리라고 자신하고 있었다. 그 정도 사람들을 속이는 건 일도 아니었다. 그런데 저 표사는, 물통에서 물이 채 나오기도 전에 은자가 변색되었다고 설치고 있었다. 이미 자신의 일행들이 모두 정체를 드러냈으니 그가 이제 와서 물에 독이 없다고 주장해 봤자 아무 소용이 없었다.

"낙화검 함성호! 물건을 내놓으시오. 우리가 직접 손을 써서 당신들 전부의 목숨을 빼앗게 만들지는 마시오."

할 수 없이 그도 일단 호통을 쳐 상대를 위협해 보았다.

성호는 기뻤다. 이번에는 분명히 그가 기다리던 적의 습격이 틀림없었다. 그런데 상대가 은밀히 사용한 독이 이 믿음직한 칠성표국에 의해서 발각되었다. 그렇다면 이제 유리한 고지를 잡은 것은 자신들 쪽이었다. 그는 여유가 생겼다. 그는 이 여행이 시작되고 나서 처음으로 마음을 조금 놓았다.

"그대는 누구신가? 어찌 나보고 물건을 내놓으라고 하는가, 내가 어느 물건을 주어야 하겠나? 아, 그대가 맡겨둔 물건이라도 있는 모양이군. 그래, 무엇을 내놓으라는 건가?"

그는 상대편이 어디에서 온 건지 이미 예상하고 있었다. 하지만 지금까지 자신을 고생하게 만든 상대를 조롱하고 싶었다. 게다가 상대가 흥분하게 된다면 일은 더 쉬워질 거라고 생각했다. 상대의 대답을 듣고서야 그는 상대를 조롱한 것이 자신의 실수임을 깨달았다.

"대환단을 내놓으란 말이다."

대환단이라는 말에 표국의 표사들은 술렁이기 시작했다. 결국, 너무 많은 사람들이 이 물건에 대해서 알게 되었다.

소림사의 대환단은 이 시대 최고의 신약이었다. 그 약의 효능으로 목숨이 위태로울 정도로 중상을 입은 사람을 살리는 것은 기본이었다.

여러 가지 질병에 특효가 있어 명의들이 고개를 흔드는 중병에 걸린 사람들도 대환단을 복용할 수 있다면 열 명중 예닐곱은 자리를 털고 일어났다. 그러나 무술로 유명한 소림사의 대환단이 가장 큰 위력을 발휘하는 것은, 무공을 연마하다가 주화입마를 당한 경우였다. 절정 무공을 연마하다 심각하게 주화입마에 빠진, 그래서 목숨이 경각에 달린 사람이라고 하더라도 대환단 한 알만 복용할 수 있으면 깨끗이 치료될 수 있었다. 개중에는 주화입마되기 전보다 더 몸 상태가 좋아지는 사람도 있었다. 대환단이 그전에 가지고 있던 잔병들마저 치료해 주기 때문이었다.

그러나 이렇게 효력이 좋은 대환단은 제조하기가 아주 까다로웠다. 각종 진기한 약재를 사용해야 하며, 소림사만의 독특한 방법을 사용해서 제조해야 하는데, 그 과정이 굉장히 어려웠다. 일 년에 소림사에서 만들어지는 대환단은 기껏해야 한두 개 정도였다. 효능이 좋아서 수요는 끝이 없고, 공급은 극히 적은 물건이 일으킬 현상은 한 가지뿐이었다. 소림사의 대환단은 부르는 게 값이었다. 때와 장소만 잘 맞춘다면 그걸 팔아서 거부(巨富)가 될 수도 있었고, 중병에 걸린 고위 관리에게 바친다면 제법 호령하는 벼슬 자리도 얻을 수 있었다. 그만큼 귀한 물건이니 노리는 사람도 많았다. 지킬 힘이 없는 사람이 가지고 있다가는 오히려 명을 재촉하는 독이 되는 것이 소림사의 대환단이었다.

성호는 당황했다. 대환단이 검군장 내부에 있을 때는 감히 그것을 노리는 자가 있을 수 없었다. 대환단의 존재 자체도 비밀로 하고 있었지만, 어떻게 알고 찾아오는 도둑놈들이 훈련된 무사의 이목을 피해가면서 잘 숨겨진 대환단을 가져갈 수 있을 리 만무했다. 그는 헛기침을 했다.

"험험, 이것을 노리는 이유가 무엇이오? 내 돈을 좀 줄 터이니 약방에 가서 다른 약이라도 찾아보는 것이 어떻소?"

몰라서 묻는 게 아니었다. 그는 사태가 심각하게 돌아가기는 했지만 아직 자신이 유리하다고 생각했다. 적어도 상대는 칠성표국의 힘을 제대로 판단하지 못하고 있을 테니 충분한 대비도 하지 못했으리라 생각했다. 목적지까지는 하루 거리밖에 남지 않았고, 그곳은 사람들이 많이 사는 곳이었다. 이제 이들만 쫓아내면 감히 그들 일행을 막아설 자는 없었다. 그렇다면 상대를 조금이라도 더 흥분시키는 것이 그들이 냉정을 잃게 만드는 가장 좋은 방법이었다. 그러나 상대는 그의 예상과는 달리 흥분하지 않았다.

"그 약으로 병자를 치료해야 한다. 오직 소림사의 대환단만이 환자를 치료할 수 있다. 사람 목숨을 살리는 일이다. 보상은 해주겠다."

사내— 당태호는 만약을 대비해서 준비해 두었던 주머니를 열더니 그 속에 든 물건들을 던졌다. 탁자 위에 반짝이는 보석 몇 개가 나뒹굴었다. 그리 기대하지 않은 제이의 계책이었지만 성공한다면 가장 상책이 될 수 있었다.

"그 정도면 은자 천 냥은 될 거다."

은자 한 냥이면 쌀 한 가마를 살 수 있었다. 은자 천 냥이라고 하는 것은 천석꾼이 일 년 동안 벌어들일 수 있는 수입 전부였다. 보통 사람으로서는 한 번 보기도 힘든 거금이었다.

은자 천 냥은 분명히 커다란 돈이었다.

검군장의 수입은 크게 세 가지로 나뉘어졌다. 가장 많은 돈이 들어오는 것은 부자들의 후원금이었다. 넉넉한 액수의 후원금을 검군장에 기부하는 사람들은, 검군장을 그들의 배경으로 삼을 수 있었다. 시비를 걸어오는 자가 있을 때 검군장의 이름을 파는 것도 중요하지만, 도적이나 기타 흉악한 무리들이 힘으로 그들의 재산을 빼앗았을 때, 검군장은 그 복수를 해주기도 했고, 또 빼앗긴 물건을 찾아주기도 했다. 따라서 검군장의 세력권에 있는, 소문날 정도로 큰 부자들은 모두 정기적으로 후원금을 내고 있었다.

그 다음 수입으로, 부유한 가문에서 자녀들을 검군장에 짧은 기간 동안 제자로 들여보낼 때 그 대가로 기부하는 돈이 있었다. 물론 기부해야 하는 돈이 정해져 있는 것은 아니었다. 그러나 보통 자녀들의 처우를 생각해서 충분한 액수를 제공했다. 그들은 대체로 짧으면 일 년, 길어야 오 년을 넘지 않는 기간 동안 무공을 전수받았고, 그 기간 동안 거의 매년 예의를 표시하면서 상당 액수를 따로 기부하는 것이 관례화되어 있었다. 물론 검군장에서 어려서부터 무공을 배워온, 그 무공이 완성될 때까지 오랫동안 수련하는 정식 제자들은 검군장 자체의 식구로 인식되어 따로 돈을 받지는 않았다.

그리고 마지막으로 검군장 자체에서 운영하는 상가와, 소작을 준 농지 등에서 들어오는 수입이 있었다.

검군장의 수입은 무척 많았다. 장내의 많은 무사들이 먹고 쓰고, 또 무림 가문으로서 활동하는 데 드는 돈보다도 수입이 더 많았다. 하지만 그런 그들에게도 은자 천 냥은 작지 않은 돈이었다. 돈을 본 성호는 욕심이 동했다. 하지만 절대로 받을 수 없었다. 대환단 자체가 잘만 팔면 천 냥보다도 훨씬 큰돈을 받을 수 있는 귀한 보물이기도 했지만, 검군장이 돈을 벌기 위해서 이 귀한 약을 가지고 있던 것은 아니었다. 지금 상황에서는 더 더욱 그랬다.

"사람을 살린다는 당신들이 우리에게 독약을 쓰더니, 이제는 돈으로 회유하겠다고 하는 것이오? 그 보석마저 가짜인지 어떻게 알겠소? 게다가 나는 억만금을 준다고 해도 이 약을 넘겨줄 수는 없소. 우리 역시 사람을 살리기 위해서 약을 운반하는 것이니."

사람을 살린다는 것은 중요한 말이었다. 무림인들은 다른 사람의 목숨을 중요시하지 않는 경우가 많았다. 하지만, 대놓고 사람을 살린다는 말을 가치없다고 부정하는 사람은 거의 없었다. 상대의 당위성에 흠집을 내는 것이 기세에서 밀리지 않는 방법이었다.

"그 보석은 절대로 가짜가 아니오. 게다가 내가 쓴 것은 독이 아니라 마취제일 뿐이오. 더군다나 그 마취제는."

그는 말을 끝내지 못했다. 발각되지 않을 곳에 썼다고 해봤자, 자신의 수법 하나만 공개하는 꼴이지 아무런 이익이 없었기 때문이었다.

"믿지 못하겠소. 아니, 믿는다고 하더라도 이 약은 줄 수 없소. 우리도 사람을 살려야 하오."

그 말에 당태호가 코웃음을 쳤다.

"우리는 정말로 죽어가는 사람을 위해서 약을 쓴다는 것이오. 하지만 당신들은 단지 그대들의 장주가 주화입마를 당했기 때문에 대환단이 필요한 것 아니오? 내가 알기로 당신네 장주는 무공을 못 쓰게 될 수는 있어도 죽지는 않을 것이오. 어느 쪽이 중요한지는 세상 사람 누구라도 알 것이오."

성호의 속이 조금씩 끓어오르기 시작했다. 상대를 흥분시켜야 했는데 말빨에서 밀리면서 오히려 조금씩 화가 나고 있었다. 어쨌든 약은 자신들 것이고, 또 자신의 품속에 있는데 상대는 말로써 그것을 빼앗으려고 하고 있었다. 그는 아쉬울 게 없었다. 그에게는 칠성표국이라는 믿음직한 후원자가 있었다.

"닥치시오! 이 약은 우리 것이오. 그리고 무림인이, 그것도 장주처럼 고수가 무공을 사용하지 못하고 폐인이 된다면 그것은 죽은 것이나 다름이 없소. 자신있다면 힘으로 빼앗아보시오."

당태호는 정말로 말로써 대환단을 살 수 있을 거라고는 생각하지 않았었다. 이미 검군장주가 그 꼴이 되기 훨씬 전부터 그들은 대환단의 판매를 요청했으나, 검군장에서는 끝내 그것을 거절해 왔기 때문이었다. 그 과정에서 감정이 쌓이고 쌓여 검군장과 그들은 원수가 되는 현재의 관계가 되었다.

검군장으로서는 돈이 별로 아쉽지 않았다. 그리고 만약 검군장이 강적을 상대해야 하는 상황이 생겼을 때, 다른 거대 명문정파의 도움을 받는 방법으로 대환단을 선물로 주는 것만큼 좋은 것은 없었다. 그런 문파의 보물을 팔 이유는 없었다. 지금처럼 그들의 장주가 대환단이 아니면 치료될 수 없는 급박한 상황이 아니었다면, 깊숙이 숨겨져 있던 이 약은 절대로 꺼내어지지 않았을 터였다. 당태호가 말싸움을 한 이유는 두 가지였다. 하나는 나중에 이 싸움이 문제가 되더라도 변명할 거리를 남겨두기 위해서였고, 또 하나는 그의 마지막 계략을 위해서였다. 자신들이 정면 대결을 할 것처럼 속이는 것이 중요했다.

"진정 우리와 싸우겠다는 것이오? 겨우 저 자그마한 표국의 표사들을 믿고 그렇게 나서는 것이오?"

그가 보기에 상대편에서 힘을 쓸 만한 고수는 낙화검 함성호 하나였다. 본래 활동 무대가 산동이 아닌 그는 칠성표국의 이름조차 들어보지 못했었다. 자그마한 표국에 설마 고수가 있으랴 하는 것이 그의 생각이었다. 그는 독을 쓰기 전부터 승리를 자신하고 있었다. 그가 물그릇에 수작을 부린 이유는, 일을 쉽고 확실하게 처리하고 싶었기 때문이었다. 사람 살리려고 하는 일에 자기편 사람들이 희생되게 할 수는 없었다. 그는 설사 싸움이 붙더라도 이길 거라는 것 자체는 조금도 의심하지 않고 있었다. 중요한 건 아무도 안 다치고 이기는 것이었다.

낙화검 함성호 역시 싸움을 마다할 필요는 없었다. 상대는 자신들의 전력을 모르고 있었다. 또 독을 쓰는 사람을 불러온 것으로 보아 저쪽에도 고수가 별로 많아 보이지는 않았다. 그 역시 승리를 자신했다.

"바로 그렇소. 직접 시험해 보시겠소?"

서로의 눈은 피를 튀기고 있었지만 말 자체는 정중했다. 격장지계도 안 먹히는 상황에서, 상대편도 명문의 무사들이니 대우를 조금은 해줘도 될 성싶었다. 그는 그만큼 여유가 있었다.

당태호는 무공 자체는 그리 강하지 못했다. 변변한 무림명조차 없을 정도였다. 사천 지방에서 독과 암기로 유명한 당가 출신인 그는 주로 독만을 연구했다. 무공도 어려서부터 수련해 와서 약하지는 않았지만 낙화검에 비하면 몇 수 처지는 형편이었다. 그는 독이 전문이었다. 독을 쓰려면 계략이 필요한 경우가 많았다. 독이란 놈이 그냥 내준다고 상대가 알아서 덥석 받아먹어 주는 물건은 아니기 때문이었다. 예민한 무림인들에게 쓸 때는 더 절묘한 계략이 필요했다. 그가 이번 일을 주관하게 된 것은, 그의 계략을 쓰는 능력을 인정받아서이지 결코 무공이 고강해서가 아니었다.

본래 일을 간단히 끝내려면, 그리고 서로의 능력이 백중지세라면 우두머리끼리의 싸움으로 승부를 결판내는 것이 공정하고 좋았다. 하지만 이미 독까지 쓴 처지에 정당함을 논할 필요는 없었다. 빈틈없이 세운 용독의 계획이 혹시나 실패했을 때를 대비한 제삼, 제사의 계획이 준비되어 있었다. 그는 물그릇을 들고 왔던 점소이에게 눈짓을 했다.

점소이가 앞으로 나서며 말했다.

"나는 강소 하가장에서 단지 몇 수의 무공을 수련한 사람이오. 누가 나의 단검수를 받아보겠소?"

낙화검 함성호는 상대가 단검수를 들먹이며 나오자 그때서야 이들이 자신의 예상보다 더 철저한 준비를 하고 온 것을 알 수 있었다.

"내가 하가장에 삼십 년 동안 무공을 수련한 한 분 고수가 있다는 소문은 들었소. 그의 단검수란 절기는 너무 뛰어나서 능히 상대가 찔러오는 검을 부러뜨리는 능력이 있다고 들었소. 그대가 바로 단검수 하석호인가 보구려."

단검수 하석호는 고개를 끄덕이며 미소 지었다. 함성호는 바짝 긴장했다. 하석호는 강소 하가장에서 가장 유명한 고수였다. 그 정도의 고수를 데려왔다면, 나머지 한 뭉텅이의 사람들 역시 간과할 수 없었다. 상대는 보통 준비를 한 것이 아닌 것처럼 보였다. 그 혼자서 하석호를 상대할 능력은 없었다. 당태호의 제삼의 계책은 이쪽의 강함을 보여주어 상대가 스스로 포기하게 하는 방법이었다.

"나는 당신들 요구에 응할 수 없소. 당연히 일 대 일의 대응을 하는 것이 법도겠으나, 임무가 중하니 그럴 수가 없소. 당신들 몇 명이 나와서 싸움을 걸더라도, 우리는 모두 한꺼번에 대응할 것이오. 이 싸움에서 수단의 좋고 나쁨을 가릴 여유가 우리에게는 없소."

성호의 대답은 태호가 예상하던 바로 그것이었다. 제삼의 계략대로 이루어져도 좋았지만, 어차피 목적하던 것은 상대가 자신들이 전면전을 벌일 것이라고 속게 하는 것이었다. 게다가 낙화검 함성호는 그가 원하는 대답을 해줬다. 수단의 좋고 나쁨은 그도 가리고 싶지 않았다. 이제 마지막 제사의 계략을 쓸 때였다.

"좋소. 당신 스스로 수단 방법의 좋고 나쁨을 탓하지 않는다고 했소. 후회하지 않소?"

성호는 자신만만해하는 당태호의 말이 조금 불안했지만 선택의 여지가 없었다.

"물론이오."

본래 이 객잔은 넓은 마당에 탁자와 의자를 놓은 것이 전부였다. 그리고 따가운 햇살을 피하기 위해 얼키설키 넝쿨을 엮어서 만든 넓은 그물을 허공에 매달아놓은 것이 있었다. 그 그물은 네 귀퉁이가 끈으로 묶여서 근처의 나무 높은 곳에 걸려 있었다. 성호의 말이 떨어짐과 동시에 당태호는 손을 위로 번쩍 들면서 몸을 뒤로 튕겼다. 그가 신호를 함과 동시에 나머지 하가장의 무사들 역시 마당을 재빨리 빠져나갔다. 상대의 행동을 보고 깜짝 놀란 성호가 급하게 명령을 내렸다.

"모두 뒤로 물러섯!"

성호는 외침과 함께 경공절기를 발휘했고, 다른 사람들 역시 그보다는 늦었지만 뒤로 달려나갔다.

아무런 변화가 없었다. 성호는 분명히 상대가 어떤 계략을 세웠으리라고 생각하고 급하게 후퇴를 한 것이었는데, 객잔 내에는 아무 변화도 일어나지 않고 있었다.

당태호가 그의 독과 계략으로 이름을 세운 이후로 오늘 같은 날은 없었다. 반드시 성공할 거라고 예상하던 용독에 실패했고, 이제 완벽하다고 생각했던 천라지망의 계책마저 뜻대로 되지 않았다. 본래 하늘에 드리워졌던 그물은 질긴 넝쿨에 삼까지 같이 꼬아서 만든 것이었다. 그물 위에는 묵직한 돌덩이도 몇 개 얹어놓았다. 떨어지는 속도가 빨라지라고 한 일이었다. 그의 신호로 그물을 묶고 있던 네 개의 끈이 동시에 풀리면, 상대편에서는 낙화검 함성호 정도나 빠져나오고 나머지는 모두 그물에 갇히는 상황이 벌어져야 옳았다. 하늘을 덮은 그물, 천라지망의 계책이었다.

그 그물의 네 귀퉁이를 묶고 있는 네 개의 끈은 땅에 박아놓은 네 기둥에 둥근 고리 네 개를 이용하여 걸쳐 있었다. 그리고 그 고리는 명주실을 여러 번 꼬아 만든 가늘고 질긴 줄로 연결되어 있었고 그 줄의 끝을 한 사람이 근처 나무 위에 숨어서 꼭 붙잡고 있었다. 엉성하게 연결된 그물의 눈 사이로 석호의 수신호를 보면 그 사람은 줄을 한꺼번에 당겨 그물을 바닥에 떨어뜨리도록 약속이 되어 있었다. 그런데 당태호가 고개를 돌려보자, 나무 위에서 줄을 당겨야 할 사람은 땅바닥에 큰 대 자로 뻗어 있었고, 그 옆에는 은자로 수작을 부렸던 바로 그 표사가 서 있었다. 그는 버럭 소리를 질렀다.

"모두 적을 쳐라!"

더 이상 계략은 없었다. 남은 것은 싸움뿐이었다. 그는 일의 책임자로서 일단 공격 명령을 내렸다. 그리고 자신은 민택을 향해 몸을 날렸다. 두 개의 완벽하고 치명적인 계략과 두 개의 보조 계략이 저 망할 놈 때문에 실패했다. 이제 그들 쪽에서 얼마의 인명 피해를 당해야 할지 모르는 상황이었다. 이 지경에 이르게 만든 저 표사를 직접 쳐 죽이고 싶었다.

그가 독술에 심취하느라 무공이 고강하지 못하다고 해도 사천당가는 무림에 꽤 이름을 날리고 있는 무가였다. 당가 출신인 그의 무공은 일개 표사가 막을 수 있는 수준이 아니었다.

사천당가는 독을 쓰고 암기를 날리는 것으로 명성이 높았다. 암기를 날리기 위해서는 빠른 팔 동작이 필요했고, 당가의 권각법은 속도를 위주로 하고 있었다. 그가 달려오면서 민택을 향해 휘두르는 한 수의 주먹질은 그리 심후한 내력이 실려 있는 것은 아니었지만 속도 하나는 충분히 빨랐다. 어정쩡한 고수 정도의 실력으로는 피할 수 없었다. 피할 수 없으면 막는 방법이 있었지만 일개 표사가 할 수 있는 일은 아니었다. 그는 이 한 수가 눈앞의 표사를 쳐 중상을 입힐 것을 믿어 의심치 않았다. 일단 이놈을 눕혀놓고, 싸움이 끝나고 나서 따로 밟아주겠다고 다짐했다.

그의 주먹은 민택의 얼굴을 노렸다. 저 주둥이에 한 수 꽂아 넣어줘야 시원할 것 같았다. 그런데 막 주먹을 뻗기 시작했을 때, 민택이 시야에서 사라졌다. 목표를 잃은 그는 달려가던 기세를 멈추지 못하고 두어 걸음을 더 내디뎠다. 깜짝 놀라 고개를 돌려보니, 민택은 단지 옆으로 한 걸음 움직여 있을 뿐이었다.

보통의 무림인이라면 단지 운이 좋게 피한 것으로만 생각했을 상황이었다. 그러나 그는 계략으로도 이름을 날리는 사람이었다. 머리가 나쁘거나 안목이 낮으면 계략으로 클 수 없다. 분명히 민택은 그가 노려보고 있는 와중에 갑자기 사라졌었다.

"설마, 이형환위?"

믿어지지 않는다는 음성으로 그가 중얼거렸다. 하지만 그는 고개를 흔들었다. 그건 절대로 있어서는 안 된다. 부정해야 했다.

'천하에 전설의 이형환위를 펼칠 수 있는 자 누가 있던가, 있다면 단 한 명.'

그의 머릿속에 아주 무서운 인물에 관해서 강호에 떠도는 이야기가 떠올랐다.

"일보경혼 일도단천(一步驚魂 一刀斷天)."

무의식적으로 중얼거렸다. 그러면서 그의 안색이 창백해졌다. 몸마저 딱딱하게 굳어갔다. 상대의 얼굴에 나 있는 검상 하나가 눈에 크게 들어왔다. 심장이 마구 두근거렸다.

"한 걸음에 귀신도 놀라고 한칼에 하늘도 벤다. 설마 당신이."

낙화검 함성호와 일수삼검 강대영은 두 명이서 단검수 하석호를 상대했음에도 불구하고 벅참을 느꼈다. 상대는 무림에 명성을 날리는 고수였고 하가장의 최고수였다. 다행이라면 낙화검 함성호의 검법은 화려한 초식 위주였고, 일수삼검 강대영의 검법은 빠름을 위주로 하고 있었다. 그들 둘의 검법이 그나마 조화가 이루어져 서로의 단점을 보완해 주느라고 단검수의 무서운 수공을 상대할 수 있었다.

하수들의 싸움은 상황이 달랐다. 강소 하가장에서 데려온 사람들은 제법 뛰어났으나 고수라고 할 수는 없었다. 그리고 그들 여덟이 상대해야 하는 숫자는 자그마치 이십칠 명. 세 배가 넘는 숫자였다. 칠성표국은 일수삼검이라는 고수의 직접 지도를 받았고, 또 표사의 특성상 다수 간의 싸움에 능했다. 압도적인 다수의 그들이 하가장 무사들을 상대하고, 또 검군장의 무사들 역시 검을 휘두르고 호응하자, 하가장 무사들은 열세를 면치 못했다.

석민은 싸움을 하는 데 다소 여유를 두고 있었다. 자신들의 수를 믿은 그는 목숨을 걸면서까지 싸움을 할 이유를 느끼지 못하고 있었다. 석민은 자신들 편의 고수 둘이 상대편의 고수 하나와 싸우니 곧 그자를 제압할 거라고 생각했다. 이 싸움은 바로 그때까지만 버티면 된다고 생각한 그는 처음부터 자신을 지키는 데만 치중하려 하고 있었다. 수가 많은 편에 속한 그가 적극적으로 나서지 않으니 처음부터 칼 한

번 휘두를 기회조차 없었다.

그는 상대편의 대장으로 보이는 자가 민택에게 달려간 것을 보았다. 그래서 민택의 목숨은 이제 파리 목숨이라고 생각했다. 적의 고수는 나눠졌으니 하나씩 당할 테고, 불쌍한 민택은 그들을 위한 희생양이 되리라고 생각했다. 그는 그 상황에 대한 조금의 미안함과 한 대표두에 대한 의리 때문에 민택이 죽는 모습을 보아두려고 했다. 나중에 민택이 죽는 순간의 이야기를 조금 부풀려서 그의 명예도 높여줄 생각을 했다. 그래서 그는 일행 중에서 둘의 싸움을 본 유일한 사람이 되었다.

그가 본 것은 놀라운 광경이었다. 그는 일개 표사 나부랭이인 민택이 상대편 고수의 공격을 아슬아슬하게 한 걸음 움직여서 피해낸 모습을 보았다. 적어도 그의 눈에는 그렇게 보였다. 그리고 상대편의 고수가 민택을 쳐다보고 몇 마디 말을 하는 게 보였다. 그 후에 정말로 놀라운 광경을 보게 되었다. 민택이 천천히, 평범한 초식으로 적의 목을 향해 검을 휘두르자, 그것을 가볍게 피하고 재차 공격해야 할 상대편 고수는 멍청히 서 있기만 했다. 그 고수의 머리는 민택의 일검에 그대로 바닥에 떨어져 버렸다. 그리고 민택이 한 걸음 물러서는 게 보였다. 목에서 나오는 피분수를 피하기 위해서였다. 그 모습은 그에게 섬뜩함을 주었다. 가만히 서 있는 상대의 목을 떨어뜨리면서도 표정 하나 변하지 않고 오히려 흐르는 핏물을 피하는 민택의 모습은, 적어도 그가 보기에는 인간이 아니었다. 하지만 그는 싸움 경험이 많은 표사였다. 지금 죽은 것은 상대편의 대장. 그 사실이 현재 상황에 어떤 영향을 끼칠지는 잘 알고 있었다.

"놈들의 대장이 죽었다!"

그는 큰 소리로 고함을 질렀다. 그리고 그의 말이 끝나기가 무섭게 단검수는 교전에서 가볍게 빠져나왔다. 또한 하가장의 다른 무사들 역시 싸움을 중단했다. 하가장 무사들의 경우는, 석민의 말의 진위 여부가 궁금했던 표사들과 검군장 무사들이 그들을 더 이상 핍박하지 않았기 때문에 겨우 싸움터에서 빠져나갈 수 있었다. 모두의 눈은 목에서 피를 쏟으면서 쓰러져 있는 당태호의 몸뚱이로 향했다. 그리고 표사들은 우렁차게 함성을 질렀다.

"와아~!"

단검수 하석호의 인상이 마구 일그러졌다. 그는 명문가의 고수로 무림에 이름을 날리던 사람이었다. 자기편 사람의 병 치료를 위해서 상대를 살상하는 것은 솔직히 내키지도 않을뿐더러, 그의 명성에도 금이 가게 할 만한 일이었다. 그가 싸움을 적극적으로 하지 않은 것은 그런 이유였다. 그런데 상황이 바뀌었다. 하가장 장주의 친구였던 당태호가 비참하게 죽어버린 것이었다. 마음 같아서는 당장 상대를 주살해서 지금의 빚을 갚고 싶었다. 하지만 그럴 수도 없었다.

당태호가 일개 표사에게 당할 사람은 아니었다. 그는 당태호를 순식간에 죽인 민택을 표사로 가장한 검군장의 고수로 보았다. 데려온 무사들은 결국 한 떼거지의 표사들의 상대도 되지 못했다. 저자와 이 만만찮은 두 고수가 힘을 합쳐 자신을 공격한다면 도저히 이길 자신이 없었다.

"우리에게는 당신들을 막을 힘이 없구려. 실례가 많았소."

그는 몇 마디 말을 하고는 부하들과 함께 당태호의 시체를 수습했다. 은자 천 냥어치의 보석 주머니도 다시 챙겼다. 그리고 민택의 얼굴을 쳐다보고 말했다.

"당신, 기억해 두겠소. 머지않아 나의 단검수를 직접 견식하게 될 것이오.”

그리고 그는 그 자리를 서둘러 벗어났다. 얼굴에 검상이 있는 검군장 고수가 누군지를 알아내는 것은 나중에도 충분히 할 수 있는 일이었다.

낙화검 함성호는 자신과 일수삼검 강대영이 합공을 한다고 해도 결코 단검수를 꺾을 수 없다는 것을 알았다. 잘해야 양패구상이었다. 그래서 달아나는 단검수를 막을 능력 따위는 없었고, 그럴 필요도 없었다.

그는 당태호의 이름과 무공 수위는 모르고 있었다. 단지 마지막 순간에 뒤로 튕겨가던 그자의 경공술로 보아 무공이 그리 약하지는 않을 거라고 짐작할 따름이었다. 그런데 일개 표사인 저자가 당태호를 그렇게 빨리 죽일 정도의 무공을 가지고 있다는 것은, 칠성표국을 높게 평가하던 그로서도 잘 믿기지 않는 일이었다.

“어찌 된 일인가?”

그는 자신에게로 다가오는 민택에게 물었다. 그러나 대답은 석민이 했다.

“제가 봤습니다. 저쪽 대장이 주먹을 휘두르는 것을 이놈이 겨우 피했는데, 그놈은 그 다음에 가만히 서서 이놈을 보면서 뭐라고 중얼거렸습니다. 그리고 저놈이 검을 휘두르는데도 피할 생각도 않고 서 있기만 하더라고요. 자기가 금강불괴라도 되는 줄 알았나 보지요. 하하. 하. 험험.”

“그자가 너한테 무슨 말을 했냐?”

이번에는 강대영이 민택을 향해 물었다.

"자기는 무공이 약하니 살려달라더군요."

"목숨을 구걸하는 자를 죽였냐?"

"싸움에서 적의 장수를 잡는 것은 병법의 기본입니다."

민택의 말은 간단했다. 성호와 대영은 믿을 수밖에 없었다. 일개 표사가 고수보다 무공이 뛰어나다고 추측하는 것보다는 독을 쓰는 자가 무공은 별 볼일 없다고 생각하는 것이 훨씬 합리적이었다. 그래서 민택의 말은 성호가 칠성표국을 더욱더 높게 평가하는 계기가 되었다.

'일개 표사마저도 병법을 논하다니.'

그들은 혹여 다른 습격이 있을까 봐 목적지인 의원에 도착할 때까지 긴장을 늦추지 않았다. 비록 의원이라고는 하지만 그곳은 제법 큰 장원을 연상시켰다. 산동 지방에서 가장 유명한 의원, 염라의 현수가 운영하는 염라의원이었다. 규모만 본다면 중원 전체에서 다섯 손가락 안에 들었다.

그들이 도착하자 대문 밖까지 나와서 서성이고 있던 무사 하나가 달려왔다.

"함 대인, 어서 오십시오. 시간이 아까우니 빨리."

"알았다. 장주님께 안내해라."

말에서 내린 성호와 검군장의 무사들은 마중 나온 그 무사를 따라 염라의원의 안으로 잰걸음으로 들어갔다. 의원에는 문지기 일을 하는 자가 몇 명이나 서 있었다. 그중 하나가 상황을 파악했는지 표사들을 안내했다.

"이리로 오시지요."

염라의원의 마당에는 몇 개의 대형 천막이 세워져 있었다. 부유한 사람들은 건물 내부에서 치료를 받았고, 천막들은 가난한 사람들을 위해서 마련된 진료소였다. 염라의원 내에서도 인정받는 의원들은 건물 내에서 많은 비용을 지불하는 사람들에게 좋은 약재를 써가며 치료했고, 이곳은 그 실력이 떨어지거나 한참 의술을 배우는 사람들이 싼 약재를 이용해서 병자를 대상으로 의술 공부를 했다.

하지만 천막 진료소의 치료비가 건물 내부에 들어가는 것보다 훨씬 쌌기 때문에 돈에 여유가 없는 사람들은 장소의 불편함은 감수할 수밖에 없었다. 그러나 싸다고는 하지만 그것은 건물 쪽과 비교해서 그런 것이고, 다른 곳의 일반 의원들에 비하면 제법 비싼 비용이었다. 아무리 염라의원이 명의로 이름 높은 곳이라고 해도 천막 진료소에 배치되는 의원들은 수련생 수준인지라 좋은 진료를 받기 어려웠지만, 사람들은 염라의의 명성에 이끌려 이곳에서 치료를 받는 것을 원했다.

표사들이 안내된 곳은 그 천막들 사이의 좀 넓은 공간이었다.

"부상을 당한 분이 있으면 말씀하시지요. 우리 의원들은 모두 일류랍니다. 물론 돈은 내셔야지요."

"모두 자리에 앉아서 일단 쉬어라. 잔금을 받고 난 후에 특별 수당과 함께 하루의 휴식 시간을 줄 테니까, 그 돈으로 주루에 가서 마시든지, 도박장을 찾아가든지 마음대로 해라. 임무는 끝났다. 수고했다."

대영은 사내를 완전히 무시하면서 말했다. 그가 호위한 것은 검군장 사람이지 이곳 염라의원 사람이 아니었다. 그리고 대우가 그리 맘에 들지 않았다. 객방까지는 기대하지 않았지만 옆에서는 환자들이 앓고 있는 천막들 사이의 공터에 모아놓은 것은 예의를 차려줄 만한 대우가 아니었다. 햇빛이 따가웠지만 이곳은 그늘도 아니었다. 어차피 염라의원에 볼일은 없었다.

석민은 조용히 민택을 노려보고 있었다. 이 기가 막히게 운만 좋은 씨발놈이 어저께 결정적인 공을 세 번이나 세운 것은 인정해 주어야 했다. 다 합쳐서 신세 한 번 진 것으로 계산해 줄까 하는 생각도 했다. 그러나 사람 목을 베고 난 후의 민택의 모습이 생각나자, 그는 그런 생각을 깨끗이 지워 버렸다.

'씨발놈, 정이 가지 않는 놈이다.'

第四章

"맹주님, 급보입니다."

한 사내가 문을 부수며 녹림맹주의 집무실로 달려들었다. 녹림맹주 구지룡 정배는 호랑이 가죽을 씌운 태사의에 반쯤 누운 채로 두 발을 책상 위에 올려놓고 있었다. 단단한 돌을 통째로 깎고 잘 다듬어서 만든 비싼 책상이었다. 편안한 자세의 손에는 서류 몇 장이 들려 있었다. 고개를 삐딱하게 꺾고서 시선을 돌렸다. 눈을 치켜뜨고 숨마저 헐떡이는 사내를 쳐다보았다. 녹림맹 총관씩이나 되는 놈이 문짝 하나 부쉈다고 질책하면 녹림맹 맹주이신 자신이 쪼잔해 보일 수 있었다. 그런데 문짝이 너무 자주 부서졌다. 기분은 조금 나빴다. 고함을 질렀다.

"서재걸! 내 방에 들어올 때 문짝 좀 가만 놔두라고 몇 번이나 말했냐? 어? 너 죽을래?"

사내는 찔끔했다. 그리고는 슬그머니 손에 들고 있던 종이를 책상

위에 얹었다.

"산동 지부의 참사를 조사하러 간 감찰관들이 보낸 보고선데 그게."

"음, 그래?"

사안 자체가 중요한 것이라 서두를 수도 있었을 거라고 생각했다. 자세를 바로 하고 종이에 손을 가져가던 정배는 갑자기 자리에서 벌떡 일어섰다.

"이 새끼가 죽을라고 환장을 했나? 그게 언젯적 일인데 이제 와서 급보라고 설치는 거야? 너, 불만있냐? 한판 뜨까?"

정배는 정말로 자신의 무기라도 뽑아 들 기세였다. 기겁을 한 재걸은 넙죽 엎드렸다. 오늘 두목이 평소보다 더 기분이 나쁜가 보다. 이런 날은 알아서 기어야 했다.

"아이고, 두목, 아니, 맹주님. 그럴 리가 있습니까? 그저 한번 읽어 봐 주기만 해주십시오. 그럼 아실 겁니다요."

"으이그, 저딴 새끼를 총관이라고 임명하다니, 내가 미쳤지. 옛날에 같이 고생만 안 했어도, 아, 귀신새끼들은 다 자빠져 자나. 저놈 안 잡아가고."

푸념을 하며 태사의에 털썩 주저앉은 녹림맹주 구지신마 정배는 손가락이 네 개밖에 없는 쪽 손으로 서류를 집어서 읽기 시작했다.

발신:녹림맹 감찰부 감찰관 청사일살 방지허

수신:녹림맹 총단 감찰부장

산동 지부 참사의 흉수는 단 한 명으로 판단됩니다. 조사 결과 대부분의 형제들은 서너 명 단위로 모여 있는 상태에서 살해되었습니다. 주 사인은 가슴과 이마를 날카로운 병장기에 찔린 상처였습니다. 몇 명의 형제는 머리가 쪼개져서 죽었으며, 부채주 산동패도 상우는 머리부터 회음까지 두 쪽으로 잘려서 죽었습니다. 대부분의 형제들의 몸에 난 상처의 크기로 보아 상대는 평범한 형태의 검을 사용한 것으로 보입니다.

거기까지 읽은 그는 다시 서재걸을 노려보았다.
"이게, 이게 급보냐? 범인이 한 명이고 검을 쓴다는 정도가?"
"그, 그게 아니라 제일 아래 소견서를 읽어보시면."
정배의 눈이 다시 서류의 가장 아래쪽으로 향했다.

천하에 혼자서 열 명이 넘는 고수들과 정예 무사 오십을 몰살시킬 만한 자는 정말 적습니다. 대부분의 형제들이 몇 명씩 모여서 살해당했다는 것은, 그들이 적의 침입을 다른 사람들에게 알릴 시간도 없이 죽었다는 뜻입니다. 흉수는 엄청난 수준의 고수입니다.
이곳을 방문했던 순찰사자의 경우, 뛰어난 고수였음에도 불구하고 그의 검이 검집에서 뽑히지 않았습니다. 제대로 저항도 못한 것으로 보입니다. 순찰사자가 사망한 장소는 건물의 내부였습니다. 즉, 범인이 형제들을 살해하고 다닌 모습을 볼 수 없는 장소였습니다. 순찰사자는 범인의 무공 수위를 제대로 파악하지 못했을 가능성이 높은 장소입니다. 그럼에도 불구하고 순찰사자는 겁에 질린 표정으로 죽어 있었습니다. 이것으로 보아 흉수는 순찰사자가 익히 얼굴을 알고 있던, 그리고 두려워하던 자라는 것을 짐작할 수 있습니다.
순찰사자가 아는 자라면 흉수는 우리와 어떤 형태로든 접촉이 있었던 문파의 사람이란 것을 추정할 수 있고, 겁에 질려 있었으니 적대 관계에 있는 곳일 가능성이 높습니다. 순찰사자는 아마 싸움터에서 흉수를 만났을 수도 있습니다.

이런 조건에 맞으며, 검을 사용했음에도 불구하고 부채주 정도의 고수를 두 조각을 내버릴 수 있을 정도로 패도적인 사람은 넓은 천하에서도 찾기 힘듭니다. 저는 범인이 정의문의 전룡대 대장이었던 광룡이라고 확신합니다. 지금 현장에서 그것을 증명해 줄 증거를 수집하고 있습니다.

정배의 입이 떡하니 벌어졌다.

"일보경혼 일도단천?"

"마, 맞습니다. 그 광룡 말입니다."

정배의 얼굴이 굳어졌다.

"그 새끼는 정의문을 뛰쳐나간 것으로 아는데? 왜 우리 녹림맹을 건드리는 거지? 그것도 혼자서라고?"

"어쨌든 상관없지요. 듣기로 놈은 겨우 몇 수의 절정무공을 믿고 설친다고 하던데요, 그놈이 아직 고수를 못 만나서 이름을 얻은 거잖아요. 내 손에 걸리기만 하면 그냥 단칼에 끝내 버릴 텐데."

그의 옆에서 녹림맹의 업무에 대해 배우고 있던 그의 아들인 소마 정욱이 말했다. 정배는 멍청해진 얼굴로 그의 아들을 돌아보았다. 그리고 양쪽 관자놀이를 손가락으로 꾹 누르면서 말했다.

"내 주위엔 정말 쓸 만한 새끼가 없구만."

순간 머쓱해진 정욱이 다시 말을 이었다.

"놈이 아무리 뛰어나다 해도 설마 아버님만 할려구요. 결국 수준 높은 무공 몇 수를 운 좋게 배워서 버티는 놈이잖아요. 저한테 놈이 쓴다는 이형환위란 신공보다 뛰어난 보법 하나만 가르쳐 주시면 제가 당장 그놈을."

그는 말을 멈췄다. 정배가 자신을 한심하다는 듯이 쳐다보았기 때문이었다.

"놈이 나보다 뛰어나지는 못하지, 암. 하지만 나만 못하다고도 말할 수 없다. 그리고 이형환위는 신공이 아냐. 아무 신법으로도 펼칠 수 있는 게 이형환위다."

"엑? 그게 무슨?"

"그래. 너한테 이형환위를 전수해 주마."

정배의 말에 정욱이 반색을 했다. 그의 아버지에게 다시 한 번 감탄했다.

'아버지는 정말 무림의 최고수다. 사실은 이형환위도 알고 있었구나.'

정욱이 아는 가장 폼 나는 보법이 이형환위였다. 다른 무림 후기지수들과 만나게 되면 자랑을 백 번은 하고도 남을 무공이었다.

정배는 자신의 손바닥을 펴서 그것을 정욱의 눈앞에 갖다 대었다.

"내 손바닥을 잘 보고 있어라. 놓치지 말고."

그리고 나서, 정욱이 눈에 힘을 잔뜩 주고 있는 모습을 본 그는, 씁쓸하게 웃으며 손을 재빨리 정욱의 얼굴에서 치워 버렸다.

"뭐가 보였냐?"

"에? 아무것도 안 보이던데요?"

"그게 이형환위다. 전수는 다 했다. 깨달음이 좀 있냐?"

정욱은 골치가 아파왔다. 도대체 알 수 없는 말만 하고 있는 그의 부친이었다.

"무슨 말인지 잘."

"눈앞에 있던 손이 갑자기 사라졌지? 너무 가까이에서 빨리 움직였기 때문에 그런 거다. 눈이란 게 원래 눈 바로 앞에서 가만히 있다가 갑자기 시야 바깥으로 벗어나는 건 잘 못 보거든? 그걸 이용한 게 이영환위다. 이형환위를 펼치기 위해서는 단지 한 걸음 만이라도 아주 빨리 움직일 수만 있으면 되는 거야."

"그럼, 경공술 잘하는 사람은 누구나 이형환위를 펼칠 수 있다는 말인가요?"

정배는 천장을 바라보았다. 한숨이 나왔다. 요즘 들어서 똑똑한 부하나 자식놈 하나가 정말 아쉬웠다. 머리가 좋으면 믿을 수 없거나 무공이 약했고, 무공이 강한 그의 주변 사람들치고 머리 좋은 놈은 드물었다.

"일 년쯤 전에 천하에서 가장 경공술이 빠르다고 알려졌던 섬전각 막근제와 그 미친 용새끼가 대결한 이야기는 아니?"

"아… 니요."

정배의 안색이 조금씩 푸르죽죽해지는 걸 본 정욱의 목소리가 기어들어 갔다. 더불어 본능적으로 위험을 느낀 총관 서재걸 역시 몸을 더욱 낮춰 납작하게 엎드렸다.

"경공의 고수가 처음 한 걸음부터 그렇게 빠른 것은 아니지. 첫 걸음은 적당히 빨라도 그 다음 걸음에서 조금 더 빨라지고, 그것이 적어도 백 번은 반복돼야 제 속도가 나오는 게 경공술이야. 그건 알지?"

"예."

아는 이야기가 나왔기 때문에 정욱의 목소리에 힘이 조금 들어갔다. 그러나 정배의 얼굴은 더 죽어갔다.

"그런데 그 미친 용은 처음 한 걸음을 걷는 속도가 경공의 고수가 최고 속도를 냈을 때만큼 빨라. 이형환위는 그만큼 빠른 속도가 있을 때만 펼칠 수 있는 거야. 내가 아직까지 살아오면서 그 새끼 말고 또 그 무공을 썼다는 놈은 보지도, 듣지도 못했다. 섬전각은 그때 미친 용 앞에서 조금 거리를 두고 깝죽댔었는데, 그 멍청이 생각에는 칼이 닿을 수 없을 만한 거리를 뒀으니까 용새끼가 다가오더라도 충분히 그 거리를 유지할 수 있을 거라고 생각했을 거야. 죽어도 싸지. 용새끼의 한 걸음은 일보경혼이라고 불릴 만큼 빠른데 지까짓 게 어떻게 피해, 단 일 도에 두 조각이 나서 죽었지.”

“아니, 아버님. 말씀이 좀 이상한데요?”

“뭐가?”

“그 용새낀지 미친 용인지가 첫 걸음이 그렇게 빠르다면 말이죠. 그 놈의 다음 걸음은 더 빨라질 테고, 결국 그놈이 경공술의 최고수일 거 아닙니까? 그런데 어떻게 섬전각이 최고수라고 하신 거죠?”

정배의 손이 슬며시 책상 위의 물잔을 잡았다.

“너, 설마 광룡이 첫 걸음 단 한 발자국만 그렇게 빠르고, 경공술 자체는 나보다도 못하다는 걸 몰랐냐?”

이쯤에서 서재걸은 슬금슬금 엎드린 채로 뒤로 물러서기 시작했다. 그러나 정욱은 아직 아무것도 눈치 채지 못했다.

“에? 첫 걸음만 빠르고, 경공술은 대단하지 않다고요? 금시초문인데요? 어떻게 그럴 수가 있죠?”

“내가 그걸 알면 나도 이형환위를 펼치겠다! 직접 찾아가서 물어봐라! 이 개새끼야!!”

스스로를 개라고 욕하면서 그의 손에서 물잔이 날았다. 그러나 차마 아들에게 던질 수 없어서 서재걸에게 날아간 잔은 빈 바닥만을 치고 있었다. 경험 많은 서재걸은 재빨리 몸을 날려서 문 밖으로 달아나 버린 후였다.

*   *   *

잔금으로 받을 은자 오십 냥이 든 묵직한 주머니는 같이 왔던 검군장의 무사 하나가 나타나서 던지듯이 건네주었다. 이곳까지 함께 오는 동안 일개 표사만큼의 활약도 못한 그는 자존심이 심하게 상해 있었다. 도움을 꽤나 많이 받았고 칠성표국이 없었다면 죽은 목숨이었던 것은 알지만, 젊은 무림인은 머리와 감정이 따로 노는 경우가 많았다. 하지만 그가 은자 주머니를 거의 팽개치듯이 전해주었어도 일수삼검 강대영은 아무 말 않고 그것을 받을 뿐이었다.

"함 대협은 바쁘신가 보군요."

그는 대영을 조용히 노려보았다.

"당신들 상대할 시간 따위는 없으신 분이다!"

한마디 쏘아붙이고는 찬바람 소리가 나도록 몸을 돌려서 건물 안으로 들어가 버렸다. 표행 자체가 마음에 들지 않았던 대영이었지만 그런 그의 모습을 보고도 겉으로는 별 반응을 보이지 않았다. 표국의 운영을 책임지고 있는 그는, 잠재 고객에게는 화를 잘 내지 않았다. 저놈이 언제 검군장의 요직에 올라서 칠성표국에 표물 운송을 의뢰할지 모르는 일이었다. 오히려 표사들 몇이 흥분해서 자리에서 벌떡 일어섰다. 표사들은 이제 사기가 충천해서, 검군장의 무사 정도는 눈에 차지도 않았다. 대영이 그들을 말렸다.

"자, 진정해라. 모두 돈이나 받아라. 특별 수당이다."

그는 은자를 표사들에게 하나씩 나누어 주었고, 대표두 세 명에게는

84

특별히 두 개씩의 은자를 전해주었다.

"너무 많이 주시는군요. 국주께서 좋아하지 않으실 겝니다."

안상진 대표두가 조금 걱정된다는 듯이 말했다.

"이번 표행은 너무 위험했소. 국주가 고집만 부리지 않았어도 나는 절대로 이런 일은 받아들이지 않았을 거요."

이십 년을 총표두 생활을 한 그는, 처음부터 이 일이 위험하다는 것을 알고 있었다. 검군장처럼 실력있는 무가에서 은자 백 냥이란 거금을 들여서 칠성표국 전체를 고용했다. 늘상 있는 작은 표물이라면 모를까 은자 백 냥짜리 계약이었다. 그것은 검군장 자체에 사람을 빼낼 여유가 없을 만큼 중요한 일이 닥쳤다는 것을 의미했다. 그런 외중에서도 굳이 옮겨야 할 물건이라면 그만큼 귀중하리라는 건 충분히 예상할 수 있었다. 만약, 거리가 가까운 데 있다는 이유로 칠성표국을 고용한 것이라면 시간에 쫓긴다는 것을 의미했다. 그럼에도 불구하고 말을 탈 줄 모르는 칠성표국의 표사들을 고용했다면, 검군장은 적의 습격을 확신하고 있었던 게 틀림없었다. 돈을 보고 환장한 국주가 바락바락 우기지만 않았어도 그가 표국 전체의 목숨을 걸어야 하는 이런 짓을 할 리는 없었다. 어쨌건, 국주는 그가 아니었다. 죽어라 우겨댈 때는 방법이 없었다.

"표사들의 목이 몽땅 떨어질 뻔한 일이었소. 이만큼밖에 줄 수 없는 것이 아쉬울 정도요. 국주에게는 내가 이야기하겠소. 자, 모두들."

그는 표사들을 향해 고개를 돌리며 말했다.

"이제 이 마음에 안 드는 곳을 벗어나자. 객점을 찾고 나서 해산한다. 널찍한 곳을 빌려놓을 테니까, 내일 해 뜨는 시간까지만 그곳으로 모여라. 늦는 놈은 버리고 갈 테다. 가자!"

은자 스물두 개가 담긴 큼지막한 주머니를 말안장에 잘 넣은 그가 막 일행을 인솔해서 염라의원의 대문을 벗어날 때, 한 사람이 급하게 달려와서 그들을 제지했다.

"잠시만 기다리십시오. 여러분은 이곳에 남아주셔야 됩니다."

"무슨 소리요?"

드디어 대영의 눈꼬리가 올라갔다. 그의 인내심이 한계에 다다르고 있었다. 갑자기 나타난 사내는 그런 대영의 얼굴을 보고는 움찔했다.

"아니, 그게, 아, 저는 이 염라의원의 총관으로 있는 현지명이라고 하는데, 하여간 남아주십시오."

"우린 당신과 계약한 적이 없소."

"아, 하하, 그거야 이제라도 하면 되는 거 아닙니까? 함 대인에게서 여러분에 대한 이야기를 들었습니다. 돌아가시는 데 필요한 여비도 드리고, 좋은 방과 식사도 드릴 테니 이곳에서 며칠 푹 쉬시다가 가시지요."

대영은 이 총관이라고 하는 사내를 노려보았다. 허우대는 멀쩡한데 속셈이 너무 뻔했다. 어차피 이곳은 칠성표국과의 거리가 상당히 멀기 때문에 나중에 여기의 일을 맡을 가능성은 거의 없어 보였다. 게다가 의원에서 표국에 맡길 물건이 뭐가 있으랴. 의원은 약재상이 아니었다. 즉, 염라의원은 잠재 고객이 아니었다.

"닥치시오. 가자!"

그는 냉정하게 돌아섰다.

"일주일만 있어주면 은자 백 냥을 주겠습니다."

당황한 총관의 외침도 그를 붙잡지는 못했다.

"그런 큰돈을 준다는데 왜 거절하셨습니까? 단지 쉬어가라는데요."
염라의원에서 멀어지자 상진이 그에게 물었다.

"털도 안 뽑고 먹자는 수작이오. 일주일을 제시했다는 건 그 안에
강적이 나타난다는 건데 우리가 남아서 뭘 할 수 있겠소? 아마 검군장
주를 그 지경으로 만든 자들이 찾아오겠지. 우린 머릿수 채우다가 죽
어주는 역할밖에 할 수 없소. 쓸데없이 큰돈을 주어가면서 쉬어가라고
할 자들이라고 생각하시오?"

민택은 하루 종일 주루에 앉아 있었다. 사람이 많이 지나다니는 길
쪽에 앉아서 계속 바깥을 쳐다보다가 가끔 술잔을 기울이고는 했는데,
마시는 양은 별로 많지 않았다. 그렇게 오래 자리를 차지하고 있는데
도 주루에서 쫓겨나지 않은 것은 그가 표사 복장을 하고 있었기 때문
이었다.

주루의 지배인은 그를 공연히 잘못 건드렸다가는 뒷감당을 할 수 없
으리라고 생각했다. 표사라는 쌍놈들은 패거리로 움직이기 때문에, 만
약 그가 한 떼거지의 동료들을 거느리고 다시 나타나서 행패를 부린다
면 그날 장사는 끝난 거나 다름없다는 것이 그가 아는 주루 경영 비법
이었다.

해가 산마루에 걸릴 때쯤 해서, 그는 기다리는 사람을 볼 수 있었다.
그의 앞 의자에 팽지영이 걸터앉았다. 그녀는 눈을 반짝이며 그를 쳐
다보았다.

"용케 찾아왔구나."
"일부러 저를 기다리신 거 아니에요?"
"물어볼 것이 있다."

“말씀만 하세요.”

“검군장주가 왜 주화입마에 빠진 건지 아느냐?”

“어머, 대장님이 그런 사소한 것에 관심을 기울이실 줄 몰랐네요? 검군장주 따위는 눈에 차지도 않으실 텐데?”

“말이 많아졌구나.”

“호호, 마침 저는 어제 여기 도착했어요. 그래서 사정을 미리 알아봤지요. 지금 염라의원의 염라의 현수는 점창파 장문인의 둘째 사젠가, 셋째 사젠가 하는 사람의 대제자랑 원수를 졌어요. 그 사람 친구가 염라의원에 중상을 입고 찾아갔었는데, 거기 의원들은 돈이 별로 없는 사람들은 마당에서 대충 치료하거든요. 원래 그 사람은 죽을 만한 상처까지는 아니었는데 치료를 제대로 안 해줘서 목숨을 잃었다나 봐요. 그래서 그 점창파 사람이 복수를 선언하고는, 다른 무공이 고강한 친구 몇이랑 염라의원을 쳐들어갔거든요. 근데 염라의는 돈이 많아요. 의원 해서 버는 돈이 거상이나 대지주 같은 사람들 못지않을걸요? 그 사람이 가진 돈을 급하게 풀어서 산동 지방에서 이름 좀 날리는 고수 몇 명을 재빨리 불러들였어요. 거기에 검군장주도 끼어 있었어요. 그래서 침입자들을 어떻게 막아내기는 했는데, 그러다가 잘못됐는지, 아니면 그 뒤에 상처 치료하다가 그랬는지 주화입마에 빠져 버렸대요. 아, 며칠 있으면 점창파의 그 사람이 다시 찾아오겠다고 한 날이 되는데 어떻게 될지 궁금하네요.”

눈까지 빛내며 이야기하는 지영을 바라보던 민택이 자리에서 일어섰다.

“어머, 왜 그러세요?”

“난 그만 가보겠다.”

"단지, 그 이야기를 들으려고 이런 곳에 앉아서 저를 기다렸나요?"

"앞으로 서로 볼 날이 없기를 바란다."

지영은 멍하니 사람들 틈에 섞여서 멀어지는 민택을 쳐다보았다. 그런 그의 옆으로 한 사내가 다가왔다.

"팽 소저, 난 도대체 위에서 저자를 왜 그렇게 중시하는지 모르겠군요. 까짓 거 문제가 되면 죽여 버리면 될 텐데. 지까짓 게 아무리 강해도 설마 혼자서 여러 칼날을 상대할 수는 없을 테니까."

지영은 고개를 돌려 그 사내를 쳐다보았다. 그리고는 한숨을 쉬었다.

"돌아가요. 대장님에 대해서 이야기해 줄 테니까요. 당신이 대장님에 대해서 아는 건 소문이 다겠지요? 소문은 원래 과장되기 쉽다고 생각하나요? 당신의 안계가 넓어질 거예요."

민택은 검군장주가 주화입마에 빠지건 도를 얻어 신선이 되건 전혀 관심이 없었다. 그는 다른 것에 관심이 있었다.

사람이 많은 곳에 앉아 있던 그를 지영이 찾아낸 것이나, 염라의원의 사건을 그녀가 그렇게 자세히 알고 있던 것 등은 민택이 이미 예상하고 있던 것이었다.

그렇게 사람이 많은 곳에서 여자인 지영이 스스로 그를 찾아낼 가능성을 그는 아예 무시하고 있었다. 하지만, 그녀를 돕는 조직이 있다면 그런 곳에 앉아 있는 그를 지영이 찾아낼 수 있다는 것은 예측 가능한 일이었다.

지영이 혼자가 아니라는 것은 그녀가 그의 표행의 목적지인 염라의원에 대해 지나치게 자세히 알고 있는 것으로도 다시 한 번 증명되었다. 그리고 그녀가 자신을 찾아오는 데 걸린 시간으로 보아서, 그를 직접 미행하고 있는 사람 역시 없다는 것을 확신했다. 오래 걸렸으니 부리는 사람은 그다지 많지 않을 거라 생각했다. 어차피 보통의 고수급 실력으로는 그의 이목을 속일 수 없었다.

민택은 지금 사람들 틈에 섞여서 지영과 한 사내가 걸어가는 모습을 보고 있었다. 꼬리를 쫓아 몸통에 대한 정보를 얻기 위해서였다. 이제는 그가 상대를 추적할 때였다. 그는 조심스럽게 그들의 뒤를 쫓기 시작했다. 그에게 주어진 시간은 내일 해 뜰 때까지뿐이었다.

해는 곧 산을 넘어갔다. 어두워졌다.

그들이 들어선 곳은 높은 담으로 둘러싸인 커다란 집이었다. 민택은 조심스럽게 담벼락에 붙었다. 아직은 함부로 따라 들어갈 때가 아니었다. 이곳이 어떤 곳인지 먼저 아는 것이 중요했다. 건드릴 만한 곳인지 알아볼 필요도 있었다.

"강호의 소문이 이르기를 그자의 도는 막을 수도, 피할 수도 없다고 했는데, 난 그 말을 믿을 수 없군요. 아니, 청년 고수들치고 그 말을 믿는 사람은 별로 없을걸요? 그자의 나이도 서른 정도밖에 되지 않아 보인다고 알려져 있지요. 설사 태어나자마자 도를 손에 쥐었다고 해도 그렇게 고강한 무공을 닦을 수는 없어요. 그자가 상대한 자들은 결국 이름만 요란했지 무공이 떨어지는 자들이었을 겁니다."

"소위 정도에 몸담고 있다는 사람들 중에 젊은이들은 대부분 그렇게 부정을 하지요. 그건 단지 실속없는 자존심 때문이에요. 흑도라 칭해지는 무리들은 대부분 그렇지 않아요. 그들은 직접 대장님이 싸우는

모습을 봤거나, 아니면 그걸 본 친구라도 가지고 있으니까요. 당신은
정의문이 어째서 그렇게 순식간에 커졌는지 아나요?"

"그거야, 대의명분을 그럴싸하게 내걸은 데다가, 정의문주가 무림에
서 손꼽히는 유명한 고수니 당연한 거 아닌가요? 그래 봤자 결국은 헛
거지만."

"호호호, 그럼 이건 어떻게 생각하세요? 사 년 전까지만 해도 사방
의 적들에게 핍박을 받던, 거의 망해가던 정의문이 지금은 구대문파들
이 경계할 정도로 커버린 건 어떻게 생각하세요?"

"그거야, 당신들 전룡대가 워낙 우수했으니까지요."

"전룡대요? 대장님이 들어오시기 전의 전룡대는 단지 소모품이었다
고 하지요. 전룡대는 돌격대라 적이 모여 있는 곳을 뚫어 흩트리는 게
임무였는데, 보통은 반도 못 뚫고 쫓겨오기 십상이었다지요. 한 수 떨
어지는 사람들만 모여 있었으니 당연한 거예요. 전룡대가 연전연승한
것은 대장님이 들어오고부터예요. 대장님은 정의문에 평무사로 들어
와서 전룡대에 배치됐어요. 당연히 아무도 주시하지 않았지요. 전룡대
에 일개 무사로 들어오는 사람들은 수준이 뻔하니까요. 그런데, 그 다
음 첫 전투가 사해방과의 싸움이었어요. 당신들한테는 눈에도 차지 않
을 문파겠지만, 그 당시 망해가던 정의문으로서는 결코 쉬운 상대가 아
니었죠. 그런데 어떻게 되었을까요?"

"그때 광룡이 사해방주를 일도에 쳐 죽인 건 나도 알고 있습니다.
그건 무림에 유명한 이야기니까."

"맞아요. 전설의 시작이었지요. 그때, 사해방주는 자신의 검으로 대
장님의 도를 막았지요. 그것만 봐도 사해방주의 무공은 결코 약하지
않은 거예요. 감히 대장님의 도를 막다니요. 하지만 소용없었지요. 광

룡의 일도는 하늘을 자르니까요. 그자는 검이랑 같이 두 조각이 났고, 놀란 사해방 사람들은 순식간에 무너졌어요."

"나도 들어서 아는 이야기지만, 하지만 말입니다. 상대하는 쪽에서도 큼지막한 도를 쓰거나, 아니면 유명한 명검을 사용한다면 충분히 그자의 공격을 막을 수 있을 겁니다."

지영이 또 웃었다.

"호호호, 하긴 멋모르고 그렇게 말하는 사람들도 있지요. 당신은 정말 강호에 떠도는 이야기를 모르는군요. 아니면 믿고 싶지 않은 건가요? 이번 일에 당신 같은 사람을 투입하다니 답답하군요. 그건 절대로 불가능해요. 좋은 검이나 큰 도를 들고 막았던 사람들은 모두 자신의 무기에 맞아 죽었으니까요. 대장님이 내리치는 일도는 사람의 힘이 아니에요. 아무도 버틸 수 없어요."

"그러면, 그 도를 피해 버리면 되겠지요."

"대장님의 도를요? 당신은 일보경혼이란 말도 모르나요? 한 걸음 내딛는 게 얼마나 빠른데요. 거기다가 칼을 내리치는 속도 역시 엄청나게 빨라요. 그게 바로 일도단천이라구요. 경공술의 대가였던 섬전각도 피하지 못한 건데요. 거리를 좀 두고 있다가도, 한걸음에 눈앞까지 다가와서 내리치는 것이 대장님의 전형적인 싸움 방법이에요. 대응 방법은 오직 막는 것밖에 없는데, 그래 봤자 소용이 없으니 결국은 마찬가지지요."

잠깐 생각에 잠겨 있던 사내가 고개를 들었다.

"그럼, 당신은 알고 있습니까? 그자가 그런 고강한 무공으로 갑자기 무림에 나타난 이유를. 어째서 그전에는 이름조차 알려져 있지 않았는지 아십니까?"

지영은 머리를 흔들었다.

"알면 이 고생을 해요? 우린 하늘에서 떨어졌다고 이야기하곤 했어요. 대장님은 절대로 자신에 대한 이야기는 하지 않았거든요. 그런데 어떻게 알 수 있겠어요? 전설에나 나오던 이형환위에다가 보여주는 무공이라고는 도를 내리치는 한 초식뿐인데요. 아, 무림에 널리 알려져 있는 흔한 권각술이랑 평범한 검법도 조금은 썼었는데, 그걸로는 아무것도 알아낼 수 없었어요."

"아, 그럼 다른 무공은 정말로 못한다는 무림의 소문이 사실이었군요. 그럼 도를 가지고 있지 않을 때 공격하면 내가 찾아가도 간단하게 죽일 수 있겠군요."

"절대로, 저얼대로 불가능해요. 혹시 좀 약해질지 몰라도 그래도 강해요. 내공이 명문세가 장문인 못지않게 고강한 데다가, 싸움에 대한 감각도 뛰어난 분이에요. 거기에, 이형환위까지 쓰기 때문에 그 위력이 장난이 아니죠. 흔한 권각술에 평범한 검법이라지만, 그걸 얼마나 절묘하게 사용하시는데요. 정말 대단하다구요. 그분에게 무공 지도 한번 받아보고 싶어하는 고수들이 얼마나 많은지 알아요? 당신 정도 실력이라면, 맨주먹 한 방에 저승 구경을 할걸요? 그게 아니더라도 다른 무슨 수법을 숨기고 있는지 우리는 모르죠. 원체 비밀이 많은 분이라서. 그리고 무공이 대장님의 전부는 아니라서……."

민택의 눈이 빛났다. 밤이 깊어질 때까지 기다린 보람이 있었다. 나이가 진득해 보이는 사내 하나가 대문 앞에 나타나자 문지기가 깍듯이 인사를 하는 것이 보였다.

"주인님, 오셨습니까?"

　그 사내가 입고 있는 하얀 옷에는 선명하게 용의 문양이 새겨져 있었다. 한쪽 손목에서 시작해서 가슴을 지나 다른 손목까지 이어지는 커다란 용 문양을 사용하는 사람들은 소림사에서 몇 년 정도 무공을 익힌 속가제자들뿐이었다. 18동인전을 통과한 소림의 고수들을 동경해서, 또 자신이 소림사의 무공을 배웠다는 것을 자랑하기 위해 그들은 그런 문양이 새겨진 옷을 곧잘 입었다.

　민택은 원하던 정보를 얻었다. 소림사가 관여되었다는 걸 알았다. 더 얻을 것은 없어 보였다. 그는 더 기다려야 할지 망설였다. 준비없이 경솔하게 파고들면 손해를 볼 수도 있었다.

　석민은 툴툴거리면서 객잔으로 돌아오고 있었다. 오늘 낮에 받은 은자 한 냥과 원래 가지고 있던 철전 여러 개를 몽땅 잃은 후였다.

　"젠장, 꼭 딸 줄 알았는데."

　그는 다른 날보다 더 아쉬웠다. 오늘은 판이 무척 컸다. 그리고 그는 근래 들어 드물게 크게 따고 있었다. 낮에는 운이 무척 좋아서 그의 한 달치 급료 정도를 땄었는데, 해가 지고 나서 웬 사내 하나와 도박을 한 이후로 운수가 다 되었는지 돈이 술술 나가 버렸다. 그리고 방금 마지막 철전 하나를 잃은 그는 할 수 없이 객잔으로 돌아가고 있었다. 그러다 어떤 집 담벼락에 서 있는 민택을 발견했다. 평소 같았으면 마음에 안 드는 이놈에게 절대로 하지 않을 말이 그의 입에서 흘러나왔다.

　"이봐, 친구. 돈 좀 빌려주게."

　친구라니, 정말 절대로 할 줄 몰랐던 말이었다. 오늘은 꼭 딸 것 같아서 한 말이었다. 그리고 민택은 순순히 그에게 자신의 몫이던 은자 하나를 넘겨주었다. 석민의 입이 벌어졌다. 목숨 구해주는 것보다도 더 반가웠다.

"험, 고마워. 참, 너도 도박 할 줄 아냐?"

"십 년 전에는 좀 했었소."

"좋아, 내 오늘 특별히 인심 썼다. 나랑 같이 가자. 내가 이 돈을 잔뜩 불려주마."

민택은 더 기다리지 않기로 했다. 어차피 당장 모든 것을 파헤치려고 한 것은 아니었다. 나중에 지영이 문제가 될 때 해결의 실마리로 삼을 곳을 알아둔 것으로 만족하기로 했다.

석민은 어떻게든지 민택을 끌어들이고 싶었다. 돈은 이미 받았으니 아쉬울 게 없었다. 하지만 민택을 도박장에 데려가서 같이 논다면, 혹시 이 돈을 다 잃어도 갚을 필요가 없었다.

민택은 웃었다. 석민이 하는 짓은 그의 십 년 전 모습과 비슷한 점이 많았다. 따라가 보는 것도 좋을 것 같았다.

은자 하나로 도박을 할 수는 없었다. 그는 그것을 모두 관청에서 발행하는 철전으로 바꾸었다. 철전은 가끔 위조를 하다가 목이 잘리는 사람들도 있었기 때문에 진위 여부가 조금 불안했다. 그래도 은자 하나는 그들 같은 서민이 쓰기에는 액수가 너무 컸다. 특히나 도박을 할 때는, 은자를 조각 내서 쓰는 것보다는 철전이 훨씬 편했다. 어차피 철전을 많이 따면 은자로 환전해서 나가면 그만이었다.

아까운 철전을 스무 개나 민택에게 건네준 그는 곧바로 아까 자신을 털어먹은 자 앞으로 가서 앉았다.

"한 번 더 붙어봅시다."

민택은 조용히 석민의 등 뒤에 섰다. 정말 오랜만에 보는 도박판이었다.

이번에는 돈이 더 빨리 나갔다. 금방 결판이 난다는 장점 때문에 마작보다는 끝수를 맞춰 먹는 도박을 하고 있었는데, 높은 패만 들어오면 그는 돈을 잃었다. 순식간에 팔십 전을 잃은 그는 정말 입맛이 썼다. 자리를 털고 일어서려는 그에게 민택이 이십 전을 건네었다.

"한 판 더 해보시오."

"어? 정말 그래도 되냐? 좋아. 내가 이번에는 정말로 불려주지. 이봐. 패 돌려."

석민은 신이 났다. 이번 판은 잃어도 좋았고 따면 더 좋았다. 민택이 준 돈을 잃는다면, 그는 그것으로 빚을 갚지 않아도 되었다. 민택이 물주가 된 셈이니, 따면 나누면 되고 잃으면 빚은 없는 것이었다. 그것이 그의 사고방식이었다.

그는 이번에 받은 패는 가볍게 펴 보았다. 나쁘지 않은 패였다. 그리고 자신있게 스무 냥을 모두 걸었다. 부담이 없었기 때문이었다. 상대를 쳐다보니 그자는 오른손을 탁자에 얹은 채, 왼손에 패를 쥐고 생각에 잠겨 있는 듯했다.

그 오른 손등에 검이 한 자루 박혔다. 비명이 울리고, 피가 석민의 얼굴로 튀었다. 깜짝 놀란 석민은 검의 주인을 쳐다보았다. 민택이었다.

민택은 왼손을 뻗어 검에 찍힌 손을 잡고 위로 끌어 올렸다. 뼈가 갈리고 살이 째지면서 다시 사내의 비명 소리가 들렸지만 검을 든 그의 기세에 놀라 감히 나서는 사람은 없었다. 그리고 석민의 눈에 사내의 손 밑에 깔려 있던 피에 절은 도박패가 하나 보였다.

"속임수를 쓰는 손은 잘라 버리는 것이 도박장의 규칙이다."

그때서야 상황을 파악한 석민도 검을 뽑아 들었다.

"이 새끼가 감히 누구한테 속임수를 써!"

그의 목소리는 약간 떨리고 있었다. 태연히 피가 흐르는 손에서 검을 뽑는 민택의 모습에 몸마저 떨려왔다.

해가 뜰 때까지 돌아오지 못한 사람은 없었다. 하지만 떠날 수는 없었다. 현지명이 함성호를 데리고 나타나서는, 그들을 설득하고 있었기 때문이었다.

"강 대인, 내가 부탁하는데도 안 된다는 겁니까?"

성호는 이들을 꼭 붙잡고 싶었다.

검군장주는 대환단과 염라의 현수의 능력에 의해 벌써 상당히 회복되어 있었다. 하지만, 상황은 그리 좋지 않았다. 사태의 심각성을 인식한 염라의원에서는 성호 정도 수준의 고수 몇을 보강했지만, 상대도 놀고 있지만은 않으리라고 생각되었다.

현재는, 칠성표국처럼 능력있어 보이는 곳은 돈을 퍼주고도 구할 수 없는 상황이었다. 상대를 이끄는 자는 구대문파 중 하나인 점창파의, 그것도 끗발 날리는 계파의 제자였다. 감히 상대하려는 자가 드물었다. 눈먼 놈이라도 칼만 잡을 수 있으면 끌어들여야 할 때였다.

"우리는 표물을 수송하는 표사들이지, 경호 무사가 아닙니다. 국주의 허락 없이는 그런 일을 할 수가 없습니다."

드물게, 국주를 써먹을 수 있었다.

대영은 이들의 적이 누구인지는 알 수 없었다. 하지만 그들 같은 한 무더기의 표사쯤은 방패막이밖에 되지 않는다는 것을 눈치 채고 있었다. 자기의 전부나 다름없는 칠성표국을 사지로 몰아넣고 싶은 생각은 눈곱만큼도 없었다.

"하지만 강 대인, 본래 칠성표국에 의뢰를 하면, 당신이 결정했잖습니까?"

성호는 끈질겼다.

"표물 수송이라면 당장이라도 받아들일 수 있습니다. 하지만 아니잖습니까? 절대로 안 됩니다."

답답했다. 사실 성호 역시 이번 일은 싫었다. 점창파와 맞붙을 능력이 검군장에는 없었다. 만약 그런 능력이 있었다면 구대문파는 십대문파가 될 판이었다. 구대문파의 이름은 투전판에서 딴 게 아니었다. 검군장주가 점창파 장문인의 사제도 아니고 사질과 양패구상을 할 정도였다. 하지만 이미 돈까지 받고 난 상태에서, 상대가 강하다고 해서 꼬리를 만다면 앞으로 검군장에 후원금을 내는 부자는 하나도 없어질 판이었다.

'젠장, 상황을 완전히 파악했군.'

이젠 설득할 방법이 없었다.

*   *   *

정배는 도장 찍는 시간이 좋았다. 피땀 흘려 무공을 수련하고, 치사한 계략이 판을 치는 싸움을 수없이 치르고, 경쟁자의 목을 수두룩하게 따고서야 지금의 녹림맹주가 되었다. 지금 그가 쥐고 있는 도장은 녹림맹주만이 사용할 수 있었다. 이것은 험난했던 인생에 대한 보상이었다. 그래서 이 도장을 아꼈다.

정배가 막 서류에 도장을 찍으려고 할 때, 새로 달아놓은 문이 또 부서졌다. 서재걸이었다. 정배는 도장을 들었다.

"맹주님, 또 연락이 왔습니다. 광룡에 대한 소식이 왔어요."

달려드는 서재걸을 겨냥해서 도장을 던지려던 정배가 동작을 멈췄다. 조심해서 도장을 책상 위에 내려놓았다. 그리고 손을 뻗어 종이를 받아 들었다.

발신:녹림맹 감찰부 감찰관 청사일살 방지허

수신:녹림맹 총단 감찰부장

조사 경과 보고

산동 지부 참사 사건이 일어났을 때, 광룡이 도가 아닌 검을 사용한 이유는 아직 파악하지 못했습니다. 하지만 지금까지 발견된 정황을 근거로 한 가지 가설을 세울 수 있었습니다.

그 정도로 유명한 고수가 세상에 드러나지 않는다는 것은 의도적으로 자신을 숨기고 있을 때에만 가능한 일입니다. 광룡은 자신의 신분을 숨기려고 검을 사용했습니다.

도법을 사용하는 자가 검을 든다면 어느 정도 실력의 감소를 감수해야 합니다. 따라서 그는 그의 무공이 크게 필요하지는 않은 곳에 잠적을 했다고 판단할 수 있습니다. 그렇다면, 그의 잠적 목표가 우리 맹 전체는 아니라고 추측할 수 있습니다.

많은 시체들 중 부채주만 두 조각이 나서 죽었다는 사실에 주목했습니다. 이것으로 미루어 광룡이 죽은 부채주와 모종의 원한이 있거나, 최소한 원한이 있는 사람과 깊은 관련이 있으리라 추측됩니다. 사람들을 풀어 부채주와 원한이 있을 만한 자들에 관해 조사하고 있습니다만, 원수가 많은 관계로 다소 시일이 필요합니다.

만약 이 사건이 무림의 은원 때문에 일어난 살인, 즉, 부채주에게 복수하기 위해서 일어난 일이라면, 그는 우리 맹 자체에 싸움을 거는 것은 아니라고 기대할 수 있습니다.

그렇다면, 이 사건에 대해서 지나치게 파헤치는 것은 오히려 강적을 만드는 일이 될 수 있습니다. 반면, 여기에서 그만두기에는 너무 많은 형제들이 죽었습니다. 이에 대한 지시를 바랍니다.

"이놈 쓸 만한데? 우리 맹에 이런 똑똑한 놈이 다 있었냐? 아주 마음에 들어."

"하하, 어떻습니까. 다 총관인 제가 아랫것들을 잘 가르쳐서, 꾸엑!"

손에 대충 잡히는 도장을 서재걸의 이마로 날렸다.

"야, 이 새끼야. 쓸 만한 놈은 빨리빨리 끌어 올려야 할 거 아냐? 총관이 뭐 하는 새끼야? 이놈 일 끝나면 나한테 데려와!"

"으, 예, 알겠습니다."

"이놈한테 어떤 경우에도 겁먹지 말고 계속 조사하라고 그래. 필요하다면 내 이름 팔아도 좋아. 그리고 앞으로 이놈한테서 보고가 오면 그 즉시 전서구에 붙어 있던 상태 그대로 가져와. 다시 옮겨 적느라고 시간 쓰거나 하지 말고."

"저, 그놈은 꼭 암호로 정보를 보내오는데요?"

"그, 그래?"

"암호책이라도 하나 가져다 드릴까요? 히히."

간만에 한 방 먹인 서재걸이 히죽거렸다.

"야, 이 새끼야. 암호책도 가져와. 내가 못하는 게 어딨어?"

서재걸을 내보낸 정배가 다시 푹신한 의자에 앉아 도장을 찾았다.

책상 위에 도장이 있을 리가 없었다. 주위를 두리번거리던 그의 눈에 귀퉁이가 조금 부서진 도장이 굴러다니는 것이 보였다.

"으아악! 이런 개좆같은 일이 있나!!"

그는 머리보다 손이 빠른 사내였다.

*　　　*　　　*

"뭐? 정말이냐? 민택이가 정말 그랬다고? 허, 참. 십 년이란 세월이 사람을 많이도 변하게 했구나."

표국으로 돌아가는 길에, 석민이 도박장에서 있었던 일을 이야기하자 대영이 놀라움을 숨기지 못했다.

"역시 예전에는 저렇지 않았나 보지요? 십 년 동안 어디서 사람 죽이는 일이라도 하다가 온 거 아닐까요?"

표사들도 사람을 죽이지만 그들이 죽이는 것은 도적들이었다. 그들은 다른 사람들의 생명이나 재산을 지켜주는 것이 일이었다. 칠성표국의 표사들은 자부심을 가지고 일하는 사람들이었다.

대영은 어이가 없다는 듯, 고개를 잘래잘래 흔들었다.

"허, 참. 그 유명한 개망나니 한민택이 도박장에 들어가서 구경만 했다고? 한 판도 안 하고?"

"예? 속임수 쓰는 걸 대번에 알아보고, 그 손에다 칼을 꽂았다니까요."

"그게 뭐가 이상하냐? 옛날에 저놈이 속임수 하나는 얼마나 잘 썼는데. 듣기로는 도박하는 상대를 말로 먼저 속이고, 그 다음에 패를 속이는데 그 조합이 어찌나 절묘한지 인근에 당해낼 사람이 없었다고 하더

라. 알면서도 당했다고 하더군. 그런 놈이 남이 수작 부리는 꼴은 절대로 못 봐. 십 년 전에도 저놈한테 손 잘린 꾼이 꽤 됐을걸? 하여간 어느 놈인지 재수가 없었구나. 저놈이 도박을 안 해? 감옥에라도 갇히기 전에는 절대로 도박을 그만둘 놈이 아니었는데."

"왜 하필 감옥이지요?"

"거기서 도박패를 어떻게 구하나?"

석민은 그때서야 이해할 수 있었다. 도박꾼들 중에는 상대의 손에 칼을 박아버리는 사람들이 가끔 있기는 했다. 그리고 석민은 그런 사람들을 두려워해 본 적은 한 번도 없었다.

'하긴, 싸움도 제대로 못하는 놈들이나 그런 짓을 하지. 하도 험하게 나와서 속을 뻔했네. 씨발놈, 돌아가서 보자.'

그의 생각에 저놈은 역시 쓰레기였다. 그런 놈이 공갈 친 것에 속아서 긴장했던 걸 생각하니 공연히 화가 났다.

대영이 보기에 민택은 아무래도 사람이 되어서 돌아온 것 같았다. 적어도 그동안은 옛날 같은 망나니 짓을 한 번도 하지 않았다.

'어디, 돌아가면 그동안 실력이 얼마나 늘었나 한번 봐야겠군.'

그는 아직도 서른이나 먹은 민택을 제자로 삼으려는 꿈을 완전히 버리지는 못하고 있었다.

걷고 있는 표사들보다는 말을 타고 가는 사람이 빨랐다. 하지만 말은 하늘을 나는 새에 비할 바가 아니었다. 관에서는 외적의 침입을 봉화로 연락하지만, 무림의 문파들이나 부자들이 그 봉화를 사용할 수는 없었다. 또, 연기로 신호하는 것은 자세한 이야기를 전할 수 없었다. 가끔 가다 매의 밥이 되는 놈도 있지만, 전서구만큼 효율적인 연락 수

단도 드물었다. 덕분에, 무림에 관한 소문은 중원 전체에 무척이나 빨리 퍼지곤 했다. 무림은 발 없는 비둘기가 정말로 천 리를 가는 곳이었다.

칠성표국에 일행이 도착했을 때 국주는 머리끝까지 화가 나 있었다.

"아니, 아저씨. 그럴 수 있어요? 며칠만 있다 오면 은자를 백 냥이나 준다고 했다면서요? 먹을 거 잠잘 거 다 공짜였다면서요? 그걸 마다해요? 칠성표국이 아저씨 거라도 된다는 거예요?"

대영은 답답했다. 전대 국주는 무공은 강하지 않았지만, 인품 하나는 천하 어느 곳에서도 내세울 수 있는 사람이었다. 그리고 남을 돕는데 돈을 아끼지 않아 무척이나 존경받던 사람이었다. 그런데 그의 아들은 생각도 짧은 데다가 돈을 너무 좋아했다.

"하여간 다음부터는 그러지 마세요. 잔금 받은 거나 주세요."

대영은 혀를 차며 돈주머니를 넘겨주었다.

"아니, 돈이 왜 이것밖에 안 돼요? 잔금은 오십 냥이었잖아요."

"표사들에게 하나씩 나눠 주었다. 이번 표행은 너무 위험했어."

국주인 심윤길은 흥분해서 팔까지 흔들어대며 고함을 질렀다.

"말도 안 돼요. 그렇게 많은 돈을 줘요? 그놈들이 하는 일이 뭐가 있어요?"

"하여간 그리 알아라."

더 상대하기가 싫어진 대영은 돌아서서 자신의 거처로 걸어가 버렸다. 그의 등을 향해 윤길이 계속해서 소리를 질러댔다.

"이럴 수는 없어요. 아버지가 아저씨한테 베푼 은혜를 생각해서도 이럴 수는 없어요."

윤길이 전대 국주를 들먹이자 대영은 한숨이 나왔다.

‘형님, 당신은 너무 일찍 죽었소. 내가 저승에 가면 뵐 면목이 없겠
군요.’

*　　　*　　　*

중원에 흩어져 있던 산적들 중 쓸 만한 놈들만 모아서 만든 녹림맹.
그 아래에 있는 열여덟 개의 산채는 하나하나의 힘이 여느 유명한 무
가 못지않았다. 무림에서 녹림맹에 소속되지 못한 산적은 잡도적 취급
을 받았다. 그런 녹림맹 중에서도 총단의 힘은 감히 일개 산채와 비교
될 만한 게 아니었다. 날고 긴다는 산적들 중 상당수가 녹림맹 총단에
모여 있었다.

그래서 녹림맹 총단 총관이 무림에서 차지하는 위치는 엄청났다. 누
구나 그렇게 생각하고 있었다. 하지만, 서재걸 본인은 절대로 그렇게
생각하지 않았다.

‘내가 녹림맹에 있지만 않았어도, 아니, 두목이 맹주만 되지 않았어
도 이 꼴이 되는 건 아닌데.’

항상 불만이었다. 두목은 언제나 자신을 예전의 똘마니 취급했다.
지금 상황은 그가 두목에게 한번 개겨볼 수 있는 드문 순간이었다. 문
은 어느새 새것으로 바뀌어 있었다. 새 문이어야 보람이 있었다. 그는
단전의 내공을 끌어올려 이마로 보냈다. 저까짓 나무판자 정도는 철두
공이 아니더라도 단숨에 부셔줄 수 있었다. 경공절기까지 발휘해 가면
서 달려갔다.

“맹주님, 새 전서구가 왔습. 케엑!”

요란한 소리와 함께 뒤로 팅겨져 나가 버렸다. 머리가 왱왱 울렸다.

이마에서 피까지 흘렀다. 겨우 정신을 차린 그가 앞을 보니, 문짝 표면의 나무가 부서진 뒤로 거무튀튀한 게 보였다. 문이 천천히 열리자, 문 안쪽에 대어진 두꺼운 철판이 눈에 들어왔다.

"이 바보새끼야, 내가 계속 당할 줄 알았냐?"

기분이 좋아서 입이 찢어지고 있는 정배가 걸어나오면서 말했다.

"으, 두목."

"무슨 일이냐? 손에 든 핏덩이는 뭐고?"

"엑! 이거, 전서구가 왜 이렇게?"

순간적인 충격에 주먹을 움켜쥐었고, 그 정도 고수가 쥐는데 버틸 수 있으면 그건 비둘기가 아니라 쇠둘기였다.

"전서구라니? 전서구를 여기까지 왜 들고 와?"

"예? 그 방지허한테서 온 거는 전서구를 가져오라면서요?"

웃고 있던 정배의 얼굴이 금방 푸르죽죽해졌다. 재걸은 참 쉽게도 변하는 얼굴이라고 생각했다.

"맹주님, 왜 그러십니까?"

"전서구 다리에 붙은 전통을 그대로 가져오란 말이었잖아!!"

많이 맞아본 재걸이었다. 그의 무공도 장난이 아니었다. 불시에 날아오는 주먹만 아니라면 충분히 피할 수 있었다. 지금이라고 예외는 아니었다. 정배의 발이 날아오는 순간에, 그는 손에 짓눌려진 전서구 시체만 남겨둔 채, 이마에서 피를 흘리면서 쏜살같이 달아나 버렸다.

재걸은 총관인 자신에게 보고도 하지 않고 맹주의 집무실 문짝에 저런 짓을 한 놈을 찾아 족쳐야겠다고 생각하면서 뛰었다. 아랫것들에게는 매가 약이라고 생각했다.

"이 새끼, 잡히기만 해봐라!"

정배는 궁시렁거리면서 고기 속에서 피에 절은 전통을 집어 들었다. 조그마한 전통 속에 든 종이는 꼼꼼하게 잘 말려 있었고, 작은 글씨로 많은 내용이 적혀 있었다. 하지만 하나도 알아볼 수 없었다. 무공으로 대성한 사람이 학문마저 높은 경우는 극히 드물었다. 암호책이라고 하길래 한번 둘러보기는 했었지만 머리만 아팠었다.

"야, 욱아."

"예, 아버님."

"가서 재걸이 새끼 모르게 암호 담당하는 놈 하나만 불러와라."

*   *   *

전서구 덕분에 소문은 빨리 퍼졌다. 은자가 아까워서 죽으려고 하는 윤길에게 그 지방에서 꽤 유명한 부자가 먼저 찾아왔다.

"아니, 거 대인. 웬일로 저희 표국까지 다 왕림을 하셨습니까?"

"하하, 나는 뭐 여기 오면 안 되는 사람입니까? 인석들아, 빨리 그거 심 국주에게 드려라."

윤길은 입이 벌어졌다. 언뜻 보기에도 윤기가 흐르는 것이 무척이나 비싸 보이는 비단 몇 단과, 여러 개의 은자가 그의 앞에 쌓였다.

"하하, 별거 아니오. 그동안 칠성표국에 신세진 것도 있고 해서 성의 표시를 좀 하는 겁니다. 하하. 이번에 칠성표국에서 무림에 큰 명성을 떨쳤다면서요?"

"예? 그게 무슨?"

"하하, 표사 하나가 오십의 산적을 무찌르고, 무림에 악명이 자자한 녹림맹의 청사일살이 강 대협의 한 수 무공에 도망갔다는 거 다 압니

106

다. 강소성의 하가장도 칠성표국에게 쫓겨갔다던데요."

"아, 하하. 우리 애들이 원래 좀 하지요. 하하하."

무슨 일인지 잘 알 수는 없었지만, 일단 돈이 들어오니 좋은 윤길이었다.

"너, 예전에 도박 좀 했다면서?"

"그렇소."

국주가 성질을 부렸다는 소식 때문에 좋던 기분이 상한 석민은, 도박 사기꾼을 잡은 후에 빼앗은 돈을 반분했던, 그래서 자신이 가지고 있는 만큼의 액수를 챙긴 민택을 물고 늘어졌다.

"나랑 도박이나 몇 판 해보자. 니놈이 과연 내 돈을 딸 배짱이 있는지 한번 봐야겠다."

"다 잊었소."

석민의 검이 마룻바닥에 꽂혔다. 기세에 겁을 먹었던 그라 복수를 하고 싶었다.

"이 씨발놈이. 내가 좋게 이야기하니까 감히 개겨? 한 대표두님이 그렇게 말려도 했다는 도박을 잊어? 잊어—어? 날 놀리냐?"

보통의 경우라면 자신의 부친을 걸고 넘어졌을 때 흥분해야 옳았다. 그러나 민택으로서는 마음에 한이 되는 세 가지 일 중 하나가 아버지의 마음을 괴롭혀 돌아가시게 한 것이었다. 마음이 아파왔다.

"미안하오."

그는 조용히 자리에서 일어섰다. 방을 나서는 그를 보면서 석민은 바닥에 침을 뱉었다.

"별것도 아닌 게 감히. 에이, 씨발놈."

기분이 조금 풀어졌다.

*　　　　*　　　　*

"그래서? 그걸 어떻게 알았다는 거야?"

암호 담당자는 전서구가 가져온 조그마한 종이에 눈을 바짝 들이대고 있었다.

"에, 맹주님. 누군가가 방지허 감찰관에게 투서를 넣었다고 적혀 있습니다. 거기에 흑랑오도가 죽었으며, 시체는 어디에 있는지에 대해서 적혀 있었답니다."

정배는 몸을 태사의에 깊숙이 묻었다. 그러나 그의 눈은 빛나고 있었다. 녹림맹주라는 자리는 무공만으로 오를 수 있는 곳이 아니었다. 무공은 기본이었다. 온갖 비열한 술수를 다 쓰는 도적 놈들을 휘어잡고 올라야 하는 자리였다. 무공만 강한 보통 사람은 맹주 자리에 운 좋게 올라도 곧 암살당하고 마는 그런 위험한 지위였다. 학문이 높을 필요도 없고, 머리가 천재가 아니어도 좋았다. 하지만 뛰어난 상황 판단 능력과 권모술수에 대한 본능적인 감각을 가지고 있는 자만이 버틸 수 있는 것이 녹림맹주라는 자리였다.

"이거, 냄새가 나는데……. 누가 보낸 건지에 대한 단서는 없고?"

"예, 맹주님. 전혀 없답니다."

"죽인 놈은 누구래?"

"예, 맹주님. 방지허 감찰관이 보낸 전서구에 의하면 흑랑이도에서 사도는 거의 일렬로 늘어서서 죽어 있었답니다. 상황으로 보아 그들은 차륜 공격을 시도한 것으로 보인다고 의견을 적었습니다. 그리고 일도는 스스로 목을 베었답니다. 방 감찰관은 그가 저항을 포기할 정도의 고수로, 어? 광룡을 꼽았습니다.”

“또 광룡이야?”

정배는 산동 지부의 사태와 광룡이 관계되는 것에 대해 꽤나 신경 쓰고 있었다. 지부 하나 날아간 거야 차차 복구하면 그만이지만, 느낌이 안 좋았다. 지금도 골치 아픈데 다른 일에도 ‘광룡’이 연관되었다는 말에 기분이 꽤나 상했다.

“예, 맹주님.”

“지겨우니까 그놈의 맹주님 소리 좀 빼라.”

암호 담당자는 정배가 인상을 찡그리며 몸을 일으키고 있다는 것을 느껴야 했다. 그러나 평소에는 가까이 할 수도 없는 높은 사람을 만난다는 긴장감에 싸인 그가 그런 것을 판단할 수 있을 리 없었다.

“예, 맹주님.”

“이 새끼가!”

불행하게도, 암호 담당자는 서재걸 같은 고수가 아니었다. 무림 최고수 자리를 다투는 구지룡 정배가 서재걸에게 던지던 습관 그대로 날리는 벼루를 감당할 능력 따위는 애시당초 없었다.

*　　　*　　　*

그의 아버지가 유일하게 남겨준 유산인 방 한 칸과 부엌 하나, 조그만 마당이 전부인 작은 집에 도착한 민택은, 대문 앞에서 걸음을 멈췄다. 보이지는 않지만 집 안에 사람이 있었다. 마당에는 낙엽 하나 없었다.

"나와라."

비록 살기는 없었지만, 자신에게 수작을 부리려는 자가 있다는 사실 자체에 불쾌감을 느낀 그는 조용히 목소리를 깔면서 약간 크게 말했다. 상대의 정체를 모르니 주의해야 했다. 그를 원수라고 생각하는 사람들은 강변의 모래알처럼 많았다. 신경을 조금 긴장시켰다. 그러나 방문이 열리고, 집 안에서 나오는 사람을 본 그는 약간 놀라고 말았다.

"대장님, 이제 오셨군요."

지영이었다. 여전히 활동에 편한 복장이었지만, 도법을 주로 연마한 그녀의 손은 비어 있었다.

"돌아가라."

냉정하게 한마디 했다. 민택으로서는 그녀를 반길 이유가 전혀 없었다. 민택은 그녀가 자신에게 뭔가 목적이 있다고, 그리고 그녀의 배후에 그를 이용하거나 제거하려고 하는 어떤 조직이 있다고 짐작하고 있었다. 예전에는 그런 자는 칼로 책임을 물었다.

그가 그녀를 살려두는 데에는 두 가지 이유가 있었다. 첫째로 그녀는 한때 자신의 부하였던 여인이었다. 부하였다고 하더라도 배신하고 자신을 팔아먹었다면 이야기가 틀려진다. 배신자는 용서받을 수 없었다. 하지만 지영의 경우는 애매했다. 배신을 한 건지 다른 목적이 있는 건지 알 수 없었다. 그녀의 뒤에 버티고 있는 단체의 의도를 아직 알 수 없었다. 모르는 사람이라면 모를까, 한때 부하였다. 그래서 판단을 유보했다.

결정적인 두 번째 이유는, 지영이 그를 '사랑했었다'고 말했다는 데 있었다. 그는 그것을 일종의 '사랑한다'로 인식하고 있었다. 그는 사랑한다는 말은 알아도 사랑했었다는 말은 모르는 사람이었다. 사랑했었다는 말의 의미는 그가 경험해 본 적이 없는 것이었다. 그리고 그 말을 들으니 자신의 처지가 생각나, 차마 그녀에게 손을 쓸 수 없었다.

"돌아갈 수 없어요. 저는 바로 앞집에 살아요. 그곳을 샀지요."

지영이 방긋 웃으면서 말했다. 자기가 옆에서 알짱댄다고 해서 칼로 치지는 않을 거라고 믿고 있었다. 그러려고 했으면 벌써 기회가 두 번이나 있었다. 그러니 근처에 두면 도움이 된다 싶은 생각을 할 만큼 잡일을 해주면, 잘 지낼 수 있으리라 믿었다. 적어도 빨래할 사람 정도는 필요하지 않겠냐는 생각이었다. 전룡대장만한 고수가 우물가에 주저앉아 빨랫방망이로 빨래를 두드리는 모습은 잘 상상이 가지 않았다.

그래서 민택의 집 바로 앞집을 웃돈을 넉넉히 주면서 구입했다. 어차피 자기 돈도 아니었다.

민택이 다소 놀란 표정으로 눈을 껌뻑였다. 지영으로서는 본 기억이 없는 민택의 놀란 모습이었다.

"아저씨! 은자 오백 냥이에요. 쇳쪼가리 오백 개가 아니라구요."

"국주, 이 일은 맡을 수 없다. 상대는 검군장과 맞먹는 실력을 가지고 있는 하가장이야. 거기다 점창파 놈이 다른 고수들을 끌어들여서 합세했다. 검군장은 이제 어렵다. 우리가 끼어들었다가는 개죽음을 면치 못해."

"말도 안 돼요. 칠성표국은 천하무적이에요. 표사 하나가 산적 오십을 상대할 수 있잖아요. 게다가 그놈의 하가장은 우리한테 깨졌잖아요. 절대로 안 돼요. 아저씨가 아무리 뭐라 해도 국주는 나예요. 함 대인, 우리가 이 일을 맡겠어요."

윤길은 눈에 핏발까지 세우면서 외쳐 댔다. 사실, 성호는 이 일이 꼭 성사되리라고 생각한 것은 아니었다. 그러나 앉아서 죽을 수는 없기에 찾아온 곳이 그에게 깊은 인상을 심어준, 그리고 요 근래 사방에 소문이 퍼지고 있는 칠성표국이었다. 그런데 국주라는 젊은이가 기어이 승낙하고 말자, 그는 뛸 듯이 기뻤다.

"하하하, 심 국주, 감사합니다. 강 대인, 대인도 정말 감사합니다. 당신들은 우리 검군장의 은인입니다. 당장 달려가서 이 기쁜 소식을 장주님에게 알려 드리겠습니다."

성호는 혹시나 대영이 말을 번복할까 봐 간단한 인사를 마치기가 무섭게 경공술까지 발휘하면서 도망갔다.

"국… 주."

대영은 어이가 없었다. 이 젊고 철이 없는 국주가 이 정도로 경솔할 거라고 생각하지는 않았었다. 하지만 이미 물은 건너갔다. 국주는 그가 아니었고, 이 말썽쟁이는 가끔 돈에 환장할 때 이런 식으로 사고를 쳤다.

성호가 칠성표국이 검군장을 돕는다는 소문을 내리란 건 충분히 예상할 수 있었다. 성호의 입장에서는 그게 최선이었다. 이 사실을 검군장만 알고 있다가 칠성표국이 마음이 바뀌어서는 곤란했다. 성호가 보기에는 칠성표국이 말을 뒤집을 가능성은 아주 높았다.

대영은 무림고수였고, 또 다수의 싸움에 능해야 하는 표사들의 우두머리였다. 소문을 들은 하가장과 점창파의 고수가 모은 사람들이, 칠성표국이 검군장을 돕는다는 소문을 들으면 어떤 반응을 보일지는 불을 보듯 뻔했다.

'각개격파를 시도하겠지.'

이제는 발을 뺄 수 없었다. 작은 희망이라도 붙잡기 위해서 검군장을 도와야 할 때였다.

‘이길 수 있을까? 이긴다면 몇이나 살아남을까?’

자신들이 몰살을 당할 가능성도 있었지만, 그렇다고 표국을 해체해 버릴 수는 없었다. 그러기에는 평생을 바친 표국에 대한 애착이 너무 강했다. 칠성표국은 그의 인생이었다.

‘운이 좋으면 싸움을 하지 않고 해결할 수 있을지도 모른다. 상대가 우리 표국을 조금만 과대평가해 준다면 가능성은 있다.’

열에 아홉은 실패할 거라고 판단하고는 있었지만, 그는 나머지 하나에 매달리고 싶었다. 앉아서 죽을 수는 없었다.

“좋아. 그럼 이제부터 칠성표국의 거처를 당분간 검군장으로 옮긴다. 국주, 너도 간다.”

대영은 일단 결정을 하자 단호한 목소리로 말했다. 반면에 윤길의 표정은 조금 떨떠름해졌다.

“국주가 표국을 지키지 않고 어디를 간다는 거예요? 난 남겠어요. 가서 칠성표국의 무서움을 떨치고 오세요.”

“닥쳐라! 죽으면 함께 죽고 살면 함께 산다.”

표행에서 돌아온 지 한 달 만의 일이었다.

표국에서 필요한 짐들을 챙기고 있는 표사들을 보고 있던 강대영은 한숨이 저절로 나왔다.

얼마 전 그는 은근히 기대를 하고 있던 민택에게 한 수의 무공을 보여주고, 그것을 따라 하게 해보았다. 결과는 기대 이하였다.

본래 그의 검법은 빠름을 위주로 하고 있었다. 하지만 그의 무공의 정수는, 연속으로 세 검을 떨치는 데 있었다. 그러기 위해서는 빠르기만 해서는 소용없었다. 한 번 휘두르는 검에 지나친 힘을 싣지 말고,

검을 뺄 때 다시 회수할 여지를 남겨두어야 했다. 그 힘의 조절이 중요했는데, 예전에 민택이 자신의 곁을 떠날 때는 어설프게나마 그것이 가능했다. 하지만 다시 시켜본 결과, 민택은 일검을 뺀 후 회수하는 것이 너무 어색했다. 힘을 남겨놓아 회수하는 것이 아니라, 검의 반동으로 돌아오는 수준이었다. 그 한 수 동작은 그가 실망하기에 충분한 정보를 주었다. 하지만, 그래도 당장 포기하기에는, 검을 뺄는 처음 한 동작이 너무 힘이 있어 보였다. 일단 꽤 실력은 있었다.

그렇다면, 칠성표국에서 자신의 힘으로 스스로의 목숨을 지킬 수 있는 자는 그와 세 명의 대표두들, 그리고 민택과 석민뿐이었다. 그것도 상대의 일반 무사와 부딪쳤다는 가정 하에서였다. 일반 표사들은 무림 문파의 무사들에 비해서 아무래도 무공이 낮았다. 그러고 보니 석민이 보이지 않았다.

"이놈은 이런 중요한 때에 어디로 간 거야?"

석민은 술을 꽤 마신 채로 터덜거리면서 표국으로 돌아오고 있었다. 그의 마음이 쓰렸다.

"그 씨발놈, 어쩐지 처음부터 거슬리더라니. 씨발놈. 두고 보자. 씨발~!"

저만치 앞에 표국이 보였다. 그는 갑자기 뛰기 시작했다.

민택은 이번 일의 위험성을 충분히 알고 있었다. 방법은 두 가지뿐이었다. 부친의 유언의 대상이고, 그를 즐겁게 하는 사람들이 모여 있고, 그가 은거의 수단으로 삼고 있는, 그의 안식처인 표국이 산산이 부서지는 것을 감수하고, 실력을 숨기고 피해를 최대한 줄이는 방법이 하나였다. 다른 방법으로 그가 신분을 밝히고 이 문제에 직접 개입해서 표국 사람들을 모두 살리는 방법이 있었다.

얼핏 생각하면 두 번째 방법이 나았지만, 어느 쪽을 선택하더라도 그가 표국에 남아 있을 수는 없었다. 두 번째 방법을 택해서 자신이 누구인지 알려진 후라면, 그의 수많은 적들이 표국을 가만 놔둘 리가 없기 때문이었다.

무림의 은원은 복잡하게 얽혀 있는 법이다. 그의 손에 죽은 고수들은 셀 수 없이 많았다. 그리고 원수도 많았다. 그에게 죽은 고수들의 가족과 부하들, 전룡대에게 깨어져 나가 멸망당한 문파의 문도들, 그들의 지인들. 수없이 많았다. 그러나 그들은 민택이 정의문에 있을 때는 감히 복수를 꿈꾸지 못했다. 또 복수하려 나선다 해도 정의문은 콧방귀를 뀌었다. 그런 자들이 나타나면 전룡대를 앞세워 한 번 더 밟아주면 그만이었다.

칠성표국은 달랐다. 그의 손에 죽은 고수들의 사형제 몇 명만 모여서 그가 없을 때 쳐들어온다면 절대로 막아낼 수 없었다. 지금의 칠성표국은 용을 품기에는 너무 작았다. 그리고 너무 급박하게 일이 커지는 것이 수상했다. 칠성표국처럼 작은 곳이 큰일에 한 번쯤은 말려들 수 있었지만 이건 너무 잦았다. 원인이 자신에게 있는 것이 아닐까 하는 걱정이 들었다.

첫 번째 방법에서는 단순한 지원 세력이니 적당히 깨어지고 끝날 수 있을지도 몰랐다. 하지만 재수없으면 꽤나 여럿이 죽을 수 있었다. 그리고 거의 틀림없이 사상자가 나올 거라고 예상되었다.

그러나 두 번째 방법에서는 이번 사태는 해결할 수 있어도 다음에 칠성표국이 복수를 원하는 자들에게 당할 수 있었다. 이번 사태에서 보듯이, 무림인 중에는 복수에 목숨 거는 놈들이 꽤 있었다. 두 번째 방법을 선택했을 때 일어날 수 있는 최악의 경우는 그를 제외한 표국의 표사 전원의 몰살이었다. 그가 상대해 온 적들은 강했다.

그때 대문이 부서지듯이 열렸다.

석민은 민택을 보자마자 다짜고짜 달려들어 그의 멱살을 잡았다.

"이 씨발놈. 너, 도대체 누구야? 정체가 뭐야? 왜 여기 나타난 거야?"

순간적으로 민택의 눈이 가늘어졌다. 두 번째로 선택해야 할지도 몰랐다.

"씨발놈아. 팽 낭자가 왜 네놈 옆을 맴도냐고? 너, 내 손에 죽어볼래?"

석민은 흥분으로 손까지 부들부들 떨리고 있었다. 그때서야 민택은 피식 하고 웃었다. 그는 가볍게 석민이 멱살을 움켜쥔 손을 떼어놓았다. 흥분한 석민은 그게 무엇을 의미하는지 몰랐다.

"팽 낭자와 나는 예전에 잠깐 알던 사이였소. 그것도 개인적으로가 아니라 공적인 것이었으니 당신이 그것을 거슬려 할 건 없소. 그리고 지금도 개인적인 만남은 아니라오."

석민은 당연히 그 말에 포함된 뜻도 알 수 없었다. 그는 지금 너무도 흥분해서 눈에 보이는 게 없는 상태였다. 하지만 뭔가 별 관계가 아니라는 말을 들었으니 안심이 되었다. 가장 듣고 싶은 말이었다. 개인적인 만남이 아니라니 더 좋았다. 하지만 기분이 풀리자, 그냥 물러서기에는 자신의 꼴이 우스울 것이라는 생각은 들었다. 그래서 한마디쯤 해주었다.

"팽 낭자 옆에 한 번만 더 얼씬거리면 그땐 내 손에 사지가 부러질

줄 알아라.”

그 꼴을 보고 있던 대영은 또 마음이 흔들렸다.

‘저런 상황에서도 흥분하지 않는구나. 게다가 석민이처럼 힘이 좋은 놈이 움켜쥔 손을 가볍게 떼어내다니. 확실히 능력이 있기는 있는데 말야.’

어쨌든 이제 와서 그가 제자를 얻으려면 선택의 여지는 없었다. 그래서 더 고민이 되었다. 하긴, 그건 이번 일에서 살아남고 나서의 일이긴 했다.

석민이 지영을 처음 본 것은 그들이 검군장의 일을 수행하고 돌아온 후에 한 번 더 작은 표행을 끝낸 후였다. 돈도 몇 푼 따서 주머니가 풍족해져 있던 그는 대낮부터 한잔 거나하게 걸치고 난 후였다. 그런 그의 눈에 시장에서 장을 보고 있는 지영이 보였다. 처음 보는 얼굴이었다. 예쁘장한 얼굴에 약간 통통한 몸매, 그러면서도 잘록한 허리, 탱탱한 엉덩이를 가진 그녀는 석민의 마음에 꼭 들었다. 첫눈에 반한 건지 아니면 술김인지 몰라도, 석민은 항상 생각해 오던 것을 실천에 옮기기로 결심했다. 장가를 가기로 한 것이었다.

석민은 조용히 그녀의 뒤를 밟다가, 인적이 없는 곳에서 그녀를 덮칠 생각을 했다. 자신의 외모와 성격에 대해 남들이 뭐라고 하는지 알고 있는 그는, 정상적인 방법으로 구애를 해서 저런 여자의 환심을 살 수는 없다고 생각하고 있었다. 그러나 일단 덮치고 난 후에는, 결혼을 하든 연애를 하든 뭐든지 할 수 있을 거라고 생각했다. 한 번도 해본 적은 없는 일이었지만, 맘에 드는 아가씨를 만나면 그 방법을 쓰겠다고 계획을 세워둔 건 꽤 오래전이었다.

그리고 지영이 인적이 드문 으슥한 골목으로 들어서는 걸 보고 쾌재를 불렀다. 그는 회심의 미소를 지으며 따라 들어갔다.

그날 석민은 복날에 개 맞듯이 맞았다. 나중에는 이렇게 죽나 보다 하는 생각이 들 정도로 두들겨 맞았다. 혹시 안 때린 부분이 있을까 봐 골고루 두들겨 준 지영 덕분에, 빈틈없이 맞았다.

그런데 희한한 것은, 그렇게 맞고 나자 이상하게 그녀에게 정이 더 붙는 것이었다. 얼굴 예쁘고 능력있는 여자가 자신과 어떤 종류로든 관계를 맺었다고 생각하자 그는 마음이 마구 끌려 들어가는 것을 느꼈다. 그때부터 석민은 지영의 주위를 맴돌았다. 또 맞는 건 싫었으니 너무 집적대지는 않았다. 그리고 드디어 오늘, 지영이 음식거리를 사 가는 이유가 민택의 밥을 차려주기 위해서라는 것을 알았다.

검군장에 거의 다 도착해서까지 그는 민택의 뒤통수만 노려보고 있었다. 아까는 순순히 풀어주기는 했지만 뭔가 속은 것 같은 느낌이 자꾸 들었다. 개인적인 만남이 아니라길래, 민택이 앞집 처녀에게 밥값을 지불하고—부러웠다—식사를 해결하는 것이라고 알아서 생각했다. 그렇게 생각해도 뭔가 찜찜했다. 하지만 그의 생각은 검군장 밖으로까지 달려와서 영접하는 낙화검 함성호 때문에 끊겼다.

"하하하, 강 대협! 어서 오십시오. 국주도 오셨군요. 어서 안으로 드시지요."

그는 만면에 웃음을 띠고 있었다. 기쁘지 않을 리가 없었다. 반면 대영의 얼굴은 딱딱하게 굳어 있었다. 기쁠 리가 없었다.

그들이 검군장에 들어서자 이미 그곳의 전 무사들이 병장기를 들고 모여 있는 것이 보였다. 환영 인사였다. 그들의 수군거리는 소리가 들렸다. 과연 요사이 명성이 자자한 칠성표국의 실력이 어느 정도인지 궁금해하는 그 소리가 국주인 윤길을 기쁘게 했다. 그는 포권을 쥐면서 말했다.

"하하하, 여러분, 반겨줘서 고맙습니다. 그럼 우리도 답례로 몇 수의 무공을 보여주어 여러분에게 흥취를."

"안 돼!"

잠자코 보고 있던 강대영이 그의 표사들을 돌아보면서 외쳤다. 윤길은 눈이 똥그래져서 대영의 얼굴을 쳐다보았다.

"이번 싸움의 핵심은 우리의 전력이 노출되지 않는 데 있다. 그래야만 적의 허를 찌를 수 있다. 만약, 한 수의 무공이라도 보여주어 적이 우리가 얼마나 강한지를 알게 하는 자가 있다면 내가 직접 그의 목을 쳐버리겠다. 알겠느냐?"

쩌렁쩌렁 울리는 목소리였다. 커다란 검군장 바깥 멀리까지 그의 목소리가 들릴 정도였다. 고수가 아니라도 그 목소리에 든 기운이 평범하지 않음을 알 수 있었다.

사실 대영은 이 몇 마디의 말을 필사적으로 하고 있었다. 칠성표국 전체의 목숨이 걸린 일이라고 생각했기 때문에 목숨을 걸고 필사적으로 끌어올린 공력이 모두 소모되고, 기력이 탈진할 정도였다. 말 몇 마디에 내공이 바닥날 정도로 그는 이 말에 목숨을 걸었다. 그리고 성공했다. 저 검군장 무리들 중 최소한 한두 명은 분명히 하가장에서 심어놓은 첩자이거나 매수된 자라고 예상했다. 방금의 행동으로 그의 무공은 몇 배 더 높게 평가될 것이다. 그래 주어야 했다.

허장성세의 계책이 시작되었다.

"염라의원에서는 돈으로 여러 명의 명사들을 초청했습니다. 그중에는 점창파와 관계가 있는 사람들도 많았지요. 현수라는 작자는 결국 그것으로 화를 피하게 됐습니다. 그런데 그 점창파 놈이 화살을 우리에게 돌린 겁니다. 일단 모은 사람들인데 싸워보지도 못하고 물러선다면 체면이 서지 않을 거라고 생각했겠지요. 그놈이, 검군장을 치겠다고 선언을 한 겁니다. 우리야 점창파와 싸우는 건 피하고 싶어도, 거기 제자 한 놈이 덤비는 것까지 걱정하지는 않습니다. 철이 없으면 잘 훈계해서 보내면 되니까요. 그런데 그놈은."

숨도 쉬지 않고 이야기하던 성호는 갑자기 한숨을 쉬었다.

"자기가 끌어 모은 놈들이랑 하가장에 몰려가서 우리를 치자고 했습니다. 하가장 그 쳐 죽일 놈들은 당연히 쌍수를 들고 환영하고……. 검군장의 고수들 중 일부는 너무 멀리 가 있어서 시간 안에 돌아올 수 없습니다. 사실, 연락도 닿지 않는 사람도 많지요. 우리의 전력은 지금 본래의 칠 할에 불과합니다. 염라의도, 자기 일만 해결하고 나서는 모른 척합니다. 그래서 걱정이 많았는데 이제 다행히 칠성표국에서 와주셔서 해볼 만하게 되었습니다. 아까 한마디 호령에 실린 중후한 내력을 볼 때, 강 대인은 우리 장주님의 아래가 아닌 듯합니다. 역시 칠성표국입니다. 하하하."

대영은 묵묵히 듣고만 있었다. 어서 조용한 방이라도 찾아들어서 운기조식을 해야 했다. 빨리 공력을 회복해야 활발히 움직이는 모습을 보여줄 수 있었다. 적이 언제 올지 모르는데, 내공이 바닥난 상태로는 일을 처리할 수는 없었다.

"기다려야 하지 않겠소?"

　며칠 뒤, 하가장주 하대하가 멀찍이 서 있는 검군장을 바라보면서 말했다.

　"당신들 하가장의 전력과 내가 모은 고수들을 합친다면 뭐가 두렵겠소? 검군장 정도야 단칼에 처치할 수 있소. 아니지, 저들은 어쩌면 그냥 항복할지도 모르는데 뭐 하러 올지 안 올지 모르는 지원군을 기다린다는 말이오?"

　대하는 이 사내가 마음에 들지 않았다. 이들이 와서 검군장을 치자고 했을 때는 깊게 생각할 것도 없이 쌍수를 들고 환영을 했다. 대환단이 날아가서 막막하고 친구가 죽어서 침울했는데 그런 제안을 해왔다. 반대할 리가 없었다.

　그런데 같은 목적을 위해 뭉치기는 했지만, 이자는 검군장을 동료로 생각하지 않고 있었다. 구대문파 중 하나의 제자라는 자부심 때문인지 자신과 같은 일반 문파를 떨거지들의 모임쯤으로 생각하고 있었다. 그나마 자신은 한 문파의 수장인지라 엇비슷하게라도 대접을 받고 있었지만 무시당하는 부하들의 불만은 대단했다.

　"하지만 검군장에는 요사이 명성을 떨치고 있는 칠성표국이 와 있소. 그들의 실력이 소문대로라면, 검군장은 지금 칠 할의 전력이 아니라 오히려 자신들의 십 할일 때의 전력에 이 할 정도는 더 보태어졌다고 보아야 하오. 우리가 이 상태로 쳐들어가서 쉽게 승리한다는 것은 그들의 힘을 칠 할로 보았을 때의 이야기이오. 그런데 상황이 이처럼 틀어진다면 우리가 이긴다고 해도 그 피해가 만만치 않을 것이오. 지원군을 기다리는 게."

　"닥치시오! 나는 일개 표국 따위를 안중에 둬본 적 없소. 중원표국이라고 하더라도 우리 점창파의 힘에 비하면 새 발의 피일 뿐이오. 아니, 지금 나를, 우리를 일개 표국과 비교하는 것이오? 그들에게 표사 몇이 붙었다면 당신들에게는 내가, 그리고 내가 모은 사람들이 있소."

사내가 손바닥으로 가슴을 치면서 자신감을 표현했다.

대하의 주먹이 슬며시 쥐어졌다. 감히 닥치라니. 점창파가 사람을 키워놓은 꼴을 보니 그곳의 앞날이 훤히 보였다. 하지만 그렇다고 함부로 화를 낼 수는 없었다. 검군장과는 이미 양립할 수 없는 사이가 되었으니 기회가 있을 때 처부숴야 했다. 그러기 위해서는 이들의 힘이 반드시 필요했다. 이들을 보내고 그들만이 쳐들어간다면 본래 전력의 십이 할을 가지고 있는 검군장을 이길 수 없었다. 지금 포기한다면, 언제 이런 기회가 다시 올지 알 수 없었다. 여기까지 와서 돌아간다면 무림에 안 좋게 날 소문이 싫었다.

예정된 지원군만 와준다면 이 점창파 사내와 그가 끌고 온 한 떼의 인간들 정도는 있으나 마나가 된다. 하지만, 그들의 본거지는 멀고, 여기는 변두리라 정말로 와준다고 믿고 다리를 편 채로 놀고 있을 수는 없었다. 게다가 원군을 요청하는 전서구는 처음 자신의 친구가 죽었다는 소식을 들은 직후에 보냈으니 그들이 오려고 했다면 벌써 도착했어야 했다. 무림의 일이란 알 수 없는 것이니 안 올 수도 있었다.

"좋, 좋소. 갑시다."

검군장에 매수해 놓은 자가 있었다. 그자가 수집한 정보에 의하면 칠성표국의 총표두는 꽤나 고수라고 했다. 검군장주보다 무공이 높을지 모른다고 했다. 그렇다면 자신보다 못한 사람은 아니라는 뜻이었다. 그것이 못내 마음에 걸렸다. 얼마나 고수냐가 문제였다.

하지만 그 아래 표사들은 아무리 강해봐야 일개 표사일 뿐이라고 생각했다. 고수는 저 건방진 사내가 점창파의 인맥을 이용해서 넉넉하게 끌어 모은지라 이쪽이 더 많았다. 총표두라고 해도 결국은 표사. 표사가 무공이 강해봤자 얼마나 대단하겠냐고 생각하니 조금 위안이 되었다.

'강해봤자 한 수나 두 수 차이겠지.'

결국, 승산은 분명히 자신들에게 있었다. 자존심만 조금 죽이면 된다.

검군장주 손우철은 정말로 칠성표국밖에 믿을 곳이 없었다. 칠성표국이 강하다고 생각해서가 아니었다. 늘상 보아오던 표국이었다. 그들이 하루아침에 강해질 리가 없었다. 믿을 데가 칠성표국밖에 없었기 때문에 믿어야만 했다.

자신들의 현재 전력은 단지 칠 할. 삼 할은 수련을 목적으로 강호를 떠돌고 있든지, 아니면 지나치게 먼 곳에 가 있었다. 그렇게 한 것은 하가장이 전력을 모두 끌어 모아서 쳐들어올 수는 없었기 때문이었다. 아무리 그들을 노리고 있다고 하더라도 실제 쳐들어올 수 있는 세력은 칠 할뿐이었다.

하가장 자체를 지키는 사람들과 필수적인 임무를 수행 중인 사람들을 뺀 칠 할의 전력으로 쳐들어온다면, 양쪽이 대등한 능력을 보유하고 있는 두 장원은 양패구상할 수밖에 없었다. 게다가 위험할 때는 돈으로 고수를 사서 도움을 받을 수도 있었다. 하가장이 돈이 많다지만 검군장도 가난하지 않았다. 하가장에서 자멸하는 짓을 할 리 없기 때문에 그는 인원 운영을 다소 여유있게 해왔었다. 적이 쳐들어올까 봐 무서워 항상 모든 고수들을 장원에 머무르게 한다면 봉문당하는 것과 다를 것이 없었다. 그건 당당한 무가에서 할 만한 일이 아니었다.

　그런데 평소에는 상상할 수도 없는 기회를 하가장이 잡았다. 바로 점창파—중의 작은 일부—라고 하는 엄청난 배경을 등에 업고 온 것이었다. 덕분에 검군장이 본래 얻을 수 있는 힘들은 모두 관여하기를 꺼렸다. 평소에 친하게 지냈다 생각하던 고수들이 모두 몸을 사렸다. 믿을 놈이 없었다. 남은 것은 칠성표국 하나가 고작이었다. 칠성표국이 강하다는 말 따위를 믿을 수는 없었다. 하지만 달리 잡을 지푸라기도 없었다. 그래서 칠성표국을 믿는 수밖에 없었다. 머릿수라도 채우는 게 어다냐고 생각했다. 총표두 하나는 고수로 알고 있으니 아쉬운 대로 그것도 좋았다. 그래도 이런 때에 목숨 걸고 도와준다는 게 고맙기는 했다.

　상대가 대낮에 저렇게 몰려왔다면 자신들의 승리를 믿고 있다는 것을 의미했다. 그에게 누가 이길지 돈을 걸라고 한다면 자신도 하가장 쪽에 한몫 단단히 걸 것 같았다. 어떻게 싸우지 않고 잘 해결해 봐야 했다.

　'젠장, 대환단만 소모하지 않았어도……. 염라의만 아니었어도.'

　아무리 봐도 손해 보는 장사였다. 소림사 대환단만 있었다면 점창파보다 훨씬 가까운 곳에 있는 소림에 중재를 요청할 수 있었다. 천하에 명성이 자자한 구대문파. 그중에서도 양대 산맥이 소림과 무당었다. 소림의 힘을 조금이라도 얻을 수 있다면, 쳐들어온 하가장의 떨거지들을 쫓아내는 것은—명색이 중놈들인데 몰살시키는 것을 허락할 리 없으니까—쉬운 일이었다. 자신들이 만든 대환단이라고 해서 무시할 리가 없었다. 도둑질도 해본 놈이 한다고, 대환단을 많이 팔아먹어 본 소림은 그 가치를 더 잘 알고 있었다. 하지만 이미 대환단은 없었다.

　"아니, 여러 대인들께서 무슨 일로 이곳에 왕림하셨습니까?"

그는 예의상 묻기는 했지만 머쓱해지는 건 어쩔 수 없었다. 서로 무기를 빼어 들고 대치한 상황에서 그런 말을 한다는 건 너무 어색했다.

"손우철! 순순히 목을 내밀어라. 너의 목을 바치면 네 부하들의 목을 치지는 않겠다."

호기롭게 외친 것은 점창파 제자인 종기였다.

검군장주 손우철이 생각하기에, 일파의 문주인 자신은 꽤나 예의를 차려서 인사말을 보냈다. 그런데도 저따위로 외치는 걸 보니 보통 버릇없는 놈이 아니었다. 아무리 자기가 불리한 입장이라고 해도 그는 일파의 주인이었다. 하지만 버릇을 따져서는 살아날 수는 없었다.

종기 입장에서는 자신의 손상당한 명성을 회복하고 친구의 죽음에 대한 화풀이를 하기 위해서는 검군장주 하나면 족했다. 그가 원하는 건 체면을 세우는 것이지 학살이 아니었다. 하가장주에게 묻지는 않았지만, 검군장주의 목이면 충분하지 않겠냐고 생각했다.

그리고 아랫것들에게 고함치고 보는 것은 그의 버릇이었다.

무리한 요구였다. 눈곱만큼도 죽고 싶은 생각이 없었다. 전력이 딸린다고 해도 해보기 전에는 모르는 게 싸움이었고, 진다고 해도 달아나면 목숨은 건질 수 있었다. 하지만 어떻게든지 대화로 타협하고, 또 돈으로 해결하고 싶었다.

돈은 귀신도 부린다. 염라의도 방법은 달랐지만 결국 돈으로 놈들의 칼을 피했다. 검군장이 가진 현금을 모두 털고 패물을 모았다. 말로 잘 설득하고 돈으로 보상하면 점창파 놈을 달랠 수 없을 리가 없다고 믿었다. 점창파 떨거지들에게 좋은 말로 띄워주면서 사과하고, 눈이 돌아갈 만큼 돈을 얹어주면 화가 풀릴 거라고 믿었다. 그리고 나서 검군장과 하가장과의 문제임을 설득하면서 중립을 요구하려고 했다. 하가장뿐이라면 밀릴 게 없었다. 지푸라기였지만 삼십여 명이나 되는 표사들도 모아놨다. 그런데 그의 그런 마음을 모르는 성호가 산통을 깨버렸다.

"네 이놈. 젊은 놈이 못하는 소리가 없구나. 우리 검군장에서 네놈 따위를 두려워할 줄 아느냐? 지금 여기에는 칠성표국도 와 있다는 사실을 모르느냐?"

'저놈이 미쳤나? 칠성표국이 뭐가 어쨌다고?'

지푸라기 이야기는 왜 꺼내는지 몰라 안타까운 검군장주였다.

성호는 칠성표국을 믿고 있었다. 대충 보니 상대의 전력이 검군장보다 강하기는 했지만, 그의 예상만큼은 아니었다. 점창파에서 데려온 고수가 그리 많지 않았다. 그렇다면 강력한 힘을 가진 칠성표국이 있는 이상 그들이 패배하는 사태는 벌어지지 않을 거라고 판단했다. 최소한 양패구상이라고 계산되었다. 그렇다면 무서울 것이 없었다. 상대도 지킬 게 많은 사람들이었다. 양패구상 따위를 할 리가 없었다. 무서울 것이 없는데 건방진 놈들을 상대로 호통쯤 치는 일이 대수랴.

종기는 어이가 없었다. 그가 아는 표국이라고 하는 것은, 단지 상인들이 일시적으로 고용하는 수송 전문 경호 인력 정도에 불과했다. 검군장이나 하가장의 무인들조차도 아랫것으로 보는 그에게 있어서 표사와 삼류 잡배는 그놈이 그놈이었다. 화가 난 그는 한 걸음을 앞으로 내디뎠다. 그런 그를 하가장주 대하가 붙잡았다.

'저렇게 강하게 나오는 꼴을 보니 칠성표국에 대한 소문이 사실일지도 모르겠다.'

그런 생각에 겁이 덜컥 든 하가장주는 일단 이놈을 말려야겠다고 생각했다.

"참으시오(깝치지 마라), 칠성표국의 명성은 요사이 산동을 울리고 있소(그래서 기다리자고 했잖아). 지 표국의 총표두는 아마도 당신과 필적할 만한 무공을 가지고 있을 거요(너보다 세). 게다가 표사 하나하나가 한 떼거지의 산적을 상대할 능력이 있다고 하오(아랫것들도 세). 불과 얼마 전에도 한 표사가 오십의 산적을 무찔렀고(그 정도면 이미 고수야), 또 내 친구(불쌍한 태호야), 당문 문주의 사촌 동생인 내 친구 태호도 저들 중 하나에게 죽었소(그놈은 더 고수지. 단칼이었대). 난, 저들을 씹어 먹고 싶은 심정이지만(씹어 먹힐까 봐 무서워) 그들의 힘은 인정해야 할 거요(아주 무서워). 지금 싸운다면(싫어) 우리가 이기더라도(이길 수 있을까?) 너무 많은 피를 흘려야 할 거요(여차하면 너 버리고 도망갈 거야)."

그 말을 들으니 종기 역시 조금은 고민이 되었다. 당당한 모습이란, 미친놈이거나 전력을 제대로 판단 못하거나 정말로 힘이 있을 때 나오는 것이었다. 몽땅 미치진 않았을 테고, 설마 대점창파의 고수인 자신과 그의 동료들의 힘을 제대로 평가하지 못했을 리도 없었다. 뭔가 믿는 것이 있나 본데, 그렇다면 정말로 칠성표국이 제법 강할지도 몰랐다. 하지만 그래 봤자 표국이었다.

'물건이나 날라주는 놈들이 강해봤자지.'

점창파란 자부심으로 뭉친 그가 그 정도에 기가 죽을 수는 없었다.

"험, 네놈들이 믿는 게 있었구나. 그럼 어디 그 유명한 칠성표국 총표두의 한 수를 구경해 볼, 억!"

자신감을 보여주기 위해서 한 걸음 더 나서면서 싸움을 걸려고 했다. 그런데 표사들이 모인 곳에서 한 사내가 그에게 단검을 던지는 것을 보고는 재빨리 발검술로 검을 뽑아 쳐냈다. 막은 검날이 진동하고 손이 부르르 떨리는 것을 보니 이 단검에 실린 힘이 보통이 아니었다. 검이 빨리 날아와서 그렇다면 힘껏 던져서 그런가 보다 하고 이해를 하겠지만, 느릿하니 날아온 평범해 보이는 단검이 이런 힘을 내기는 어려웠다. 느리게 날아온 단검이 무겁다는 건, 던진 자의 내력이 그만큼 고강하다는 걸 말했다.

상대를 보아하니 여유로운 표정이었다. 장난 삼아 던져 봤다는 듯이 뒷짐까지 지었다. 뒷짐은 싸움에 불리한 자세였다. 한 떼의 표사들의 앞에 선 그가 느긋하게 말했다.

"구경은 그것으로 되었을 게다."

일수삼검 강대영이었다. 종기는 바짝 긴장했다.

'정말로 보통 상대가 아니구나. 저자가 바로 총표두인가 보다.'

이 정도 실력이면 소문대로였다. 그렇다면 그 아래 표사들도 정말로 소문대로의 실력일지도 몰랐다. 그는 순간적으로 서로의 전력을 다시 계산해 보았다. 승산이 지나치게 줄어버렸다.

일수삼검 강대영은 자신의 무공만으로 단검을 던진 것이 아니었다. 그가 쓸 수 있는 유일한 계책은 허장성세. 자신들 칠성표국의 능력을 필요 이상으로 과장해서 보여줘야 했다. 그의 내공이 높다고 소문을 내놓았고, 얼굴은 여유롭게, 동작은 자연스럽게, 하지만 전력을 기울여서 단검에 내력을 싣는 연습을 죽어라고 했다.

단검 자체도 특별히 제작해서 가져왔다. 겉은 쇠이지만 손잡이와 검날 속에 납을 채워 넣어 그 무게를 늘렸다. 이 한 동작에 허장성세의 성공 여부가 달려 있기에 집중에 집중을 하고 던졌다. 연습한 보람이 있는지 그 와중에서 표정 관리가 되었다. 어려웠지만, 효과는 충분히 있어 보였다.

‘됐다!’

그는 속으로 쾌재를 불렀다. 낭패한 모습의 점창파 떨거지의 모습을 보니 그의 계책이 먹혀들었다는 것을 알 수 있었다. 이제 남은 것은 돈을 잔뜩 준비했다고 하는 검군장주가 적당한 협상을 해서 상대를 돌려보내는 일뿐이었다. 칠성표국은 살아남았고 덤으로 오백 냥도 벌었다. 화가 복이 되었다. 하지만 한 번 더 하고 싶지는 않은 일이었다. 그래도 안심이 되었다. 그때였다.

“이곳이 검군장이냐?”

심후한 내력이 실린 목소리와 함께 십여 명의 사내가 검군장의 정문을 들어섰다. 그리고 그들의 얼굴을 본 하가장주의 얼굴이 환해졌다.

“대인! 대인이 직접 오셨군요. 감사합니다. 와주셔서 정말 감사합니다.”

막 들어선 사내는 반기면서 달려오는 대하를 한 번 쳐다보더니 모두가 들으라는 듯이 말했다.

“원수를 열 배로 갚는 것은 당문의 전통이다. 결코 너를 도와주기 위해서 온 것이 아니다. 태호를 죽게 한 자들이 저놈들이냐?”

이야기가 다시 잘 풀린다 싶어, 막 협상을 위해서 좋은 말을 하려던 검군장주는 당문이란 소리에 기겁을 했다. 그리고 그 다음에 들린 대하의 목소리에 하늘이 무너지는 줄 알았다.

“그렇습니다. 와하하하. 너희들은 이제 다 죽은 목숨이다. 당문 문주이신 천수여래께서 직접 오셨으니 말이다. 와하하하. 특히 칠성표국. 표국 나부랭이 따위가 어디서 설쳐! 네놈들도 다 죽었다.”

그는 정말로 기뻐서 크게 외쳤다. 이제 승리는 없었다. 상대가 돼야 승리라는 말을 쓰지 지금처럼 일방적일 때는 짓밟는다는 표현이 옳다

고 생각했다. 천하의 사천당문에서 문주와 고수들이 왔으니 검군장 정
도의 작은 문파를 없애는 것은 손바닥을 뒤집는 것처럼 쉬웠다.

그리고 나름대로 신경 쓰이던 칠성표국에다 대고 환히 웃으며 외치
는 그의 모습 때문에, 당문 사람들의 시선이 자연스럽게 칠성표국으로
향했다.

민택은 더 이상 기다릴 수 없었다. 문주가 하수들을 데리고 왔을 리
가 없었다. 당태호는 표사인 자기가 죽였으니 잘못하면 칠성표국은 몰
살이었다. 당문의 복수는 유명했다.

결국 두 번째 방법을 선택해야 했다. 이제 그가 직접 나설 때였다.
그를 제외한 표사들 전부가 몰살당하는 것보다는, 그가 정체를 밝히고
칠성표국을 뜨는 게 나았다. 표국은 해체하도록 설득하고 표사들은 흩
어버려야 했지만 할 수 없었다. 헤어지는 것이 죽는 것보다는 나았다.

당문의 등장으로 모두가 굳어 있는 상태에서 민택이 앞으로 천천히
한 걸음 내디뎠다. 그리고 그런 그의 동작은 당연히 당문 고수들의 눈
에 들어왔다. 그러나 그는 두 번째 걸음을 걸을 필요는 없었다. 당문
고수 중 하나의 표정이 급변하는 것을 발견했기 때문이었다.

당문은 정파와 사파 등의 구분이 애매모호한 문파였다. 스스로 정파
라고 주장하면서 활동하는 문파이기는 했지만 주로 사용하는 수법은
정파—라고 주장하는—쪽에서는 그리 좋게 보지 않는 독과 암기였다.
그래서 그 무서운 실력을 가진 자들이 스스로를 정파라 주장하는데도
불구하고 정사지간의 문파로 인식되고 있었다. 그런 환경이 오래 계속
되자, 외부로 하는 공식적인 주장과는 별개로, 당문의 실체는 정파 쪽
의 성향을 가진 정사지간의 문파로 변해갔다. 성향이 변해가면서 당문

의 고수들 중에는 흑도 쪽과 친분을 맺고 그들을 도와주는 자도 많이 생겼다.

그들 중 하나가 당문에서도 실력을 인정받고 있는 당태강이었다. 그리고 그는 정의문과 싸우던 문파를 도와주다가 싸움터에서 민택을 본 일이 있었다. 처음에는, 수많은 표사들 틈에 섞여 있는 민택을 알아볼 수 없었다. 하지만 모두 꼼짝 않고 서 있는 상황에서 누군가 혼자만 움직이는 모습을 보자 자연스럽게 주시하게 되었다. 그리고 보자마자 알아볼 수 있었다. 가끔 꿈에도 나오는 얼굴이었다. 그의 심장이 툭 떨어졌다. 그는 파랗게 질린 얼굴로 천수여래 당태명의 옆으로 다가가서 귓속말을 했다.

"혀, 형님. 저, 저기……."

"왜 그러느냐?"

"저 얼굴에 칼자국이 있는, 방금 한 걸음 움직인, 얼굴에 칼자국이 있는 표사 말입니다. 아무래도… 광룡 같습니다."

천수여래 당태명은 무공보다는 암기술과 독술에 치중한다는 당문의 장문이었다. 그럼에도 불구하고 권각술 쪽에도 내세울 만한 성과를 얻었다. 거기에다 천수여래란 별호가 붙을 정도로 뛰어난 암기술을 가지고 있어서, 그가 두려워하는 자는 천하에 거의 없다시피 했다. 그런 그도 가슴이 뜨끔해지는 것을 느끼지 않을 수 없었다. 일 대 일로 싸워서는 이형환위를 펼치는 광룡을 잡을 자신이 없었다. 암기 몇 개 날려보기도 전에 칼 맞고 죽을 확률이 높았다. 빠른 보법과 독 묻은 암기를 주무기로 쓰는 당문의 무공은 무림에서 가장 유명한 보법과 일격에 끝장을 보는 도법을 가진 광룡에게 약할 수밖에 없었다.

"정, 정말이냐? 잘못 본 건 아니고?"

"형님, 저는 광룡의 전룡대한테 죽을 뻔한 일이 있습니다. 어떻게 저 얼굴을 잘못 보겠습니까?"

그는 재빨리 머리를 굴렸다. 태호를 죽인 표사 복장을 한 검군장의 고수는 얼굴에 칼자국이 있다고 했었다. 이제 보니 그게 광룡이었다. 이건 자신의 목숨만이 걸린 일이 아니었다. 자칫하다가는 당문의 전력 자체가 치명타를 입을 수 있었다.

당문에는 당한 것을 잊지 않고 열 배로 돌려준다는 전통이 있었다. 하지만 그건 어느 정도 상대 수준이 맞을 때 이야기였다. 상대가 당문보다 강할 때도 열 배로 돌려준다고 설치다가는 몰살당하거나 무림 전체를 상대로 싸워야 할 수 있었다. 당문의 열 배의 복수란 말은 당문보다 확실하게 약한 자에게만 사용되는 전통이었다. 그리고 대부분의 무림인이나 문파는 당문보다 훨씬 약했기 때문에 그 전통은 꽤나 잘 지켜졌다.

그리고 이제 무림에 다시 한 번 당문의 전통을 알려주어야 할 때가 되었다 싶을 때, 약한 놈들이 감히 당문을 건드렸다는 소식이 전해졌다. 겹사겹사로 확실히 밟아주기 위해서 정예를 모아서 끌고 왔다. 가끔 교훈 삼아 이렇게 해줘야 자잘한 문파 놈들이 덤비지 않았다.

물론, 이제는 상황이 바뀌었다. 현재 전력으로 광룡을 상대하면, 그래도 이들은 당문의 핵심 전력인데 합공으로 광룡을 잡는 건 가능할 것 같았다. 그 과정에 태반이 죽어 나갈지도 모르지만 해볼 만은 했다. 하지만 그렇게 이겨봤자 광룡이 대장으로 있었던 전룡대가 무서웠다. 전룡대는 정의문의 검이고 힘이었다. 그리고 광룡은 그들의 대장이었다.

전룡대는 중원무림 전체의 전투 부대들 중에서 최강으로 평가받는 부대였다. 당문의 수장인 그가 광룡이 정의문을 그만뒀다는 소식을 못 들었을 리는 없었다. 그렇다면 광룡은 이제 전룡대장이 아니었다. 하지만 그쯤 되는 사람이, 광룡과 전룡대의 관계를 모를 리도 없었다.

떼거지로 덤벼서 광룡을 죽여봐야 명예도 얻지 못하는데, 전룡대가 복수한다고 당문으로 쳐들어오면 큰일이었다. 전룡대는 가볍게 밟아줄 수 있는 상대가 아니었다. 당문이 크게 박살나면서 막아내야 하는 상대였다. 그 정도만 해도 당문의 대위기였다.

혹시 정의문이 통째로 몰려올지도 몰랐다. 잘못했다가는 당문이 몰락할지도 모를 일이었다. 얻을 것은 적고 잃을 것은 너무 많았다. 저놈이 왜 여기 있는지는 모르겠지만, 설마 당문이 목표일 리는 없었다. 복색을 보아하니 뭔가 비밀 임무가 있는 것 같았다.

이럴 땐 서로 험한 꼴 보기 전에 물러서는 게 이익이었다. 당문이 맞은 건 열 배로 돌려준다지만, 저놈은 더한 놈으로 유명했다. 다른 놈들이 눈치 채기 전에 어서 사라져야 했다. 그는 재빨리 민택에게 포권을 했다.

"미처 알아뵙지 못하고 실수를 했소이다. 태호가 왜 죽었는지 이제야 이해가 가는군요. 그놈은 저승에 가서도 영광이었을 겁니다. 그럼 우리는 바쁜 일이 있어서 이만."

천수여래는 재빨리 할 말을 끝내고 어이없어하고 있는 하가장주의 멱살을 잡고 검군장을 빠져나가 버렸다. 장주가 끌려갔으니, 하가장의 수많은 무사들마저 썰물처럼 빠져나가게 되었고, 졸지에 남은 인원은 점창파의 종기와 그가 끌어 모은 고수들뿐이었다.

종기는 기가 찼다. 천하의 당문 문주가 도착했을 때만 하더라도 승리에 자신이 없던 상태라 무척이나 반가웠다. 게다가 당문주와 안면을 틀 기회였다. 그런데 이제 그가 칠성표국 사람들이 모여 있는 곳에 그렇게 정중히 포권까지 하고 물러섰다. 왜 그랬을까 곰곰이 생각해 보자 두려움이 왈칵 몰려왔다.

"서, 설마, 칠성표국이란 곳이 사천의 당문에서도 두려워하는 곳이란 말인가?"

그의 한마디가 모두의 정신을 일깨웠다. 그리고 그곳에 모여 있던 사람들―칠성표국의 사람들까지 포함해서―은 그 말이 내포하고 있는 의미를 생각하고는 깜짝 놀랐다. 믿어지지는 않지만, 현재의 상황은 종기의 말처럼 해석하는 수밖에 없었다.

"왜 그러시는 겁니까? 그들이 도대체 누구란 말입니까? 왜 물러서시는 겁니까?"

하가장주의 무림에서의 비중이 언덕배기라면, 당문주의 지위는 높은 산이었다. 그와 당문주 사이에는 수많은 봉우리가 있었다. 이런 민감한 문제는 감히 물어서는 안 되는 건 상식이었다. 당문주에게 밉보여서 좋을 건 없었다. 하지만 너무 궁금해서 참을 수 없었다. 그리고 하가장은 강소성 북부에 위치하고 있었다. 칠성표국은 신경 쓰지 않아도 될 만큼 멀리 있지 않았다. 그래서 저만치 앞서 가던 당문 일행들을 급히 따라잡아 물었다.

자기들끼리만 쑥덕거리면서 걷던 당문의 일행이 걸음을 멈췄다. 천수여래 당태명이 한숨을 푹 쉬었다.

"태호는, 죽어도 쌌다."

"예?"

"그놈은 죽어 마땅했다."

"아니, 그게 도대체 무슨 말씀이십니까? 죽어도 싸다니요?"

당태명이 하대하를 측은하게 쳐다봤다.

'광룡이랑 은원이 생겼으니 이놈은 앞으로 어떻게 될까.'

그냥 버려두기에는 죽은 태호에게 미안했다. 복수도 못해줬다.

"소문은 내지 말고 너만 알고 있어라. 이건 비밀이다."

광룡이 왜 거기에 있는지는 그도 알 수 없었다. 하지만 그처럼 무림 문파를 이끄는 사람 입장에서는, 남들은 모르고 자신은 아는 일이 있다면, 그리고 그게 중요한 일처럼 보인다면 숨겨두는 것이 좋았다. 쓸모없는 정보가 될 수도 있었지만 떡고물이 생길 수도 있었다. 자랑하고 다녀도 좋지만, 이 정도 고급 정보는 아껴둬야 했다. 죽은 태호가 생각나지 않았으면 해주지 않을 말이었다.

하대하는 무슨 말일지 잔뜩 기대하고 귀를 기울였다.

"태호를 죽였다던 표사 복장의 사람 말이다. 얼굴에 칼자국이 있다던 사람, 그자가 광룡이다."

대하는 무슨 말인지 이해를 못했다. 그는 '광룡'이란 단어와 전룡대장 '광룡'을 연결해서 생각하지 못했다. 무림에서 표사와 광룡 사이에는 그와 당문 가주와의 사이보다 훨씬 큰 간격이 있었다. 그의 자리에서는 당문 가주가 저 멀리 보이기는 하지만, 일개 표사의 자리에서는 광룡의 꼬리 끄트머리도 볼 수 없었다.

'표사가 광룡이라니? 미친 용이란 건가? 표사가 미쳤단 건가? 표사가 성질이 드럽단 건가? 표사가 용이란 건가? 표사가 한 수 한다는 뜻인가? 광룡이라니? 광룡이 도대체 무슨 말이야?'

잠깐 고민하다가 문득 광룡이 누군지 생각났다. 그의 얼굴이 경악으로 하얗게 질렸다.

"그, 그, 그 광룡이 그 광룡이란 말입니까?"

"목소리를 낮춰라. 그리고 알았으면 몸 사리고 있어라. 하가장 정도
는 광룡이 콧방귀만 뀌어도 날아간다. 왜 거기에 숨어 있는지는 모르
지만, 네가 그 사실을 퍼트리고 다니면 아마 하가장은 광룡의 콧방귀
맛을 제대로 봐야 할 거야."

광룡이 정말 그럴지는 몰랐지만, 이 정도 겁을 주면 소문은 내지 않
을 거라고 생각했다.

하가장주는 자기가 용의 코털을 건드렸다는 걸 깨달았다. 울고 싶었
다.

第六章

칠성표국이 있는 곳은 산동의 남부에 위치한 곡부였다. 공자의 고향이기도 한 이곳은 산동성의 중심에 있는 태산과는 상당히 떨어져 있었다. 거리는 태산보다 강소성이 오히려 좀 더 가까웠으나, 칠성표국은 개국 이래 한 번도 산동성을 벗어나는 표물 운송을 해본 적이 없었다. 규모가 작은 표국에게 다른 성으로까지 가야 하는 장거리 표물을 맡기는 사람도 없었지만 칠성표국의 특성상 그런 표물은 맡지도 않았다. 반면에, 그렇게 작은 곳이기 때문에 다른 대형 표국의 견제를 받을 필요도 없었기 때문에 수월한 영업을 할 수 있었다.

일수삼검 강대영은 들떠 있었다. 그는 지금 산동성을 넘어서 하남성에 있었다. 젊었을 때는 강호를 떠돌면서 여러 곳을 다녔던 그였지만, 칠성표국에 몸담은 이후로 이런 장거리 여행은 처음이었다. 더욱 중요한 것은, 지금 그를 따라오고 있는 이십 명의 표사와, 이십 대의 짐을 가득 싣고 있는 수레, 그리고 그 수레를 맡긴 상인들 몇과, 마부 이십 명이 있다는 사실이었다.

이 표행의 수수료는, 목숨을 걸고 검군장의 함성호를 따라 염라의원에 갈 때보다 훨씬 컸다. 사천당문이 물러선 이유는 밝혀지지 않았다. 하지만 당문 문주가 칠성표국을 향해 한 것처럼 보이던 몇 마디 인사 때문에, 그들의 명성은 이제 산동성을 진동하고 있었다.

고가의 물품을 운송하던, 그래서 물건의 안전한 수송이 문제가 되던 상인들은 칠성표국으로 몰려들었다. 하지만 표국의 규모가 작으니 표물을 맡을 수 있는 횟수는 제한되어 있었다. 또한 그런 물건들은 보통 수송해야 할 거리가 길었다. 칠성표국에 물건을 맡기려는 수요는 넘치고, 맡아줄 수 있는 공급은 부족했다. 하지만, 이미 산동성의 상인들에게 칠성표국은 믿을 만한 방패였다. 칠성표국에 대한 선호도는 중원표국 산동 지국에 버금갔다.

예전 같으면 받아들이지 않을 규모의 표물들이었다. 하지만 산동성을 진동하는 칠성표국의 명성을 총표두인 강대영이 모를 리 없었다. 그래서 몇 번은 규모는 크지만 거리가 멀지 않은 표물을 받아들였다.

산동에서 칠성표국의 명성에 도전하는 도적은 없었다. 강대영은 점점 간이 커져서 드디어 하남성 개봉까지의 표행을 받아들였다. 거리가 멀어지면 값이 오르는 법이었다. 꼭 그들에게 물건을 맡겨야 하겠다는 상인에게서 은자 오백 개라는 엄청난 돈을 받기로 하고 나서였다. 철없는 국주가 표사들의 목숨 값으로 받았던 오백 냥과 같은 돈이었다.

'이번 표행에서 돌아가면 표사들을 더 뽑아야겠다. 가만있자, 삼십 명? 아니, 오십 명은 필요하겠지? 이제 칠성표국은 커지는 거다. 그러려면 무공이 강한 고수도 있어야 하는데 그런 사람은 구하기가 쉽지

않으니.'

　자금이 풍족하니 표사의 확충은 반드시 해야 했다. 큰 표물을 계속 명성만으로 지킬 수는 없었다. 막 행복한 상상을 하고 있던 그는 돌연 민택이 생각났다. 고개를 뒤로 돌려보았다. 하나의 짐수레에 두 명씩의 표사들이 각자 편한 자세로 드러누워 있는 것이 보였다. 민택은 바로 그의 뒤를 따라오고 있는 수레에 앉아 있었다.

　'저놈을 빨리 가르쳐서 고수로 만들어야 되는데, 그동안 도대체 어디서 뭘 얻어 배운 건지. 그래도 잘만 가르치면 한두 해 안에 쓸 만하게 만들 수 있을 텐데. 쩝.'

　그는 입맛을 다셨다. 비록 국주가 따로 있다고 하나 그는 전대 국주의 의형제. 즉, 현 국주의 의숙부였다. 전 국주가 죽은 후의 칠성표국은 오로지 그의 명성과 무공으로 운영되어 왔다. 능력없고 돈 욕심이 많은 현 국주였지만 그의 권위는 대충 인정해 주고 있었다. 어차피 표국 순이익의 삼분의 일은 자신의 것이었다. 제아무리 날고 기는 고수를 영입한다고 해도 그는 영원히 칠성표국의 총표두였다.

　문제는, 세상에 고수는 적은 데 비해, 표국이란 곳은 힘들고 위험하며, 또 명성마저 얻기 힘든 곳이라는 데 있었다. 쓸 만한 사람은 오려고 하지 않고, 오는 사람은 쓸모가 없었다. 표사로 쓸 만한 사람을 구하는 것도 쉽지 않은데 고수급을 채용하기란 힘들었다.

　중원에서 가장 크고 강력하며 또 여러 지국을 가지고 있는 중원표국마저도 고수 확보에는 어려움을 겪고 있다고 알려져 있었다. 중원표국의 경우, 강대영 정도의 고수는 대표두의 직위를 보장하면서 많은 임금을 지급하고 있었다. 중원표국의 대표두라고 하는 자리는 정예 표사 백 명을 거느리는 위치였다. 표사 백 명이라면, 그 숫자만으로도 중형 표국의 규모였다.

"야, 정말 편하네. 이런 편한 표행은 정말 드문데 말야."

장거리 표행이라서 그런지 몰라도 표물들은 튼튼한 나무 상자에 담겨서 운송되고 있었다. 그 상자들이 평평하게 잘 쌓여 있어서 사람이 그 위에 올라갈 수 있었다. 그 상자들 위에, 사지를 쭉 펴고 드러누운 석민이 하늘을 쳐다보고 있다가 말했다.

"예전에 이만큼 움직이려면 발이 다 부르틀 지경이었는데 말야."

앉아서 주위를 둘러보던 민택이 그에게로 고개를 돌렸다.

"편한 만큼 위험도 커졌소. 표물이 큰 만큼 그것을 노리는 자들 역시 많을 텐데 그게 과연 좋은 것이라 느껴지시오?"

"푸하하하, 이런 겁쟁이를 봤나. 우리 칠성표국의 깃발을 보고 감히 덤비는 도적 떼가 있을 거라고 생각하냐? 상관없다. 눈먼 놈들이 나타나면 내가 예전처럼 혼자서 무찔러 줄 테니까. 이번에는 한 백 명 정도 단칼에 해치워서 내 명호를 항산적에서 참산적으로 바꿔줄 테니까."

칠성표국이 유명해진 이후, 석민이 혼자서 오십 명의 산적을 쫓아낸 이야기도 같이 유명해졌다. 덕분에 그는 '항산적'이란 무림명을 얻게 되었다. 무림명을 가진 고수가 일개 표사란 것은 결과적으로 칠성표국의 실력이 대단하다는 소문에 대한 그럴싸한 근거 중 하나가 되었다.

"우리 표국에는 일수삼검 총표두님이 계시고, 또 나 항산적 장석민이 있으니 무엇이 두려울까? 와하하하."

그는 자신이 무림명을 갖게 된 것을 무척이나 자랑스러워하고 있었다. 명문정파의 제자라고 하더라도 실력이 없으면 얻을 수 없는 것이 무림명이었다. 무림명은 충분한 실력을 가진 사람이 명성을 떨칠 때, 그에 대한 소문이 사람들 사이에 퍼지면서 자연스럽게 만들어졌다. 자기가 대충 지어서 그리 불러달라고 떠들고 다니면, '철면피' 쯤 되는 무림명을 얻을 뿐이었다. 그래서 무림명이 있느냐와 없느냐는 고수냐 아니냐의 척도가 될 정도로 중요했다.

민택이 걱정하는 것은 얼치기 산적이 아니었다. 칠성표국은 너무 급하게 크고 있었다. 그리고 명성에 맞는 실력은 전혀 없었다. 현 상황은 말 그대로 사상누각이었다.

'실수 한 번이면 모든 것이 사라진다.'

이제 칠성표국의 표물을 노리는 자들은 그 명성에 상대가 될 만큼의 준비를 단단히 갖추고 나타날 것이 틀림없었다. 만약 그가 없을 때 그런 자들을 만난다면, 그것은 몰살을 의미했다. 그는 고향 사람들이 좋았고 칠성표국 사람들도 좋았다. 그들에게는 정이 있었다. 칼로 먹고 사는 표사들이었지만 피비린내가 나지 않아서 좋았다. 그는 이 모든 것들을 잃고 싶지 않았다.

때문에 그는 시간이 허락하는 한 모든 표행에 참가하려고 들었다. 현 상황을 계속 유지할 수만 있다면, 언젠가는 명성에 걸맞은 세력과 실력을 갖출 수 있었다. 들어오는 표물이 많아지면 표사도 늘여야 한다. 규모가 커지고 고수가 늘어나면 그때는 지금의 명성을 지킬 수 있었다. 그때까지만 조심하면 되었다. 그리고 그때가 되면 자신은 수많은 표사들 틈에 녹아들어 가 더욱 조용히 살아갈 수 있을 터였다.

'문제는 지영이와 그 뒤에 있는 세력인데.'

아직 그 문제의 답은 나오지 않았다.

계속 주위를 살피고 있던 민택이 앞쪽으로 시선을 집중시켰다. 그들이 지나가고 있는 곳 앞쪽의 지형이 눈에 거슬렸다. 가느다란 길 양쪽에 경사가 급한, 그러면서도 그리 높지 않은 동산 두 개가 보였다.

‘활을 쓰는 매복을 위해서는 최고의 장소다.’

놀러 다니면서 본다면 경치가 좋을 뿐인 곳이지만, 실제로 저런 장소에서 매복을 하기도 해보고, 또 매복한 적에게 공격당해 보기도 한 그였다. 하지만 일반 표국의 표행은 저 정도 길은 무시하고 지나친다. 지형이 조금 수상하다고 매번 멈춰서 알아봤다가는 제시간에 목적지에 도착하지 못한다. 그래도 경계가 필요했다. 느낌이 나빴다. 조금 주의 깊게 볼 시간이 필요했다.

복면을 쓴 사내는 다시 한 번 주위를 둘러보았다. 모두 울창한 나무와 풀숲 속에 땅을 파고 숨었다. 땅바닥에서 활을 들고 있을 그의 부하들의 머리통이 살짝살짝 보였다. 머릿속으로 작전 계획을 다시 점검해 보았다.

‘상대의 숫자는 오십 정도, 우리는 스물. 그러나 저들 중 제대로 칼을 쓰는 자는 표사 이십 명이 전부다. 위에서 아래로 쏘는 화살은 더 위험한 법. 표사들만 노려 기습한다면, 활만으로 그들 중 반은 잡을 수 있다. 승산은 분명히 우리에게 있다. 좋아.’

그는 조용히 활시위를 만졌다. 이미 수없이 검토한 일이었다. 몇 번을 생각해도 완벽했다. 객관적으로 판단할 때 그들의 압승이었다. 하지만 칠성표국에 관한 소문들이 계속 마음에 걸렸다. 그가 처음 이 임무를 맡고 나섰을 때는 이렇게 심각하게 생각하지 않았다. 아무리 여러 말이 들려도 단지 소문일 뿐이라고 생각했다. 일개 표국이 그렇게 대단할 리는 없었다.

그는, 칠성표국을 이제 막 커 나가는 자그마한 표국쯤으로 생각했다. 그런 곳을 밟아버리고 오라는 명령에 조금 심한 게 아니냐고 생각했지만 명령을 받았으니 수행해야 했다. 총표두 강대영이 한때 중원에서 조금 이름을 알렸었다고는 하지만, 그 정도 명성은 그도 가지고 있었다. 그리고 부하들은 실력있는 놈들로 가려서 뽑아왔다. 어떻게 봐도 자신들이 유리했다.

그런데, 이곳으로 오면 올수록, 그 소문이 진짜일지도 모른다는 생각이 들었다. 소문이라는 게 원래 적당히 퍼지는 법이고, 또 동네마다 그 내용이 조금씩 다른 법이었다. 그런데 하남 땅에 들어오니 칠성표국에 대해 모르는 사람들이 없었다. 그리고 소문의 내용도 서로 대동소이했다. 그래 봐야 소문일 뿐이라고 스스로를 위로했지만, 불안감이 드는 건 어쩔 수 없었다.

'걱정하지 마라. 승리는 이미 결정되어 있다.'

그렇게 생각하던 그의 눈이 갑자기 크게 떠졌다. 거의 덫에 걸려들 것처럼 보이던 적들의 행렬이 멈췄다. 사람들이 이리저리 움직였다. 그의 등에 식은땀이 흘렀다. 바짝 긴장이 되었다. 염방과 시비가 붙었을 때도 이만큼 긴장한 기억은 없었다.

"또 뭐야?"

즐거운 상상을 하던 강대영이 말을 돌려서 문제가 생긴 수레로 다가왔다. 민택이 타고 있던 수레의 바퀴가 고장이 나 있었다.

"이번 표행은 이런 일이 왜 이렇게 자주 일어나는 건지 모르겠구나. 벌써 이렇게 쓸모없는 일로 지체된 게 몇 번째야? 표물 묶은 끈이 끊어지고, 민택이 네 녀석이 배탈이 나기도 하고, 바퀴는 도대체 이게 몇 번째 망가진 거냐? 어쨌든, 다들 빨리 모여서 갈아 끼워라. 좀 지체됐다. 서둘러라."

사내는 손이 떨렸다. 상황을 정확히 파악할 수 없었다. 잘 오던 목표가 멈추고 사람들이 모여들었다. 저들에 대한 소문이 자꾸 부담이 되었다. 그의 머릿속에는 이번 임무는 반드시 완수해야 한다는 명령이 떠올랐다. 화살의 사정거리 조금 못 미처서 표사들이 모이는 것을 보니 들켰다고 생각됐다.

'조금이라도 준비가 덜 되었을 때 치는 게 좋겠지.'

지금 이 순간에는 그런 생각이 들었다. 그래서 부하들에게 명령을 내렸다.

"쳐라!"

부하들에게 명령을 내리고 나서야 화들짝 놀랐다. 지금 발각됐다면 후퇴를 해서 다른 수를 생각해 볼 수 있지 않았을까 하는 생각이 뒤늦게 들었다. 일이란 건 저지르고 나면 아쉬웠다.

'이렇게 달려가서야, 기습의 묘용이 없다.'

하지만 그래도 이미 시작된 공격이었다. 그가 잠깐 딴생각을 하는 사이에 잘 훈련된 부하들은 활을 버리고 검을 뽑아 든 채로 달려가고 있었다. 개중에 몇은 활을 쏴보았지만, 화살이 닿기에는 조금 부족했다. 일단, 시작된 일이니 어쩔 수 없다고 생각했다.

표사들 역시 놀랐다. 마차 바퀴를 예비로 교체한다길래 도와주려고 모였다. 중요한 일이야 마부들이 하겠지만, 힘쓰는 것 정도는 도와줄 수 있었다. 수레 덕분에 편하게 가는 표행인지라 마부들에게 조금쯤 도움을 주려고 했다. 그런데 화살이 몇 개 날아오더니, 갑자기 앞쪽 언덕들에서 한 떼거지의 복면인들이 몰려왔다. 그러나 그들은 훈련받은,

그리고 이 일을 오랫동안 해온 표사들이었다. 이런 일이 흔치는 않지만, 그렇다고 드문 경우도 아니었다.

"대형을 갖춰라."

강대영의 짧은 명령 한마디에 일사불란하게 그의 옆으로 늘어섰다. 길을 가로지르며 한 줄로 선 이십 명의 표사들이 손에 검을 들고 서 있는 모습은 꽤 위협적이었다. 보통은 이 정도만으로도 어설픈 산적들에게 꽤 먹혔다.

마부들은 무공을 할 줄 몰랐다. 그러나 도적들이 무공을 모른다고 항상 살려주는 것은 아니었다. 재물만 털어먹는 상대적으로 착한 도적도 있지만, 걸리는 족족 학살하고 다니는 도적도 많았다. 특히나 도적들과 표사들이 한바탕 드잡이질을 해서 도적 쪽이 이긴 경우에 문제가 됐다. 그런 경우 도적 쪽의 사상자도 꽤 나오는 법이고, 그럴 때는 마부들도 보복으로 살해당하는 경우가 곧잘 있었다.

마부들이 무공을 모른다고는 하지만, 그들도 칼을 잡을 수 있는 손이 있고 움직일 수 있는 다리가 있었다. 어차피 사람의 몸이니 그들이 휘두른 칼에 맞으면 죽을 수도 있었다. 그들이 무공을 따로 배우지는 않았지만 험한 꼴 많이 보고 사는 사람들이라 동네 잡배만큼은 칼을 쓸 줄 알았다. 그래서 그들도 보통 한 자루씩의 칼을 수레에 싣고 다녔다.

물론 평소에 그 칼을 꺼내지는 않았다. 싸움은 표사의 몫이었다. 그들에게 칼이 필요할 때는 표사들이 도적들에게 패해 몰살당한 경우였다. 그 경우에 마부들은 칼을 꺼내서 표물 대신 스스로의 목숨을 지킨다. 표사들이 싸움에 지면 마부들은 칼을 들고 뒤로 물러섰다. 표물만 털어가면 상관없지만 굳이 쫓아온다면 싸우겠다는 모습을 보여야 했다. 그냥 죽을 수는 없었다.

그래서 보통 때는 싸움이 시작하기 전에 칼을 꺼내 드는 일은 없었다. 하지만 이번은 틀렸다.

산동성에 명성이 자자한 칠성표국의, 표국 표사들의 삼분의 이를 끌고 온 표행이었다. 마부들은, 표사들이 도적과의 싸움에서 패배할 거라고는 상상도 하지 않았다. 그래서 그들은 모두 칼을 빼 들었다. 어차피 이길 싸움. 폼이라도 내려는 생각이었다. 나중에 돌아가서 싸움에 한칼 담갔다고 말하기도 좋았다. 그렇다고 해서 정말로 싸움에 참가할 생각은 눈곱만큼도 없었다. 그들은 표사들보다 조금 뒤쪽에 상인들과 함께 모여서, 서로 칼 자랑을 하면서 한담을 나눌 뿐이었다. 나름대로 칼을 휘두르며 자세를 잡아보는 마부도 있었지만 그뿐이었다.

사내— 패덕호가 보기에 상황이 최악으로 치닫고 있었다. 이제 칼을 든 사람의 머릿수는 두 배로 차이가 나버렸다. 본래 그가 예상한 것과는 정반대가 되었다. 도대체 마부들이 싸움에 왜 참가하려 하는 건지 이해할 수가 없었다. '저것들이 마부가 아니라 따로 고용한 무사들이 아닐까' 라는 생각이 들었다.

"네놈들은 누구냐? 우리는 칠성표국이다. 누가 감히 우리에게 도전하는 것이냐?"

대영이 고함을 쳤다. 순간적으로 내력을 모아 능력 이상의 소리를 내는 것은 이제 그가 애용하는 수법이 되었다. 물론 검군장에서처럼 생사가 달린 상황에서 필사적으로 하던 것과는 틀렸다. 단지 적당히 위세를 부리는 수준이었다. 소림 사자후와 비교하자면 쥐가 찍찍거리는 수준이었지만, 어차피 거짓 명성으로 유지되는 칠성표국을 지키려면 그 명성에 합당한 모습을 보여주어야 했다. 그로서는 할 수 있는 방법은 다 써야 했다.

그 수법은 이번에도 성공이었다. 패덕호 입장에서는, 명성이 자자한 칠성표국의 총표두가 그런 잡짓을 했다고는 생각하지 못했다. 그래서 좌절했다.

'강하다.'

정상적인 상황이라면 그가 목소리 한 번에 이렇게 기가 죽을 리가 없었다. 일개 소규모 표국의 총표두쯤이 저리 나와 봤자 비웃어줄 뿐이었다. 하지만 지금은 달랐다. 정말로 지금 저만큼의 고수라는 소문을 들었다. 그는 이미 마음속으로 패해 있는 상태였다.

그도 익히 알고 있는 사실은, 마부들은 칼만 들었지 별로 대단한 실력을 가지고 있지 못하다는 것이었다. 저들이 정말 마부라면, 그 위험은 머릿수만큼은 아니었다. 그것이 그가 현재 판단하고 있는 상황 중에서 유일하게 비관적이지 않은 부분이었다.

'하지만 무슨 소용인가, 눈먼 칼에 맞으면 누구나 죽는다. 내 부하 하나가 칼을 든 마부 넷을 겨우 상대할 텐데…….'

스무 명의 칼을 든 남자는 무시할 수 있는 전력이 아니었다.

석민은 자신의 능력에 자신이 있었다. 지난 한 달 이상 그는 주위 사람들—칠성표국 사람들을 제외한—에게 '고수' 소리를 들으며 지냈다. 그보다 실력이 약한 표사들은 싸움 좋아하는 그에게 '사실은 너는 고수가 아니다. 그건 다 헛소문이다.' 라고 말해 주지 않았다. 그렇게 하면 싸움이 될 것이 뻔했고, 싸워서까지 알려줘야 할 일도 아니었다. 게다가, 고수가 아님을 증명하려면 싸워서 눌러줘야 했는데 석민은 일반 표사들 중에서는 가장 고수였다. 그리고 칠성표국이 뜨면서 자신들도 같이 떠서 좋기만 했다. 표사들이 주변에다가 사실은 별거 없다고 말해 봤자 믿어주는 사람도 없었다.

총표두와 대표두들은 표국이 처한 현실을 알기 때문에 그에게 난 소문을 문제 삼지 않았다. 오히려 더 부풀리지 못하는 것이 아쉬웠다. 표국에서 유일하게 국주인 윤길만이 석민에 대한 소문을 사실로 알았다.

꽤나 단순한 남자인 그가 한 달 동안이나 '고수' 소리를 듣고, 또 무림명까지 얻었다. 이제는 자기가 꽤나 고수급이라고 생각하게 됐다. 속으로는 혹시 자신은 고수가 아닌데 소문만 그렇게 난 것은 아닐까 하는 두려움이 조금은 있었다. 하지만 그는 반드시 고수여야 했다. 그래서 사람들이 떠받들어 주는 것을 그냥 받아들이며, 사실은 별 볼일 없을지 모른다는 생각은 잊으려고 했다.

일단 주위에 고수라고는 강대영 하나뿐이었고, 자신과 싸워볼 만한 표사들은 손쉬운 상대였다. 감히 대표두들과 붙어볼 수는 없었지만— 실력은 자신이 위겠지만 그들은 상관이었다—그들의 무공만은 자신의 아래로 두기로 했다. 스스로를 고수라고 믿게 되는 데는 한 달도 필요하지 않았다. 그래도 강대영의 실력이 무서운 건 그동안 지내오면서 본 게 있는데 모를 리가 없었다. 하지만 자신은 이제 겨우 고수의 반열에 들어선 상태이니 실력 차가 좀 나는 건 당연하게 생각했다. 그런 그가 이런 한 떼거지의 복면을 한 무리에게 두려움을 가질 리가 없었다.

"야, 이 씨발놈들아. 이 씨발놈들이 여기가 어디라고 나타나는 거냐? 총표두님은 고사하고 나 항.산.적. 장석민님의 상대라도 될 것 같으냐? 항.산.적. 장석민님과 한번 검을 섞어봤다고 어느 년한테 가서 씨부리고 싶어서 나타난 거냐? 모가지가 떨어지면 씨부릴 주둥이라도 남아 있을 것 같냐! 개구리처럼 엎어져라! 목숨은 살려주마!"

석민은 기세 좋게 검까지 뽑아 들면서 외쳤다.

'항산적이라는 자까지.'

사내는 정말로 전신에 힘이 쭉 빠졌다. 그가 들은 소문에 의하면 눈앞의 사내는 혼자서 산적 오십과 싸웠고, 그중 반수를 죽였다고 했다. 당당하게 외치는 폼과 장대한 기골을 보니 소문이 사실일 것 같았다. 솔직히 그 자신이 오십의 검을 든 사내와 싸웠다고 해도 반드시 이긴다고 자신하기는 어려웠다.

저런 고수가 이곳에 있어서는 안 됐다. 좀 전의 일갈, 모이는 모습, 배치 등을 볼 때 총표두는 그 옆의 사내였다. 총표두와 저런 고수가 같이 있을 수는 없었다. 작은 표국 주제에 표행 한 군데에 고수 둘을 배치한다는 건 흔한 인력 배분이 아니었다. 다른 인원이 호송하는 표물을 지킬 고수가 필요했을 테니 이곳은 한 명의 고수만 올 거라고 생각했다.

그게 표국 운영의 기본이었다. 그로서는 요사이의 헛명성으로 먹고 살아야 하는 칠성표국이 하나의 표행에 전 인원을 투입한다는 것까지는 알 수 없었다. 지금 참가한 인원은 표국을 지키는 몇 명과, 개인 경조사나 건강 문제로 휴가를 받은 사람들을 제외한 전원이었다. 원래 칠성표국은 인원 운영을 여유롭게 하는 곳이었다. 상황이 변해 한 명이 아쉬운 때라지만, 개인 사정 정도는 봐주는 곳이었다.

그리고 어차피, 칠성표국 사람들은 석민의 진짜 실력을 잘 알고 있었다. 고수랍시고 사람들을 맡겨서 표행에 내보낼 수는 없었다.

'소문의 반만 믿어도. 그래도.'

겁이 났다. 싸워서 이익이 없었다. 일단 몰려나와서 칠성표국처럼 일렬로 늘어서 있기는 했지만, 아직 다친 사람은 없었다. 화살 몇 발 날아갔지만 맞은 사람도 없었고, 가까운 거리에서 서로 살벌하게 검을 쥐고 있었지만 그뿐이었다. 자신들의 세도 만만치 않으니 일단은 물러서야겠다고 생각했다. 지금만이 기회는 아니었다. 고수가 둘이 포진한 명성이 자자한 칠성표국은 위험해 보였다. 명령을 제대로 완수하는 것은 아니었지만, 이 표행 말고 고수들이 빠진 작은 쪽 표행을 찾아서 노리기로 생각을 고쳐 먹었다. 아예 실패하는 것보다는 나았다. 지금 싸웠다가는 이기기 쉽지 않았다.

그래서 일단 뽑아 든 검을 아래로 내렸다.

석민은 그 모습을 보고 기회라고 생각했다.

'씨발놈, 겁먹었군. 좋아!'

내심 쾌재를 부른 그는 갑자기 검을 높이 치켜세우면서 앞으로 튀어나갔다. 그 동작이면 충분했다. 서로 잔뜩 긴장하면서 대치하던 두 그룹이었다. 한 명이 나서면, 그것으로 충분했다.

싸움이 시작되었다.

석민이 노린 상대는 당연히 검을 내리는 자였다. 고수의 위명을 가진 그였던지라 대영의 옆에 서 있었다. 상대가 모두 복면에 같은 복장을 하고 있어 누가 대장이고 누가 고수인지는 알 수 없었다. 그에게 그런 안목이 있을 리가 없었다. 단지 마주 보고 있는 눈앞의 사내가 남들은 다 들고 있는 검을 아래로 내렸다는 것이 중요했다. 혼자 겁먹고 내빼려는 것으로 보였다. 지난번처럼 멋지게, 단칼에 무찌르고 싶었다. 그는 더 높은 명성이 필요했다.

대영은 깜짝 놀랐다. 상대의 배치와, 내뿜는 위세와, 안정된 자세와, 달려올 때 보인 경공으로 두루 판단해 보건대, 그의 앞쪽에 있는 자가 대장이 틀림없었다. 그리고 그가 석민의 호통 한마디에 검을 내리는 것을 보고는, 이미 기세에서 이겼다고 생각했다. 기특한 놈이었다.

싸우지 않고 승리하는 것이 칠성표국의 안위에 가장 중요하다고 생각하는 그였다. 게다가 자신들은 헛명성으로 띄워져 있었고 표물은 고가이니 그걸 노리고 온 상대가 만만할 리가 없었다. 칠성표국의 표사들이 소문처럼 대단하진 않다는 건 그 자신이 누구보다도 잘 알고 있었다. 바로 그가 키운 표사들이었다. 소문이 커지는 데 스스로도 한몫했다고 생각했다. 당문이 물러선 이유는 아무리 고민해도 알 수 없었지만 찾아가서 왜 그랬냐고 물어볼 수도 없었다.

가장 큰 걱정은, 저들의 대장이 보여준 경공술이었다. 다른 복면인들보다 늦게 출발했지만 가장 먼저 도착했다. 경신술이 높으면서 무공이 낮은 사람일 거라고 기대하고 일을 처리하는 건 미친 짓이었다. 언뜻 보기에도 자신 못지않은 실력이었다.

만만치 않으리라 짐작되는 놈들 중에서도 꽤 할 것 같은 대장이 기세에서 밀렸으니 이미 반은 이긴 것이었다. 감히 저들을 잡을 생각은 없었고 잘 구슬려서 쫓아내기만 하면 되었다. 표사를 보충해야겠다는 생각이 더 간절해졌다.

그런데, 그가 상대를 좋은 말로 타이르고 좋게 끝내려는 그 순간에, 석민이 뛰쳐나갔다. 그것이 싸움의 시작이 되었다. 대부분의 사람들은 상대가 쳐들어오는데, 그리고 자신의 동료가 공격을 시작했는데 자기만 머뭇거릴 수는 없다고 생각했다. 하지만, 석민처럼 전력을 기울여서 달려나가지는 않았다.

"이 바보 같은 놈!"

놔둘 수는 없었다. 그는 급히 석민의 뒤를 쫓았다. 바보라도 부하였다. 죽게 할 수는 없었다.

석민의 움직임에 잔뜩 긴장하고 검을 세운 사내는 그 뛰어오는 모습에서 첫 번째 의혹을 느꼈다. 경공이 약했다. 그럴 수도 있었다. 모든 고수가 경공도 뛰어난 것은 아니었다. 드물게는 경공을 못하는 고수도 있다고 들었다.

두 번째 의혹은 자신을 덮치며 휘두르는 검을 보고 발견했다.

'초식은 있다. 무공을 익힌 자다. 하지만 너무 느리고 어설프다.'

그는 일단 세운 자신의 검으로 석민의 공격을 막았다. 쇠끼리 부딪치는 날카로운 소리가 울렸다.

'검이 가볍다.'

그가 세 번째로 느낀 의혹이었다. 상대가 휘두른 검의 움직임으로 보아 자신을 단칼에 베어버리려고 하는 것이라 생각했는데, 그래서 잔뜩 긴장했는데 충격도 약하고 소리도 가벼웠다. 상대를 보니 이미 자신의 검을 감당하지 못하고 몇 걸음 뒤로 물러서고 있었다.

'어디 그렇다면!'

이 정도면 바보가 아니라도 눈치 챌 수 있었다. 마지막 확인으로 그는 자신이 가지고 있는 절초를 펼쳐 상대를 시험해 보기로 했다. 그러나 그것을 실행에 옮길 수는 없었다. 곧바로 뒤따라온 강대영의 검이 자신에게로 달려들었기 때문이었다.

강대영의 검술은 쾌검이 기본이었다. 하지만 단지 빠르기에만 주력하지는 않았다. 어설픈 속도에 변화마저 없는 쾌검을 쓰는 사람은 하수를 상대할 때는 효과가 좋았지만 상대를 제대로 만나면 쉽게 깨어져 나갔다. 검의 속도를 더 올리거나 화려한 변화 속에서도 속도를 유지하는 것은 쉬운 일이 아니었다. 그런 게 가능하면 그 사람은 이미 고수였다.

일수삼검의 검법은 여러 번의 짧은 쾌검을 나누어 펼쳐 내는 방법에 오의가 있었나. 머리, 가슴, 허리를 향해 순식간에 날아드는 검은, 빠르기는 하지만 큰 힘을 싣는 것은 아니었다. 그리고 선이 단조로웠다.

그는 이미 일수삼검의 명성을 듣고 왔다. 일수삼검의 절기에 대한 이야기도 들었다. 그는 오른손을 들면서 검끝을 땅으로 향하게 해서 검을 세웠다. 검의 면을 대영을 향하게 하고, 왼 손바닥으로 반대쪽 면을 지지했다. 그 상태로, 대영의 검에 대응하여 자신의 검을 조금씩만 움직이는 것만으로도 세 번의 공격을 모두 막을 수 있었다. 그러나 그 충격으로 한 걸음 물러설 수밖에 없었다.

대영은 바짝 긴장했다. 상대는 그의 예상대로 충분한 고수였다. '정으로 동을 제압한다' 는 건 유명한 무공 이론이었다. 하지만 그걸 실제로 펼치는 건 쉽지 않았다. 더구나 자신의 쾌검을 상대로 저렇게 자연스럽게 하는 것은 아무나 할 수 없었다.

사내는 이제 확신이 들었다. 자신이 비록 한 걸음 밀려나긴 했지만 상대는 달려들던 기세의 도움도 있었다.

'이자들, 감당할 수 없는 고수가 아니다!'

그제야 그는 냉정을 찾을 수 있었다. 언뜻 보기에도 항산적이라는 자는 무시해도 좋았다. 이유는 모르겠지만 소문은 소문일 뿐이었다. 대영이라는 자는 고수임에 틀림없지만 자신의 위라고 보기는 어려웠다. 최악의 경우에도 쉽게 질 것 같지는 않았다. 그렇다면, 자신이 대영을 붙잡고 있을 수 있으면 그들의 승리라고 판단했다. 그의 부하들이 헛소문이 가득한 일개 표국 표사들을 상대할 수 없을 리 없었다.

"이놈들은 허수아비다아!"

그는 크게 고함을 지르면서 앞으로 나섰다. 석민은 완전히 무시했고, 요사이 명성이 자자한 이 총표두라는 자만 막으면 승리는 자신들의 차지라고 확신했다.

대영 역시 검을 들어 마주 상대했다. 상대에게 당장은 자신의 절기가 먹히지 않았지만, 그는 고수였다. 그리고 칠성표국에 다른 믿을 만한 사람은 없었다. 어떻게든 이자를 빨리 처리하고 부하들을 도와야 했다. 초조했다.

대영은 연이은 쾌검으로 상대를 건드려 보다가 기회가 보이면 삼검을 뿌렸다. 상대는 대영의 검을 하나하나 막아가면서 버텼다.

'시간은 우리 편이다.'

사내의 생각이었다. 자신이 이자의 발목을 잡고 있으면, 부하들이 알아서 해결해 줄 것이라고 믿었다. 그는 부하들을 신뢰했다.

그때쯤에, 나머지 사람들의 싸움도 시작되었다. 난전이었다. 사내는 승리에 대한 확신을 가졌다. 공세로 나가보고 싶은 마음이 없는 것도 아니었지만, 버티면 이기는 것이 확실해 보이는데 모험을 하고 싶지 않았다. 칠성표국의 소문이 헛소문이라는 것을 확인한 뒤라 걱정되지도 않았다. 하지만 이 총표두는 진짜였다. 혹시 실수로 자신이 이자에게 당한다면, 그의 부하들의 피해가 커진다. 자신이 할 수 있는 최고의 전법은 발목잡기였다.

몇 수를 겨루고 나서 뒤로 물러나 상대를 노려보는 순간에 항산적이란 놈이 다시 달려드는 것이 보였다. 하지만 이젠 소문을 믿지 않았기 때문에 안중에 두지 않았다. 어차피 한 초식에 끝날 놈이었다.

그리고 항산적과는 별도로 검이 하나 날아왔다. 평범한 속도로 검한 자루가 날아드는 것을 두려워할 이유는 없었다. 칠성표국 자체를 경시하게 된 그는 가볍게 자신의 검을 휘둘러 그것을 막았다. 그것이 그의 실수였다.

일수삼검 강대영이 김군정에서 썼던 수법과는 달리, 이번엔 진짜였다.

＊

"아직 더 오래 기다려야 해요."

민택이 표행에 나가 있는 기회에, 경과 보고를 들으러 직접 찾아온 사람에게 지영이 말했다.

＊　　　　＊　　　　＊

"광룡의 흔적을 잡았습니다."

녹림맹주 직속으로 창설된 정보대의 대장, 청사일살의 말이었다. 구지룡 정배의 눈이 빛났다.

＊　　　　＊　　　　＊

"녹림맹에 숨어 있는 첩자에게서 들어온 소식에 의하면, 전룡대장이 다시 움직이고 있는 것 같답니다."

순간, 사방에서 신음 소리가 흘러나왔다.

156

얇은 쇠끼리 부딪쳤음에도 불구하고 낮은 울림의 소리가 났다. 날아온 검을 막아낼 수는 있었지만 그 충격에 속이 뒤집히고 손에 힘이 빠졌다.

석민은 화가 나 있었다. 자신의 검을 막았던 이자는 총표두와도 몇 수 겨루는 것으로 보아 제법 무공이 고강한 것 같았다. 총표두와 맞수라면 자신보다 센 것이 당연했다. 무림고수가 된 지 오래인 총표두와 갓 고수의 반열에 오른 그와는 차이가 있을 수 있다고 생각하고 있었다.

그러나 너무 쉽게 물러섰다. 팔이 저리고 속이 안 좋은 것을 보니 보통 충격이 아니었다. 고수라면 실력 차이가 이렇게 대단할 리가 없었다. 그는 자신의 실력을 믿고 싶었다.

그는 고수여야 했다. 지영은 그가 알기에 고수였다. 그를 일방적으로 폭행할 정도로 고수였다. 그런 지영의 마음을 얻기 위해서는 그도 고수여야 했다. 반드시 고수여야 했다.

애써 잊으려고 했던, 그의 실력이 사실은 거짓이란 의심이, 혹시나 자신이 고수가 아니면 어떻게 되냐는 걱정이, 그가 일부러 생각하지 않으려고 했던 두려움이 갑자기 커졌다. 여기서 무너지면 지난 한 달간 얻었던 엄청난 명성도 모두 모래성처럼 사라지고 만다고 생각했다.

그럴 수는 없었다. 그래서 그는 다시 달려들었다. 그때 하늘이 그를 도왔다. 하늘이 한 일이라고 생각했다. 어디선가 이 고수에게 검이 날아들었다. 누가 던진 것인지는 중요하지 않았다. 이놈이 그걸 막느라

빈틈을 보인 게 중요했다.

석민은 그래도 어느 표사보다는 무공이 강했다. 비록 잠시였지만, 정식으로 무림문파에서 무공을 배운 적도 있었다. 내공심법이라는 것은 아무에게나 가르쳐 주는 게 아니었다. 내공심법을 어설프게 배운 자는 수련하다가 운이 좋아도 장기가 상하게 되고, 조금만 재수가 없으면 주화입마를 당했다. 그래서 체계적인 가르침이 필요했고 자신의 문파의 사람이 아니면 가르치지도 않았다. 그가 배운 심법―그 문파의 기초 입문 심법―은 수준은 낮아도 그나마 배우기 쉬운 것이라 들어온 지 얼마 안 된 그도 전수받았다. 그리고 그것을 가끔씩 연마하기 때문에 조금이지만 내공도 있었다. 몇 년의 표사 생활을 하면서 강대영이라는 고수에게 검을 쓰는 법에 대한 기본적인 지도를 받았고 실전 경험도 많았다. 거기다가, 그는 기운 센 장사였다.

이미 손의 힘이 풀렸던 사내는 석민이 혼신의 힘을 다해 휘두르는 검을 겨우 막았다. 하지만 그 손으로는 한계가 있었다. 그의 검이 멀찌감치 날아갔다. 그리고 기회를 잡은 강대영이 일수에 삼검을 펼쳤다.

"대표두님!"

비통한 목소리로 한 복면인이 외쳤다. 이번 일은 신분을 감추고 수행하라는 지시를 귀에 못이 박히도록 받았다. 하지만, 자신이 존경하던 사람이 전신에서 피를 뿌리며 쓰러지는 모습을 보면서 그런 것을 기억할 수는 없었다.

그 소리를 듣고 일수삼검 강대영은 경악을 했다.

"대표두라고? 표사란 말이냐? 이런 고수가?"

싸움이 중지됐다.

대영은 이제야 상대가 누구인지 알 수 있었다. 중원에서 그와 대등

할 정도로 강한 무공을 가지고 있는 사람이 총표두도 아닌, 대표두 자리를 맡는 표국은 한 군데밖에 없었다.

"중원표국에서 왜 우리를 공격했단 말이냐? 우리는 같은 표사가 아니냐!"

싸움은 그것으로 끝이 났다. 표사들끼리의 싸움을 해서는 안 된다며, 더 이상 사람이 상하게 하지 않겠다고 말하는 대영의 설득이 먹혔다. 그의 옆에 인상을 부라리고 서 있는 석민의 모습도 한몫했다.

자기편의 고수는 죽었고, 상대는 고수가 둘이나 있다. 직접 붙어보니 칠성표국의 표사들도 허수아비는 아니었다. 서로 몇 명이 피를 흘리는 상처를 입었지만, 중상을 입은 사람도 없었다. 자신들의 대표두가 죽었으니 복수를 하고 싶었지만 싸우면 몰살당할 것 같았다. 그들도 듣는 귀가 있으니 저 석민이라는 자가 대표두 못지않은 고수라고 알고 있었다. 그런 고수가 둘이었다.

저들은 별 피해가 없으니 굳이 자신들을 죽이려고 들지 않을 것 같았다. 자신들은 뒷배경으로 중원표국이 있었다. 숨겨야 했지만 이미 알려진 일이었다. 중원에서 표국 일을 하면서 중원표국의 눈치를 보지 않을 수 없으니 험하게 나오지는 않을 것 같았다. 일단은, 살고 싶었다.

전의를 상실한 이십여 명의 복면인들을 묶고 나서도 석민은 흥분을 감출 수 없었다.

죽은 자는 천하의 표국들 중 가장 강하다는 중원표국의 대표두였다. 그것은 전국에 흩어져 있는 천여 명의 중원표국 정예 표사들 중에서도 얼마 안 되는 최고급의 강자라는 뜻이었다. 어쩐지 범상치 않은 검술이다 싶었다. 그가 고수였던 것이 고마웠다. 그런 고수쯤 됐으니 자기가 처음에 당황한 것이 설명됐다. 역시 자기는 아직 더 자라야 할 고수였다. '사람은 겸손해질 필요가 있다'고 생각했다. 그자는 자기보다 확실히 윗줄인 총표두와 맞먹었던 고수임을 인정하기로 했다. 그리고 그런 고수를 결국 자기가 무찔렀다. 목숨을 빼앗은 건 총표두였지만, 제압을 한 것은 자신이었다.

그의 마음속에 숨어 있던 모든 우려가 깨끗이 사라졌다. 그는 이제 더 이상 자신이 고수란 것을 의심하지 않았다.

"이 씨발놈들! 감히 나 항.산.적.님이 계신 칠성표국을 넘봐?"

그는 묶여 있는 자들에게 발길질을 해대면서 계속 외쳐 댔다.

"총표두, 아니, 국주 나오라고 그래! 내가 상대해 준다. 단칼에 목을 쳐준다!"

평소 같으면 그런 석민을 제지할 강대영이었지만, 지금 그는 다른 생각에 빠져 있었다.

'중원표국이 이렇게 대놓고 적의를 드러낼 줄이야. 우린 상대할 힘이 없다.'

문득 그는 중원표국의 대표두를 향해 날아들었던 검이 생각났다.

'그 칼을 받은 다음 동작이 이상해졌었다.'

죽은 자는 석민의 능력으로 검을 날려 버릴 수 있는 그런 상대가 아니었다.

그제야 생각을 멈추고, 문제의 검을 찾아보았다. 이미 시간이 제법 흘렀고, 표사들은 흥분해서 날뛰고 있었다. 검이고 뭐고 제자리에 있지 않았다.

그의 눈에 날뛰고 있는 표사들이 보였다.

"이게 무슨 짓들이냐?"

그는 버럭 고함을 질렀다. 자신이 안전을 보장한 자들이었다. 설쳐 대던 표사들이 움찔하면서 그를 돌아보았다.

"이들은 너희와 같은 표사들이다. 그들은 단지 명령을 받고 왔을 뿐이다. 죄를 지었으면 관아로 넘기든지, 아니면 중원표국에 가서 따지면 그만이란 말이다."

표사들은 그 말에 불만이었다. 표사들은 서로 직업적 동료 의식 같은 것이 있었다. 도적이라는 공동의 적을 가진 관계로 생기는 유대감이었다. 소속된 표국이 틀려도 술집에서 만나면 어울려 마실 수 있는 그런 관계였다. 물론 그러다가 어디가 더 세니 하는 경쟁 의식이 발동하면 싸움도 나기는 했다. 하지만, 그건 단순한 싸움일 뿐이었다.

그래서 같은 표사가 자신들의 목숨을 노리고 공격했다는 것에 그들은 무척이나 분노했다. 배신당한 기분이었다. 그러나 강대영은 그들에게 절대적인 존재였다. 단지, 흥분한 석민만이 발길질을 한 번 더 했을 뿐이었다.

第七章

개봉에 도착한 대영은 대표두의 시체와 이십 명의 표사를 관청에 넘기기로 했다. 석민은 내내 불만이었다.

"총표두님, 중원표국으로 직접 쳐들어가자니까요? 저놈들, 저렇게 넘겨줘 봐야 풀려난다니까요. 돈이 넘치는 중원표국에서 관리들한테 뒷돈 찔러주면 안 먹는 놈이 없어요. 와, 답답해라. 그러다 우리가 뒤집어쓰면 어쩔려구요?"

대영도 답답했다. 자신도 석민의 말처럼 하고 싶었다. 증인을 서준다고 한 마부들과 상인들이 잔뜩 있었다. 하지만 그들은 무력이 없는 사람들이었다. 중원표국의 압력에 굴복하기라도 하거나, 판관이 돈을 지나치게 좋아하는 자이기라도 한다면 뒤집어쓸 수도 있었다.

그래도 중원표국에 찾아가서 따질 수도, 그들을 그대로 풀어줄 수도 없었다.

개봉에는 중원표국 하남 지국이 있었다. 백여 명의 표사들을 거느린 그곳에서, 자신들이 중원표국의 표사들을 붙잡아 끌고 온다는 소식이 전해지지 않았을 리가 없었다.

아마도 지금쯤은 끌어 모을 수 있는 대로 사람들을 모아두었으리라 생각됐다. 자신들이 따지러 오는 것을 단단히 대비하고 있을 게 뻔했다. 그런 곳을 이십 명으로 쳐들어간다면, 혹시나 이야기가 잘못돼서 싸움이 일어나거나, 만에 하나 그들이 살인멸구를 하려고 들었을 때 막을 방법이 없었다. 아무리 운이 좋아도 개처럼 쫓겨나올 게 불을 보듯 뻔했다.

그렇다고, 붙잡은 자들을 대가없이 풀어줄 수도 없었다. 그건 중원표국에 항복하고 그 밑으로 들어가겠다는 뜻 이상은 아무것도 아니었다.

그나마 그를 위안하는 것은, 그들 칠성표국 표사들 말고도 증인이 스무 명이 넘는다는 것과, 그들 중에는 산동성까지 오가는 상인들이 몇 명 섞여 있다는 점이었다. 대규모 물품을 가지고 성을 오갈 정도 수준의 상인들은 평소에도 관리들에게 이런 저런 핑계로 돈을 꽤 상납하고 여러 가지 편의를 얻었다. 관리의 기준으로 볼 때, 이 증인들은 지극히 믿을 만한 사람들이었고, 다른 곳에서 뒷돈 몇 푼 먹었다고 해서 무시해 줘도 되는 사람들이 아니었다.

아무리 고민해 봐도, 관청에 맡기는 것이 최선책이었다.

"시끄럽다. 은자 하나씩 나눠 줄 테니까 관청에 도착하고 나면 볼일 있는 놈들은 알아서 해산해라."

민택은 주택가로 들어섰다. 서민들 사는 곳은 어디나 마찬가지였지만, 이곳도 그의 집과 비슷한 수준의 집들이 다닥다닥 붙어 있었다. 그나마 이곳은 빈민이 사는 곳은 아니었다. 개봉에서도 입고 먹는 것 정도는 불편하지 않게 해결할 수 있는 사람들이 사는 곳이었다.

석민은 따고 있었다. 그것도 크게 따고 있었다. 이미 그의 앞에는 여러 개의 은자가 쌓여 있었다. 철전은 한 무더기였다. 이 정도면 그의 일 년 급료는 충분히 되었다. 저축이라고는 모르는 그로서는, 평생 처음 만져 보는 거금이었다. 최근 들어 마음속까지 완벽한 고수가 되었다고 생각했는데, 오늘은 끗발까지 최고로 붙었다. 생애 최고의 날이었다.

"이겼다. 아, 씨발. 이겼다. 아, 씨발. 아자, 씨발, 아자, 씨발!"

석민은 패를 던지며 또다시 고함을 질렀다. 도박장은 완전히 그의 분위기였다. 사람들은 이제 자기들의 도박은 잠시 중지하고 구경을 위해서 모여 있었다.

전주는 이 도박장 밥을 십 년은 먹었다. 그는 항상 작게 여러 번 잃어주고 크게 몇 번 땄다. 그런데 오늘은 달랐다.

석민은 처음부터 내리 네 판을 땄다. 그것도 상당히 큰 액수를 걸었기 때문에, 그가 정신을 차리고 나자 이미 석민의 앞에는 은자 세 개 분량의 돈이 쌓여 있었다. 평소라면 그는 속임수를 써서 그 돈을 다시 긁어올 수 있었다.

그런데 석민의 목소리가 너무 컸다. 그가 큰 목소리로 연거푸 네 번이나 상소리를 섞어가며 '이겼다' 고 고함을 치자, 어느새 그의 옆에 몰려든 구경꾼이 제법 되었다. 그리고 그중에는 이 도박장에서 제법 실력이 있다고 불려지는 손님들도 있었다. 그가 속임수를 썼다가는 당장에 들통날 판이었다. 그 이후로도 석민은 돈을 따는 때가 더 많았다. 막아야 했다.

문제는, 지금 하고 있는 도박은 오직 운에 의존한다는 것이었다. 패를 바닥에 늘어놓으면 손님이 돈을 건다. 서로 패를 보지 않기 때문에 도박에 중독된 하수들은 행운을 기대하고 곧잘 큰돈을 걸었다. 그리고 패를 뒤집어서, 높은 점수를 가진 사람이 돈을 모두 가지는 게임이었다. 판이 간단하기 때문에 돈 회전이 무척 빨랐다. 이 도박에서 실력은 아무런 상관이 없고 오직 얼마만큼 많은 돈을 가지고 도박을 하려 드느냐가 중요했다. 돈이 많은 쪽이 유리했다. 돈은 도박장이 더 많았고, 패가 비기면 전주가 돈을 먹기 때문에 규칙도 도박장에 유리했다.

정상적인 경우라면, 결국에 가서는 도박장 측인 그가 이기게 되지만, 도박이라고 하는 것이 항상 공평하게 되는 것은 아니었다. 오늘처럼 크게 잃는 경우도 가끔 있었다. 그런데 오늘은 다른 날과 조금 차이가 있었다.

"이게 누구야? 자네 정말 오랜만이구먼."

백발이 성성한 노인이 반갑게 그를 맞았다.

"대인, 오랜만에 뵙습니다."

민택은 허리를 깊숙이 숙이고, 최대한의 예로 인사를 했다. 그를 알고 있는 정의문의 사람들이 보면 기겁을 할 만한 모습이었다.

"어허허, 대인은 무슨, 어서 들어오게."

석민의 주위로 도박장에서 키우는 무사 셋이 모여들었다.

"이 새끼가 속임수를 써?"

전주가 갑자기 벌떡 일어서면서 외쳤다.

"감히 여기가 어디라고! 얘들아, 서놈 손모가지를 잘라서 내쫓아라."

단골손님이 따간 경우는 상관없었다. 이 동네 사람이 딴 경우도 상관이 없었다. 그렇게 따간 돈은, 결국 다시 도박장으로 흘러 들어오게 되어 있었다. 도박장에서 한몫 번 사람은 그 기억을 잊지 못해 결국 다시 찾아오게 되어 있었다.

이 남자는 아니었다. 복장을 보아하니 표사였다. 처음 보는 복장이니 이 동네에 자주 오는 표국도 아니었다. 그렇다면 지금 따가는 돈은 돌아오지 않는다고 볼 수 있었다. 다른 도박장 배만 불려주는 일이었다. 그렇게 되면 그가 징계를 받았다.

그래서 무사들을 부르고, 엄포를 놓았다. 당연히 상대는 울고불고 짜면서 매달려야 했다. 정말로 손목을 자를 생각은 없었다. 정말로 그러려고 했다가 명색이 표사라고 일 대 삼의 상황에서도 죽기 살기로 검을 뽑아 들면 낭패였다. 표사이니 동료들이 있을 테고, 손목까지 잘라 버리면 그들이 나설지도 몰랐다. 그러면 꽤 골치 아팠다. 그런 일이 벌어지면, 해결해 줄 사람들을 모으는 데 돈이 많이 들었다.

그리고 피를 보면, 구경꾼들 중에 속임수가 없었음을 알아볼 만한 실력있는 단골들이 눈살을 찌푸릴지 몰랐다. 하지만 그들도, 타지방에서 이 동네 도박장의 돈을 따가면 그들이 딸 돈이 줄어든다는 것 때문에 그리 거슬려 하지는 않을 거라고 생각했다. 적당히 혼을 내고, 돈을 빼앗아서 쫓아내는 것이 좋았다.

그런데 오늘은 정말 재수가 없었다.

"뭐야?"

오늘 도박장의 밑천을 몽땅 따서 한밑천 잡겠다고 생각했다. 은퇴할 만큼 큰돈을 따고, 그 후로 놀면서 먹고사는 것은 그의 인생의 목표였다. 오늘이 그날이라고 생각했는데 초를 쳤다. 그는 화가 치밀었다. 무림고수인—그것도 중원표국 대표두급 이상의 고수인—그를 감히 사기꾼 취급을 했다. 그렇게 오래 도박을 했어도 사기를 친 적은 없었다. 고수라고 믿고 있는 그의 눈에는 어설픈 하수 세 마리만이 보였다. 겁먹을 이유가 없었다. 그는 대번에 자신의 검을 뽑아 책상에 꽂았다. 순식간에, 그의 주위에 몰려 있던 구경꾼들은 멀찍이 물러서고, 도박장 전속 무사 세 명만이 자신들의 칼을 뽑아 들었다.

"감히 나 항산적 장석민이 속임수를 썼다고? 이 씨발놈. 거짓말이면 그 주둥이를 찢어버린다. 증거를 대봐!"

전주는 가슴이 철렁했다. 어느새, 세 명의 무사들도 슬금슬금 물러서고 있었다.

그도 항산적이라는 유명한 표사의 이야기는 듣고 있었다. 요사이 위명을 떨치고 있는 칠성표국의 고수라고 했다. 원래 일당백이라는 소문 같은 건 믿지 않았다. 하지만, 불과 얼마 전에 중원표국의 대표두를 이겼다는 소식은, 오늘 바로 이곳 곡부의 관청에 증거물로 시체까지 들어간, 분명히 일어난, 확실한 사실이었다.

"그, 그게."

그는 상대가 표사 복장을 하고 있는 것을 보고 얕잡아보았다. 땅을 치고 후회했다. 일개 표사인 줄 알았다. 고수면 고수답게 하고 다니지 표사 복장이 뭐냐는 소리를 해주고 싶었다. 그래도 그걸 입 밖에 꺼내지 않을 정신은 있었다. 이제 자신의 목숨은 물론이고, 이 도박장의 운명까지도 이 사내의 손에 달려 있었다.

간혹 도박장 중에 무림문파에서 직접 운영하는 곳이 있었다. 그런 곳은 고수급이 파견되는 경우도 있었다. 그렇지만 이런 자그마한 도박장에서 고수를 초빙해 둘 수는 없었다. 대신에 근처 건달패들과 손이 닿아 있어 문제가 생기면 손을 빌렸고, 칼 좀 쓴다던 무사 세 명을 고용해 상주시켰다. 하지만 그 정도로는 고수의 상대가 될 수 없었다.

"대, 대인, 저는 단지."

마땅한 변명을 찾지 못하던 그의 입으로 석민의 솥뚜껑만한 주먹이 날아들었다. 나무 부러지는 소리와 함께 뒤로 나자빠져 버렸다.

"에이, 씨발."

도박은 이제 끝났다. 도박은 오로지 운이라고 생각하는 그가, 이런 재수없는 사태를 겪고서도 더 패를 돌릴 수는 없었다. 벌써 이렇게 많이 땄다. 재수없는 일을 겪고도 더 하면 몽땅 털릴지도 몰랐다.

"야, 너!"

그는 뒷걸음질로 조금씩 도망치던 기도를 가리켰다.

"예, 옛!"

"여기 이 철전들 다 모아서 은자로 바꿔 와라."

다음 차례는 자신이라고 생각하던 사내는 그 말을 듣는 순간 지옥에서 부처님을 만난 것처럼 반가웠다.

"옛! 알겠습니다."

"잔돈 흘리지 마라."

"옛!"

그는 재빨리 한 무더기는 되는 철전을 쓸어 담았다. 주인장에게 이야기해서 웃돈을 넉넉히 얹어서 은자로 바꿔줘야 한다고 생각했다. 고수가 액수가 부족하다고 시비를 걸면 큰일이었다. 바닥에 쓰러져 있는 물주는, 피와 부러진 이빨들을 뱉어내면서 쿨럭거리고 있었다. 그 꼴이 나고 싶지는 않았다.

"한 사 년 만인가? 그동안 표사 일을 하고 지냈나 보구만? 신수가 훤해 보이네."

뜨겁게 데워진 차 한 잔을 음미하던 민택이 웃었다.

"한동안 정의문에 있었습니다. 고향에 돌아가서 표사 일을 다시 시작했지요."

"허허, 잘 지내고 있다니 다행이군."

손에 차의 온기가 느껴졌다. 향이 좋았다. 이런 비싼 차는 서민의 집에서 흔히 마실 수 있는 것이 아니었다. 서민들에게는 더 중요한 돈 쓸 곳이 많았다.

"귀한 것을 가지고 계시는군요."

그는 찻물을 들여다보며 말했다.

"은퇴를 할 때, 알고 지내던 죄수 하나가 가족을 통해 조금 전해준 것이네. 자네처럼 반가운 손님이 올 때 내놓는다네."

"은퇴하셨습니까?"

민택은 조금 놀랐다.

"당연한 거 아니겠나? 자네를 처음 만났을 때 이미 내 나이 오십이 넘었었네."

민택은 노인을 쳐다보았다. 백발에 백염을 가지고 있기 때문에 누구나 그의 나이가 많다는 것은 짐작할 수 있었지만, 그가 풍기는 푸근한 분위기에 의해서 세월의 흔적은 감추어져 있었다.

"그렇군요. 대인을 처음 뵌 지도 이제 십 년이 지났지요."

＊　　　＊　　　＊

“어떻게 생각하냐?”

청사일살이 올린 문서를 읽던 구지룡 정배가 말했다.

“부족한 제 생각으로는, 당분간 그를 그대로 놔두어야 합니다.”

“왜?”

청사일살 방지허를 보던 그는 만족스러운 표정을 지으며 물었다.

“그자가 소속된 칠성표국이란 곳이 명성이 자자하기는 하지만, 표국은 표국일 뿐입니다. 칠성표국과 중원표국이 드잡이질을 시작했으니 우리로서는 어부지리를 얻는 것이 가장 좋다고 봅니다. 최선의 경우는 두 표국이 모두 사라지고 광룡 역시 제거되는 것이지만, 그것까지 기대하기는 힘듭니다. 하지만 최악의 경우라 하더라도 그들이 싸우는 것을 지켜보고 있으면 결국 칠성표국은 그 정체를 드러낼 수밖에 없을 겁니다. 정체가 밝혀진 적은 조금 덜 위험한 법입니다.”

“광룡에 대해서는?”

“칠성표국이 어떤 곳이라도, 그 핵심은 광룡입니다. 광룡이 주변 요소일 리가 없습니다. 우리는 광룡을 보고 있어야 합니다. 중원표국과의 싸움이 계속되면, 그도 더 이상 숨어 있을 수는 없을 겁니다. 그때는, 그가 왜 그곳에 숨어 있는지, 왜 정의문을 나왔는지, 앞으로 무슨 꿍꿍이를 가지고 있는지를 결국 토해낼 수밖에 없습니다. 우리는 단지 지켜보기만 하면 됩니다.”

“칠성표국이 중원표국을 먹어치운다면? 그래서 너무 강력한 표국으로 변해서 우리 맹이 할 일이 껄끄러워지게 된다면?”

170

"그렇게 되겠다 싶은 때가 오면, 그때 가서 손을 쓰면 됩니다. 중원 표국이 불리해진다 싶으면 칠성표국의 표물을 집중적으로 털어먹는 것으로 충분합니다."

"좋아. 역시 더 지켜봐야겠지."

옆에서 한마디도 못하고 둘의 대화만 듣고 있던 서재걸은 등에 식은 땀이 흘렀다. 자신은 이미 일의 중심에 끼어들지 못하고 있었다. 이러다간 언제 총관 자리에서 물러서야 할지 몰랐다. 녹림맹은 경쟁자끼리 잡아먹는 곳이었다. 지금까지는 두목의 신뢰—서재걸은 감히 배신하지 못할 놈이라는 인식—를 바탕으로 그 자리를 유지했지만, 이렇게 눈에 띄는 경쟁자를 옆에 두는 것은 좋지 않았다.

총관 자리는, 비록 두목에게 사람 대접을 못 받는 일이 많기는 해도, 명실 공히 녹림맹의 이인자 자리였다. 두목이 그 험난한 싸움을 거쳐 지금의 자리에 올랐다면, 자신도 옆에서 한 팔이 되어 똑같은 위험을 겪었다. 갑자기 툭 튀어나온 굴러온 돌에게 튕겨 나갈 수는 없었다. 그는 지나치게 똑똑한 방지허를 견제하기로 결심했다.

*   *   *

"그래, 십 년이군. 자네를 알게 된 지……. 벌써 그렇게 되었군. 참, 자네는 그 왕기훈의 소식은 아나?"

'기훈'이란 이름을 듣는 순간, 민택의 눈썹이 치솟았다. 자신의 원수이며, 오늘의 그가 있게 되는 데 결정적인 공헌을 한 자. 그의 얼굴에 칼자국을 만들어준 자였고 꽤나 오랫동안 빚을 갚겠다고 별렀었던 자였다.

171

"모릅니다."

"나도 최근에 소식을 들었는데, 자기 아버지의 후광 덕분에 좋은 곳으로 갔다더구만. 아마 북경에서 근무한다지?"

민택은 조용히 생각에 잠겼다. 과거의 일이 생각났다.

십 년 전에 집을 나선 민택이 몇 달을 떠돌다가 들어선 곳이 이곳 개봉이었다. 본래 세상에 무서운 것이 없던 개망나니였던 그가 이곳에서 맞부딪친 사람이 바로 개봉부윤의 아들인 왕기훈이었다.

기훈은 고위 관리의 아들이라 포두들과 무관들에게 여러 가지 실용적인 무공을 배울 수 있었다. 또, 자신의 부친과 친분이 있는 여러 무림고수들에게서도 몇 수를 배울 수도 있었다. 하지만 문관의 아들인 그는 무공에 큰 뜻을 두지는 않았다. 그래서 배운 무공의 수준과 수련한 기간에 비해 그 깊이가 얕은 편이었다.

민택은 일수삼검 강대영이라는 강호의 고수에게 짧지만 체계적으로 수업을 받았다. 강대영이 감탄하는 자질을 가진 그는, 이것도 싸움질하는 기술이라는 생각에 꽤나 열심히 수련했었다. 그리고 강대영이 가르친 무공은 낮은 수준의 것이 아니었다. 강대영 자신을 고수로 만들어주었던 무공이었다. 민택의 실력은 그 당시에 이미 삼류 무사의 수준은 벗어나 있었다.

그래서 둘의 싸움은 치열했다. 덕분에 민택은 얼굴에 깊은 칼자국을 새기는 중상을 입었고, 기훈은 오른팔이 뼈가 보일 정도로 다쳤다. 민택의 상처는 싸움에 직접적인 연관이 없는 부분이었고, 기훈은 검을 들 수 없게 되었다. 싸움의 승패가 결정되는 순간이었다. 바로 그때, 개봉의 포두들이 달려들었다. 당연히 기훈의 승리를 예상하며 구경만 하고 있었는데, 의외로 그가 큰 상처를 입자 당황해서 민택을 덮친 것이었다.

개봉부윤은 대노했다. 그의 외아들이 병신이 될지도 모르는 상처를 입었다. 하지만 아무리 그라고 하더라도 이 정도 사건으로 사람을 사형에 처하기에는 증인이 너무 많았다. 무리해서 하면 못할 것도 없었지만 그럴 필요가 없었다. 말려 죽이는 방법이 있었다. 고통스럽게 죽는다는 점에서는 그쪽이 오히려 나았다.

"징벌 독방에 쳐 넣어라. 이놈. 살아서는 그곳을 나오지 못할 것이다."

민택이 들어간 독방은 자그마한 공간이었다. 구석진 곳의 건물 내부에 땅을 깊게 파고, 그 벽과 바닥에는 두꺼운 돌을 쌓았다. 돌 사이에는 빈틈이 없었다. 공간의 크기는 성인 장정 한 명이 드러누우면 그만인 만큼이었다. 그의 키보다 좀 더 긴 길이와, 그의 몸통보다 좀 더 넓은 폭이었다. 그걸로 끝이었다. 깊이는 깊었고, 지붕으로 무거운 철판을 덮었다. 바닥과 벽을 이루는 돌은 두껍고 단단했으며 사이에 틈이 없었다. 건물 내부에 만들어진 곳이라 바람도 거의 통하지 않았다. 천장—건물 바닥—을 철판으로 덮었으니 빛도 들어오지 않았다. 중죄인 중에서도 말썽을 부리는 자들을 일시적으로 격리시켜 벌을 주기 위한 독방이었다. 사람이 자주 다니는 곳이 아니라, 자신이 낼 수 있는 소리 이외에는 아무것도 들을 수 없었다.

노인— 옥지기가 없었다면 성질 급한 그는 한 달을 넘기지 못하고 미쳐서 죽었을지도 몰랐다. 실제로 그가 들어오기 이전에 그렇게 미쳐버린 사람들이 종종 있었다.

"무언가에 열중하게나. 시간을 보내는 데 그것보다 좋은 게 없지.

아니면 자신에 대해서 생각을 해보던가. 자넨 이제 그럴 시간이 충분하다네."

노인은 틈나는 대로 그가 있는 곳으로 와서 이런 저런 이야기를 해주었다. 단지 옥지기에 불과한 노인이었지만, 수십 년을 여러 계층의 죄수들과 마음을 열고 대화해 온 그는 대단한 수준의 간접 경험을 가지고 있었다.

"복수를 하겠단 말인가? 어떻게?"

그가 감옥—징벌 독방—에 갇히고 한 달이 지난 뒤에, 어느 정도 신뢰하게 된 옥지기가 요강을 비워주러 왔을 때, 천장의 조그만 문을 열고 노인이 줄 끝에 달아 내려준 바구니 끝에 요강을 넣으면서 복수 이야기를 했다.

노인이 위에서 그를 물끄러미 내려보다가 방법을 물었다.

"그 개잡놈의 실력은 나보다 못했수다. 여기서 나가기만 하면 그 딴 놈 정도야 단칼에라도 죽일 수 있수다."

"쯧쯧쯧. 자네는 아직 이해를 못하고 있구만. 생각을 해보게. 자네는 이곳에서 가장 높은 사람의 아들을 해쳤네. 그런데도 불구하고 고문 한 번 받지 않고 이곳에 갇혀 있지. 밥도 잘 나오지? 이게 뭘 의미하는지 모르겠나?"

"잉? 그게 무슨 말이우?"

"이곳은 중죄수들을 잠깐씩 가둬두는 곳이지. 말썽을 피우면 때리기도 하지만 여기 가둬 버리기도 하지. 지난 한 달이 지낼 만하던가?"

있을 만할 리가 없었다. 눈을 떠도 보이는 것이 없었다. 노인이 왔을 때는 음식 넣는 구멍을 열어두어 빛을 보게 해주지만, 그래 봐야 실내로 들어온 불빛이 조금 내려올 뿐이었다. 그리고 그 시간도 길지 않았

다. 그 문은 항상 닫혀 있어야 했기 때문에, 옥지기가 열어놓고 자신의
다른 일을 처리하러 갈 수는 없었다. 누군가 다른 사람이 들어왔다가
발견하면 처벌받을 수 있었다. 그곳은 사람들이 자주 찾아오지 않는
건물의 땅속이라 다른 죄수들의 말소리도 들리지 않았다. 노인과의 대
화가 아니었다면 견딜 수 있을 리가 없었다.

"사실 나는 자네에게 주지 말라고 한 것을 주었다네. 이건 너무 심
한 일이거든. 그게 뭔지 알겠나?"

알 수 있을 리가 없었다. 밥을 받아먹은 것 이외에 받았다고 생각되
는 건 없었다.

"굶겨 죽이라고 했수?"

"아니네, 내가 넣어준 것은 요강이라네."

"헉."

민택은 무슨 말인지 이해할 수 있었다.

"부윤은 자네를 똥통에 빠뜨려 죽이려는 거지. 똥물 속에서 밥을 먹
다가 나중에는 똥독이 올라서 빠져 죽게 만들려는 거지."

"그."

"그건 자네 생각보다 훨씬 더 무서운 거라네. 예전에도 요강을 넣지
않은 적이 한 번 있었지. 그때 그렇게 죽은 자가 있었다네. 자기 똥이
더러워 먹는 것을 참다가, 너무 배가 고프면 다시 밥을 먹고 싸다가, 나
중엔 미쳐서 미친 듯이 밥을 먹었지. 결국, 자다가 똥에 파묻혀 죽었
네. 그 꼴을 다시 볼 수는 없을 것 같아서 요강을 넣어주었네. 부윤이
알면 큰일이지만, 죽이라고 명령을 내린 일개 죄인에게 계속 신경을 쓰
는 사람은 아니라 괜찮을 걸세."

겁이라곤 상실했던 민택도 두려움에 몸을 떨었다.

"그리고 어차피, 이곳에 반년 이상 갇혀 있으면서 제정신을 유지하는 자를 본적이 없네. 그동안 몇 명 있었지. 요강도 잘 넣어주고 단순히 가둬두기만 한 사람들이었지만 그래도 가만 놔두면 결국은 미쳐 버리더구만. 여긴 죄수들이 일주일만 갇혀 있어도 발광을 하는 곳이라네. 그래서 억울하게 들어왔다는 자네는 살려보고 싶어서 내가 자네를 담당하기로 자처한 거라네. 자네가 아직 버티고 있는 것은, 나라는 이야기할 사람이 있다는 것과, 기훈이라는, 분노를 향하게 할 대상이 있기 때문이지. 하지만 그 두 가지가 사라진다면, 아무것도 보이지 않고 제대로 움직일 공간도 부족한 곳에서 벽만 바라보고 사는 생활을 견디기는 힘들 게야. 자넬 여기에 가둔 사람은 그걸 기대하고 있지. 자네가 자기 똥에 빠져 죽기를. 자네를 가두면서 그가 명령을 내렸네, 자네의 석방은 없다고. 그리고 요강은 넣지 말라고. 그건, 여기서 죽으라는 뜻이지."

개봉에 있는 중원표국 하남 지국의 국주는 무공이 일개 표사 수준이었다. 그것은 백여 명의 표사를 거느리는 지국의 지국주에게 어울리는 것은 아니었다. 하지만 그것을 가지고 문제 삼는 사람은 '적어도 중원표국 안에서는' 없었다. 중원표국의 지국을 담당하는 지국주들의 임무는 표행을 이끄는 것이 아니었다. 그들의 주 임무는 관청의 관료들에게 적당한 뇌물을 바치고, 상인들과 친분을 유지하여 일거리를 받아오는 지극히 행정적인 것들이었다.

각각의 지국에는 무공이 고강한 대표두들이 한 명씩 배치되어 무력 부분을 책임졌다. 중원표국의 대표두들의 무공은 '고수'라고 불리기에 손색이 없었다. 상황에 따라서 대표두의 이름만 올라 있고 상주하지 않는 지국들도 있었지만, 중원표국의 명성과 소속된 표사들의 우수한 능력이 있었기 때문에 지국주들은 철저하게 사업가들로 배치되었다.

하남 지국 지국주— 성일은 머리가 지끈거렸다. 표국에 남아 있던 삼십여 명의 표사들과, 여기저기서 끌어 모은 오십여 명의 잡무사들이 잔뜩 긴장을 하고 경계를 서고 있었다. 모여 있는 그들 사이의 분위기가 흉흉했다. 그는 상황을 보고받은 직후에 칠성표국이 따지러 오는 것에 대해 대비하기 위해 돈을 풀어 가능한 한 많은 사람들을 모았다. 기세로 눌러 버리기 위해서였다. 그렇게 해서 칠성표국을 쫓아낸다면, 충분히 그들에게 수치를 줄 수 있었다.

표국 장사라는 것은 '이곳에 맡기면 내 물건을 지켜줄 수 있을 것이다.' 라고 하는 믿음을 줌으로써 운영된다. 칠성표국을 바보로 만들 수 있으면 이번에 실추된 만큼의 명예는 되찾을 수 있을 거라고 판단하고 벌인 일이었다. 그런데 그의 계산이 빗나갔다. 상대는 그들을 무시하고 잡힌 사람들을 관청에 넘겨 버렸다. '표국의 일을 표국 사이에서 해결하지 않고 도둑놈을 처리하듯이 처리했다' 고 생각해 분노했으며, '이것은 일개 도적들을 상대할 때나 하는 행동이다' 라고 생각했다.

'우리 표국을 개똥으로 보는구나.'

앞으로 해야 할 일도 쉽지 않았다. 관청에 들어가서 뇌물을 주고 일을 무마시켜야 했고, 이 지역 상인들과의 유대 관계를 최대한 활용해서 일의 진상을 흐트러뜨려야 했다. 어려운 일이었다. 하지만 칠성표국에 의해 중원표국의 명예가 실추되는 사건에 자신이 연관되어 있다는 것이 더 문제였다.

자신은 잡힌 자들이 넘겨진 관청이 있는 지역의 최고 책임자였고, 그들이 습격하러 가기 전에 마지막으로 머문 지국의 책임자였으며, 그들에게 최대한의 정보와 물자를 제공한 지원 책임자였다. 그리고 그들이 관청에 넘겨지는 것을 막지 못한 책임도 있었다. 하나하나를 보면 그리 중요한 비중의 일들이 아니었지만, 총국에서는 이런 일에는 책임을 질 사람을 원한다. 그게 문제였다.

'총국의 문책을 피하려면, 어떻게든 이 문제를 잘 해결해야 하는데, 설마, 외진 곳 분국으로 쫓아내지는 않겠지? 젠장, 내가 저지른 일도 아닌데.'

그는 두 손으로 얼굴을 감싸 안았다. 재수가 없다는 생각밖에 들지 않았다.

*   *   *

녹림맹에는 전서구들을 관리하고 그 내용을 문서에 옮겨 적는 부서가 따로 있었다. 하는 일이라고는 비둘기 모이 주고 글씨를 옮겨 적는 일이 대부분인 곳이었다. 그리고 간혹 암호로 된 정보들도 들어오는 곳이라서 무식한 산적들이 대부분인 무인들보다 문관 위주로 배치되어 있었다. 작성된 문서들은, 문서 상단의 수신자들에게 곧바로 전달되었다. 대부분의 사람은 문서를 받기만 할 뿐, 이 부서에 대해서 특별히 신경을 쓰지 않았다. 보통의 경우는 신경 쓸 이유도 없었다. 문서만 받아볼 뿐 이런 곳이 있는 줄도 모르는 사람들도 있었다. 그곳에서 서재걸은 막 해독된 서류를 움켜쥐었다.

'그놈은 이런 게 필요하겠지?'

그는 확신했다. 중원표국과 칠성표국의 싸움 결과는 전 중원에 널려 있는 표국들의 판도를 바꿀 계기가 될 만한 것이었다. 그리고 그것은 도적질로 먹고사는 모든 녹림도들에게는 반드시 알아야 하는 고급의 정보였다. 이제 칠성표국의 움직임에 대한 것에 관심이 많아진 녹림맹은 그들에 관한 들어오는 소식을 중요하게 취급하고 있었다. 그리고 기존의 정보 부서를 놔두고 맹주 직속으로 따로 신설한 정보대의 첫 번째 임무는 광룡과 칠성표국에 대한 정보 분석이었다.

'광룡과 칠성표국에 대한 건 전부 내가 독점해 주마. 귀를 막아버렸는데 두목한테 무슨 이야기를 보고할 수 있을지 어디 한번 보자. 정보대를 빈 껍질로 만들어주마.'

총관이라는 직위는 녹림맹 공식 서열 이위였다. 일개 수사관이던, 그리고 갑자기 진급한 정보대장이라는 자와는 서열 자체가 틀렸다. 정보대가 녹림맹주 직속으로 창설되었다고는 하지만, 총관의 입김이 더 강했다. 그래서 별 힘도 없는 이런 부서 사람들의 입을 막는 것은 쉬웠다. 그는, 광룡과 칠성표국에 관한 정보 중에서 쓸 만하다 싶은 건 모두 자신에게만 직접 보고하도록 지시를 내렸다.

*　　　　*　　　　*

개봉부윤 남사정은 벌게진 눈을 손가락으로 연신 눌러댔다. 그의 앞에는 여전히 수십 명의 사내들이 묶인 채로 놓여 있었고, '칠성표국'과 '중원표국'의 사내들 여러 명이 두 무리로 나뉘어서 그를 노려보고 있었다.

'젠장. 저놈들은 피곤하지도 않나. 죽겠구만.'

애첩과 함께 잘 자고 있던 그가 급하게 불려 나와 지금까지 고생할 수밖에 없었던 이유는 이 사건이 '단순한 살인 사건'이 아니기 때문이었다. 피해자와 가해자가 수십 명에 달하며, 증인 또한 수십 명인 대형

살인 사건인데다가, 그 증인—그리고 피해자—의 상당수가 자신과 ‘꽤
나’ 친분이 깊은 상인들이었기 때문이었다. 그들의 눈치가 보여서 자
신들이 중원표국의 표사들임을 끝내 부인하는 죄인들을 취조했다. 이
미 그들이 중원표국 표사라고 소문이 났지만, 죄인을 처리하려면 증거
가 필요했다. 하지만 계속 버티는 죄인들 때문에 밤을 새우고도 별 성
과가 없었다. 일단 취조를 중지시키고 한잠 잔 다음에 다시 하려고 하
는 때에, ‘중원표국’의 사람들이 밀어닥쳤다. 그 때문에 그는 아침이
된 상황에서도 자리를 뜰 수가 없었다.

  중원표국 하남 지국의 국주인 성일은 날이 새자마자 수하들을 이끌
고 관청으로 달려왔다. 그는 일단 개봉부윤을 잘 꼬드겨서 사람들을
빼 내오고, 가능하다면 칠성표국에 덤탱이를 씌울 생각이었다. 하지만
대청에 들어서는 순간 일이 더럽게 되었다는 것을 알 수 있었다.
  옥에 갇혀 있어야 할 중원표국의 표사들은 모두 묶인 채로 대청 마
당에 꿇려져 있고, 사방에서 자신을 노려보는 수십 명의 사람들이 보였
다. 특히 그를 섬뜩하게 한 것은, 자신들의 고객인 상인들이 자신을 경
멸의 눈초리로 쳐다보고 있는 모습이었다. 그는, 개봉부윤씩이나 되는
사람이 일개 표사들의 항의를 듣고 밤새 수사를 할 거라고는 상상도
하지 못했었다.
  개봉부윤도 그러고 싶지는 않았었다. 그렇게 된 데는 상인들이 일조
를 했다. 평소 일 처리를 맡기던 중원표국에게 습격을 당했다는 배신
감에 몸을 떠는 상인들이, 대충 일을 처리하려던 개봉부윤을 계속 붙잡
고 늘어졌었다.
  ‘젠장, 당신들을 어떻게 할 생각은 없었다고. 우리 목표는 칠성표국

뿐이었단 말이야.'

성일은 거의 목구녕까지 올라온 말을 꿀꺽 삼켜 버릴 수밖에 없었다. 상인들이 자신을 도적단 우두머리나 발등을 찍어버린 믿는 도끼로 본다고 하더라도, 현 상황에서 죄를 인정할 수는 없었다. 개봉부윤 역시 자신을 노려보고 있었기 때문이었다.

'잘못하면 분국으로 끝나지 않겠구나.'

목이 말라왔다. 침 삼키는 소리가 대청을 울렸다.

일수삼검 강대영으로서는 지금의 상황이 믿어지지가 않았다. 이건 자신이 생각할 수 있는 최고의 상황이었다.

'하남 지국주가 지금 나타나 주다니, 하늘이 돕는구나.'

부윤은 피곤에 지쳐서 짜증이 날 대로 나 있었고, 증인이 되어줄 상인들은 밤새도록 떠들어대면서 중원표국에 대한 증오를 키웠다. 자신은 단지 몇 마디 말을 던져 증오의 씨앗을 만들어주었을 뿐이었다. 항상 이용해 오던 믿었던 표국에게 배신당했다는 생각이 가득한 그들은 스스로 화를 북돋고 있었다.

이제 결정적으로, 이 일이 중원표국의 짓이라는 증거가 스스로 나타났다. 이 묶여 있는 한 떼거지의 도적들이 중원표국의 표사들이 아니라면 표국 중의 제일이라는 중원표국 하남 지국주가 이곳에 나타날 이유가 없었다. 상인들은 명백한 증거를 눈으로 보게 되었다. 모든 화가 난 사람들은, 마침내 화를 풀어낼 대상을 발견했다.

'중원표국, 방금 너희들의 둑에 구멍이 뚫렸다.'

그 순간 일수삼검 강대영은 인생의 목표를 결정했다.

석민은 정말 만족했다. 도박장에서는 사과의 뜻으로 은자 한 뭉치를 추가로 주고, 아리따운 기생과의 하룻밤을 그에게 상납했다. 여인은 지영의 얼굴이 생각나 받아들일 수 없었지만, 은자와 고급 객실, 산해진미는 낼름 받아먹었다.

'이래서 무림인들이 모두 고수가 되려고 하는구나.'

느지막이 일어나서 아침을 한상 공짜로 잘 차려 먹고, 일행들이 모이기로 한―대부분은 현재 관청에 있지만―객점으로 향하면서, 자신의 인생은 이제부터라는 생각을 했다. 그리고 지영이 생각났다.

'이제 곧 손에 잡힌다.'

도박으로 크게 한몫 잡는 꿈은 수정하기로 했다. 자신은 이제 고수이니 앞으로도 돈은 쉽게 벌 수 있을 것 같았다. 큰 것 한몫보다 그냥 저냥 작은 것 여러 몫을 먹으면 될 것 같았다. 고수인 총표두가 꽤 부자인 것을 보면 그도 곧 부자가 될 수 있을 것 같았다. 총표두가 그 정도 실력을 가진 다른 고수들에 비해서 상당히 많이 부자란 것까지는 알지 못했다. 이제는 사랑만 잡으면 되었다. 결코 불가능해 보이지 않았다.

'민택이라는 씨발놈만 빼면 말이지.'

그가 지영과 가까운 게 아무래도 걸렸다. 대책은 이미 세웠다. 돈은 충분했다.

그의 인생에 부모님 다음으로 큰 은혜를 베푼 노인의 집에서 나오던 민택은, 자신의 얼굴에 난 칼자국을 손으로 만져 보았다.

'과연 이 빚을 갚을 수 있을까?'

그는 피식 하고 웃었다. 이미 인생의 목표 따위는 어디다 흘렸는지 기억도 나지 않았다.

칠성표국의 귀환에는 정말로 '아무 일'도 없었다. 표사들은 모두 어깨에 힘이 들어가서 자신들의 무용담을 이야기하기 바빴다. 그 이야기에는 마부들도 한몫했다. 중원표국과의 싸움에서 가벼운 부상을 입은 표사들마저도 흥분에 들떠서 자신들의 상처를 자랑했다.

그리고 그들은 귀환 길에도 막대한 양의 표물을 운송할 수 있었다. 표물의 양은 갈 때의 한 배 반인 수레 삼십 대, 표물의 가치는 훨씬 더 큰 것이었고, 대금은 은자 천 냥이라는 거금이었다. 사업 기반이 없는 개봉에서 이런 큰일을 맡은 데에는 그들이 호위해 준 상인들의 도움이 컸다. 어차피 그 상인들은 더 이상 중원표국을 믿을 수 없었다. 그리고 그들이 보기에 칠성표국이 중원표국의 일개 지국보다는 확실히 강했다.

왕복 표행 한 번에 은자 천오백 냥이란 돈은, 지난해 칠성표국의 일 년 수입보다도 더 큰 액수였다. 그리고 그것은 표사들에게는 봉급 인상을, 칠성표국에게는 표국의 확장을 할 밑천이 되었다.

이제 그들은 잔챙이들이 건드리기에는 너무 유명했고, 녹림맹에서는 아무런 움직임을 보이지 않았다.

그리고 돌아가는 길에도 그놈의 짐수레들은 몇 번이나 말썽을 부렸다.

*　　　*　　　*

사방이 막힌 밀실 안에는 대략 삼십여 명의 인원이 앉아 있었다. 그들 중에 상황 보고를 하는 사내보다 직급이 낮은 사람은 하나도 없었다. 게다가 보고 내용은 최악이었다. 저절로 떨려왔다.

"그, 그래서 우리 측의 피해는 대표두 한 명 사망, 표사 네 명 부상, 그리고, 그리고 부상… 자를 포함해서 이십… 명이 개봉의 감옥에 갇혀 있는 상태입니다."

"지국주의 조취는?"

기다란 탁자의 비교적 상석에 앉은 노인이었다.

"그, 그게 지국주가 개봉부에 나타나는 모습이, 하필 재판을 진행하던 중이라서."

"그래서, 우리 짓이란 걸 인정해 버렸다?"

이번에는 더 상석에 앉은 중년의 사내였다.

"변명, 변명의 여지가 없었다고 합니다. 국주는 최대한으로 부정했다고는 하는데, 너무 명확한 상황인지라."

하남 지국에서 중원표국 총국으로 파견 나와 있던 연락관의 심장이 콩닥거렸다. 그가 처음 총국으로 파견 나올 때만 하더라도, 그의 동료들은 '휴가 잘 보내라' 는 말로 인사말을 대신했었다.

위험하고 힘든 표행을 할 필요도 없이 편안히 앉아서 다른 연락관들과 농담 따먹기나 하다가, 그날그날의 전서구나 정리해서 보고하면 되는 것이 연락관의 일이었다. 그래서 그들은 스스로를 '비둘기 가족' 이라고 불렀다. 그리고 그렇게 편안하게 일하면서도 중앙 부서의 요직에 있는 고위 관리들에게 자신의 얼굴을 기억시킬 수 있는, 꿩 먹고 알 먹는 자리가 연락관의 자리였다.

그런데, 거금을 들여서 거래되는 보직 중의 보직이 오늘은 자칫하면 그의 장래에 심각한 악영향을 끼칠 수 있을 만한 더러운 자리가 되어

버렸다.

사안의 중요성 정도는 그 자신도 알았다. 그리고 이번 일은 순전히 본부의 높은 누군가가 계획을 세우고, 일 처리는 어떤 대표두가 실패했으며, 마무리는 하남 지국주가 망쳤다는 것도 잘 알고 있었다. 이 자리에 있는 사람들은 자신보다 그 내막을 더 잘 알고 있었다. 하지만 그가 두려워하는 것은, 바로 이 자리의 누군가가 이번 일의 계획을 세웠을 거라는 것에 있었다.

대표두는 죽었으니 책임을 질 수 없었다. 계획을 세운 사람이 누구였든, 하남 지국주에게 책임을 뒤집어씌워서 자신에게 돌아올 피해를 최소화하려고 하는 것이 수순이었다. 그리고 그는 하남 지국에서 파견된 연락관으로서 지금 이 사태에 대해서 하남 지국을 대표해서 보고를 하고 있었다. 직접적인 덤터기는 쓰지 않을 수 있었다. 하지만 일이 돌아가는 상황에 따라서 그의 존재는 '무능한 놈' 으로 기억될 수도 있었다. 물론 최악의 상황은 그를 볼 때마다 '하남 지국 사태' 가 생각나는 경우였다. 후자의 경우, 그는 중원표국에서 출세는 포기해야 했다.

싸늘하게 식어가는 회의장의 분위기만큼이나 그의 등짝도 식은땀으로 차가워져 갔다. 회의장 안의 사람들은, 마치 그를 잡아먹을 듯이 노려보면서 흥분해 가고 있었다. 당연히, 그의 심장은 쿵쾅거리면서 뛰었다. 그리고 마침내 그의 심장이 떨어져 버렸다. 제일 상석에 앉아 있던 국주가 자리에서 벌떡 일어섰기 때문이었다.

"성일이 놈, 일 처리가 끝날 때까지는 하남 지국주 자리에 놔둔다. 하지만 개봉부윤을 삶는 것을 그놈한테 맡길 수는 없지. 뒷일은."

국주는 말을 끊고 사내를 쳐다보았다. 사내는 눈이 마주침과 동시에 보고 자료를 들고 허겁지겁 회의장을 빠져나갔다.

*   *   *

검군장은 칠성표국이 명성을 얻은 것이 반갑지 않았다.

"결국, 칠성표국이 명성을 떨치게 되는 데에는 우리 검군장의 힘이 컸습니다. 칠성표국의 총표두는 그 인품으로 볼 때 은혜를 모르는 자라고 보기 어려우니, 이는 우리 검군장의 복이라고 할 수 있습니다."

낙화검 함성호는 칠성표국과의 관계에 대해서 열변을 토하고 있었다. 그러나 의외로 검군장주와 장로급 인사들의 반응은 시큰둥했다. 그 역시 그 이유를 잘 알고 있었고, 그래서 칠성표국을 옹호하는 데 힘을 기울이고 있었다. 그가 보기에 칠성표국과의 관계를 어떻게 설정하느냐가 검군장의 앞날을 결정할 것 같았다. 그러려면 이런 미련 곰탱이 같은 지휘부를 설득해야 한다고 생각했다.

"아무리 그렇게 이야기해도, 이 산동 땅에서, 그것도 이 곡부에 그런 무력 단체가 있다는 것이 문제야. 만약 칠성표국이 무림문파로 바뀌어서 문하생이라도 받는다고 해봐. 새롭게 무술을 배우고 싶어하는 자들은 물론이고, 지금 우리에게서 수업을 받는 자들 중에 얼마가 칠성표국으로 넘어갈지 알 수 없는 일이지. 당연히, 지역 유지들의 후원도 칠성표국으로 넘어가겠지. 이건 아무리 생각해도 손해 보는 장사야."

장로 중에서도 수좌를 차지하고 있는 대장로는 여전히 불만이 많은 것 같았다.

"하지만, 칠성표국이 없었다면, 우리 검군장이 지난번의 사태에서 살아남을 수 있었을 거라고 보십니까? 산산이 부서졌겠지요. 말 그대로 우리는 구명지은을 입은 겁니다."

"그거야 칠성표국은 돈을 받고 해준 거니까 구명지은이라고 말할 건 없지 뭐."

검군장주마저도 비슷한 의견인 것 같았다. 결국 답답하고 화가 치민 함성호는 끝까지 꺼내고 싶지 않았던 말을 하고야 말았다.

"아무리 불만이 많아도, 사천당문까지도 한 수 접어주는 칠성표국에게 우리가 어쩔 수 있다는 겁니까? 차라리 칠성표국과 잘 지내는 게 우리 검군장에게 이익이 되는 일입니다. 필요하다면 선물이라도 보내야 합니다."

성호는 그는 마지막 말에서 사람들의 표정이 험악해지는 것을 보고 아차 싶었다. 그로서는 당연하다고 생각하는 일이었지만, 이런 분위기에서 곰탱이들에게 해줄 말은 아니었다.

"함성호! 넌 그래서 우리가 칠성표국한테 고개라도 숙이고 들어가야 한다는 거냐? 지난 세월 동안 우리 검군장은 이곳에 있는 칠성표국을 안중에 두지 않고 살았다. 우린 우리 힘만으로 지금의 검군장을 이루어왔다. 그런데 이제 와서 비굴해지자고?"

검군장주가 얼굴이 벌게지면서 함성호에게 호통을 쳤다.

'그동안 칠성표국을 알아보지 못한 눈이 잘못된 거지 뭐.'

함성호는 속으로 여전히 불만이 끓었지만 내색을 할 수는 없었다. 검군장주는 검군장 안에서는 왕이었다.

"검군장은 언제나 일개 표국 정도는 신경 쓰지 않았다. 일단, 칠성표국에 대해서는 표사를 매수해서라도 자세한 정보를 수집해라. 적으로 돌리지 않기만 하면 설마 저들이 어떻게 하려고."

'그래도 켕기나 보군요. 하지만 표사를 매수하다가 들키면 뒷책임은 어떻게 지려는 겁니까? 장주님.'

함성호는 목구멍까지 올라온 말을 꿀꺽 삼켰다. 검군장주의 표정에서, 그는 자신이 말을 해봤자 화만 더 낼 뿐 씨도 먹히지 않을 거란 걸 눈치 챘다.

'국주란 자가 좀 어리숙해 보이니 그쪽으로 길을 뚫어봐야겠다.'

함성호는 그 나름대로 검군장을 위한 길을 찾아보기로 했다.

鏢師

第九章

　　표국은 먼 곳으로 수송하는 물건의 안전을 책임지고, 그 대가로 돈을 버는 곳이다. 따라서 잘 운영되는 표국에는 표사들이 붙어 있지 않아야 했다. 표사들이 얼마나 멀리, 얼마나 자주 돌아다니느냐가 그 표국이 얼마나 돈을 버느냐를 대변했다. 칠성표국은 예외였다. 강대영의 명성으로 유지되는 이곳은, 다른 곳에 비해 상대적으로 많은 여유 시간을 가질 수 있었다. 이곳의 표사들은 시간이 남아돌았고 쉬엄쉬엄 일하다가 도박장이나 기웃거리는 표사도 있었다. 얼마 전까지는 그랬다.

　　이제 이곳을 유지하는 것은 강대영이 아니라 칠성표국 그 자체의 명성이었다. 숫자는 적지만 고수급의 표사들이 득시글거리는 소수 정예 표국, 천하에서 가장 큰 규모의 표국인 중원표국과 싸워서 이긴 표국, 정사지간을 막론하고 은근한 공포의 대상이던 사천당문마저 한 수 양보해 준 표국, 그것이 칠성표국의 얻은 명성이었다.

칠성표국의 이름 값은 지대했다. 칠성표국에 들어오는 표물 요청은, 대부분 그 명성에 어울리는 고가의 것들이었다. 그리고 칠성표국의 실력이 그런 명성을 지킬 능력이 없다는 것은, 표국을 실질적으로 운영하는 총표두 일수삼검 강대영이 가장 잘 알고 있었다. 표국이 이렇게 과대평가되는 면에 대해서 이해가 안 가는 부분이 좀 있었지만—천하의 당문 문주가 뭐가 아쉬워서 물러선단 말인가—자신도 표국의 명성을 떨치는 사기 행각에 일조를 했었기 때문에 현재의 상황을 나름대로 이해할 수는 있었다.

그는 칠성표국의 능력을 정확히—민택의 실력을 턱없이 과소평가한다는 것만 빼고—파악하고 있었다. 그의 목표대로 표국을 성장시키려면 돈이 많이 필요했다. 그리고 돈은 명성이 사라지기 전에 벌어야 했다. 소문이 사그라들기 전에 표사들을 최대한 채용해야 했다. 그렇게 해서 지금의 명성에 맞는 표국을 만들어야 했다.

돈이 많이 필요했기 때문에, 위험한 것을 알면서도 큰 표물을 받았다. 당분간은, 천하, 최소한 산동 일대를 울리는 칠성표국의 명성이 제대로 된 적들의 공격을 막아주리라 믿었다. 도적 놈들이 아무리 미련해도 소문을 벌써 까먹을 것 같지는 않았다. 소문조차 못 들을 만큼 조직력이 부족한 놈들은 만만했다. 그리고 소문이 기억되는 시간이 천년만년 이어지지 않을 거란 것도 잘 알았다.

더 큰돈이 되는 표물은 더 고가의 상품을 더 많이 싣고 더 멀리 가는 것들이었다. 상인들의 입장에서는, 산동의 특산품을 산동에 팔아봤자 큰 이익을 볼 수 없었다. 그러나 그런 것을 하북이나 산서, 또는 섬서까지 가져다 팔면, 같은 성에 파는 것보다는 더 좋은 값을 받을 수 있었다. 그 물건을 구하기 어려운 먼 곳으로 가져갈수록 이익은 더 커졌다.

대신에, 먼 거리를 이동하면 각 지방의 도적 떼에 대한 정보도 부족해지는 데다가, 표물을 노리고 덤벼드는 도적 떼를 만날 확률도 그만큼 커졌다. 밤이 길면 꿈도 많은 법이었다. 상인의 수익이 크고 표사들의 위험도 커지기 때문에 장거리의 표행은 더 비싼 돈을 받는 게 정석이었다. 오백 리 길의 표행과 천 리 길의 표행은, 거리 차이는 두 배였지만 받는 돈은 그 이상의 차이가 났다.

중원표국은 중원 전체에 퍼진 지국망을 가지고 있었다. 그 조직을 이용해서 중원 동쪽 끝의 표물을 서쪽 끝으로 이송할 수도 있었다. 각 지국은 다음 지국까지만 운송을 해주면 되지만, 상인 입장에서는 중원을 가로지르는 대장정이었고 그만큼 이익이 컸다. 그래서 중원표국은 돈을 많이 벌었고 표행과 직접 상관이 없는 별의별 놈들이 구성원에 끼어 있어도 먹고살 수 있었다.

칠성표국은 지국이 없는 조그마한 표국이었다. 작은 표국은 그런 먼 표행을 할 수 없었다. 작은 표국도 큰맘먹고 표사 전체를 동원해서 일 년짜리 장거리 표행을 맡을 수는 있었다. 일 년 동안의 수입은 그렇게 하는 것이 더 좋았다. 하지만 일 년 뒤에 돌아와 보면 단골들은 다 떨어져 나간 후가 되기 십상이었고, 그 근거지에는 다른 표국이 들어와서 장사를 하는 경우도 많았다. 데리고 있는 표사들 역시 장기간의 표행으로 가족들 얼굴 보기도 힘들어지기 때문에 쉽게 그만두었다.

작은 표국을 상대적으로 싼값에 고용해서 다른 성으로 이동하고 그 곳에서 다시 다른 표국을 고용해서 또 다음 성으로 옮겨가는 메뚜기 상인들도 있기는 있었다. 하지만 매 분기점마다 쉽게 쓸 만한 표국을 고용할 수 있다는 보장이 없었다. 표국이란 물건 쌓아놓고 파는 곳이 아니라 사람 장사를 하는 곳이기 때문에, 표국의 인원이 부족할 때 분기점에 도착하면 그곳 표사들이 돌아올 때까지 세월을 보내면서 기다려야 했다. 그리고 그들이 돌아온 후에 꼭 계약이 가능하다는 보장도 없었다. 그래서는 장사가 되지 않았다. 메뚜기 방식은 특별한 때나 이용될 뿐이었다.

칠성표국은 작은 표국인 대신에 수입을 갈라 먹을 사람도 적었다. 표국을 운영하는 것은 총표두가 직접 책임지고, 실무는 대표두들이 나눠서 맡았다. 표국 내에서 표사들에게 밥을 해줘야 할 때도, 인근에서 고용한 여염집 아낙들이 일을 했다. 놀고 먹는 사람은 한 명뿐이었다.

이제 표국이 명성을 얻었지만, 아직도 작은 크기였다. 장거리 고급 표물의 의뢰도 들어왔지만 그것을 받아들일 수는 없었다. 먼 곳은 소문이 확실히 퍼지지 않았기 때문이었다. 사건이 일어났던 산동 근처가 가장 좋았다.

멀리 갈 수 없기 때문에 한 번에 대량의 운송을 하는 표물들을 찾았다. 어찌 됐건, 표물의 가치가 올라가면 위험도 올라가고, 위험이 많아지면 값이 올랐다. 그리고 위험이 많은 표물은 지킬 사람도 많이 필요했다. 명성이 오른 후의 칠성표국의 표물 운송은, 전원 투입이 원칙이었다. 국주는 데려가 봐야 말썽만 부리니 제외했다. 표국을 지킬 최소한의 인원과 부상자들을 제외한 전원 투입이었다. 부족한 전력이지만, 표물에 눈이 멀어 소문을 무시하는 얼치기 도적들을 막을 만큼은 되었다.

그래서 석민은 불만이었다. 수입은 늘었지만 도박을 할 시간도 줄었고, 지영의 주변을 맴돌면서 그 예쁜 얼굴을 구경할 시간도 줄었다. 지난번 개봉에서의 큰 몫 같은 것에 대한 욕심은 버렸다고 스스로 믿고 있지만, 도박 자체를 그만둔 것은 아니었다. 가진 돈을 모두 털어서 하는 도박은 이제 할 수 없었다. 그도 돈을 쓸 일이 생겼기 때문이었다. 대신에 적당한 액수로 작은 몫을 여러 번 노리기로 했다. 하지만 그 작은 몫을 노리기 위해서라도 도박장에 가야 했다. 이젠 시간 자체가 부족했다.

지금의 표행은 강소성 북부의 호수인 홍택호 옆의 시홍이 목표였다. 홍택호란 호수는 안휘성을 지나 강서성의 포향호까지 이어지는 큰 강과 이어져 있었다. 화물의 최종 목적지는 포양호 옆의 남창이었다. 배를 탈 수 있는 시홍까지만 표물을 운송해 주면, 그 다음부터는 배로 이동하기로 되어 있었다. 칠성표국의 책임은 시홍까지였으며, 그 이후는 화물선의 선장이 알아서 할 일이었다.

칠성표국 입장에서는 산동을 벗어나는 장거리 표행이었다. 하지만 상인 입장에서는 강을 타고 이동하는 거리를 포함하면 훨씬 더 먼 여정이었다. 배로 운송할 때는 상대적으로 덜 위험했고 표국을 고용할 필요도 없었다. 그래서 가장 위험한 지역을 책임지는 칠성표국에게 꽤나 많은 대금이 제시되었다. 그 때문에 다소간의 찜찜함을 감수하고 이 표행을 수락했다. 목표인 시홍에는 하가장이 있었다.

예전 같으면 하가장의 위세에 칠성표국이 꼬리를 말아야 했다. 하가장 정도의 무가와 은원이 있으면서 그 세력권으로 들어갈 수는 없었다. 그러나 지난번 검군장에서의 일로 칠성표국의 명성이 높아졌다. 그때는 분명히 하가장이 꼬리를 말았다. 하가장은 그 이후로 감히 검군장에게 시비를 걸지 못하고 있었다. 칠성표국이 대형 표국으로 성장하기 위해서는 시흥으로의 표행이 앞으로도 계속 있어야 했다. 이곳으로 오는 표행은 돈이 많이 남았다.

그 문제의 시흥에 도착한 후 석민이 달려간 곳은 당연히 도박장이었다. 배가 출발하는 곳이라 상인도 많고 그들의 주머니를 노린 도박장도 여럿 있었다. 그가 간 곳은 그중에서도 가장 크고 유명한 도박장이었다. 도박장에는 민택도 따라갔다. 석민이 데려간 것이었다. 민택의 도박 실력 따위야 관심도 없었지만, 속임수를 간파하는 그 능력을 신뢰했다. 그리고 만에 하나 돈을 다 잃었을 때, 비상금으로 쓸 생각도 있었다. 어차피 민택도 이곳에 볼일이 있었다.

시흥은 상인들이 많이 다니는 곳이라 흘린 돈이 많았다. 그리고 그 돈의 일부는 하가장이 주워갔다. 시흥에서 가장 큰 이 도박장은 하가장에서 운영했다.

명문정파는 도박장을 운영하지 않았다. 도박장으로 명문의 이름을 손상받기 싫었기 때문이었다. 곡부 지역에서 나름대로 이름을 날리는 검군장도 도박장을 운영하지 않았다. 곡부의 도박장은 검군장의 이름 값을 치르기에는 수입이 조금 작았다. 시흥의 도박장은 하가장이 직접 운영했다. 그리고 그 사실을 적극 홍보했다. 시흥 자체가 상인들의 유동이 많아 돈이 넘치는 곳이어서, 여기서 운영하는 도박장은 하가장의 이름 값을 치르고도 남았다. 그곳은 하가장 최대의 자금 수입원이었다.

도박장에는 하오문의 잡배와 불량배들이 끼어들기 마련이었다. 하지만 하가장 직영 도박장으로 공인된 이런 곳에서 감히 시비를 거는 잡배는 없었다. 간혹 무림의 고수급들이 나타날 때는 하가장의 이름만으로는 힘들 때가 있었다. 그들이 돈을 잃었다고 시비를 걸면 그들보다 고수가 눌러줘야 했다. 그래서 이 도박장에는 단검수 하석호가 책임자로 있었다. 단검수는 무림의 일반 고수들 중에서는 상위에 속하는 인물이었다. 그보다 강한 고수급이 도박장에 와서 돈을 잃었다고 깽판까지 놓는 경우는 극히 드물었고, 그 드문 경우가 실제로 일어날 때는 돈을 쥐어 주고 달래면 그만이었다. 그보다 하수가 나타나서 말썽을 피울 때는 국물도 없었다.

그는 석민을 따라서 도박장에 들어온 민택을 보고 기겁을 했다.

그는 하가장의 핵심 간부였고, 장내 무공 서열 공인 이위, 비공인 일위였다. 그리고 장주의 친동생이었다. 그래서 지난번 사태에서 당문이 물러선 이유를 정확히 알았다. 민택이 표사로 위장하고 있는 것을 중요한 정보쯤으로 생각하고 있는 당문은 하가장에 엄포를 놓았고, 그 말에 넘어간 하가장은 핵심 간부들에게만 진실을 알리고 입 단속을 했다.

상대는 한때는 복수를 다짐했던 사람이었지만, 그의 정체를 알고 나서도 그런 꿈을 꿀 수는 없었다. 게다가 민택은 강한 수를 쓰는 사람이었다. 단검수라는, 싸움 도중에 손으로 상대의 검을 분지를 정도로 강한 수의 무공을 쓰는 그는 유로서 강을 제압한다는 식의 말을 싫어했다. 그리고 자신과 같은 강수 계열에서 가장 유명한 사람인 민택을 조금 존경하고, 많이 부러워하고 있었다. 그런 거물이 왔는데 허술하게 대접할 수는 없었다. 그리고 왜 왔는지도 궁금했다. 콧방귀 뀌러 온 건 아니기만 빌었다. 도박이라면, 얼마든지 잃어줄 용의가 있었다.

"대인, 잠시 이쪽으로."

석민이 하는 도박을 구경하던 민택에게로 다가선 단검수가 그를 조용히 불렀다. 표사로 위장하고 있는 것을 빤히 알고 있었기 때문에 그의 신분이 드러나는 행동을 할 수는 없었다. 자신의 집무실에 들어선 후에야 바닥에 넙죽 엎드리며 머리를 조아렸다. 그는 자존심 강한 무인이었지만 상대의 명성은 그의 자존심보다 훨씬 높았다.

"대인, 지난번의 실례에 대해 사죄드리겠습니다. 미처 대인이 어떤 분이신지 모르고 제가 헛소리를 했습니다."

"마음에 두지 않습니다. 신경 쓰지 마십시오. 일어서십시오."

정말 마음에 두지 않는지는 알 수 없었다. 진심일 수도 있었지만 아닌 경우를 대비해야 했다. 이런 예의를 차린 말을 들었으니 혹시 도박을 한다면 더 많이 잃어줘야 했고, 따로 요구하는 것이 있으면 도적질을 해서라도 바쳐야 했다. 하지만 상대가 그렇게 말했다면 일단 믿는 척이라도 해야 했다. 이만한 고수의 말에는 맞장구를 쳐주는 것이 예의였다.

"대인, 정말 감사합니다. 대인의 은혜는 하가장이 결코 잊지 않을 것입니다. 필요한 일이 있으면 언제든지 부르십시오. 하가장은 대인의 일을 하가장의 일로 생각하고 성심껏 움직이겠습니다."

예의상 하는 말이기도 했다. 그가 정말로 하가장의 도움을 요청한다면, 그 일은 하가장의 운명을 걸어야 할 만큼 위험한 것일 가능성이 높았다. 그만한 사람이 도움을 필요로 할 정도의 일이라면 얼마나 위험한 일인지 짐작도 되지 않았다. 큰 떡이 굴러다닌다면 떨어지는 떡고물도 많겠지만, 떡고물 없이도 충분히 먹고살 만했다.

"부를 일은 없으리라 생각됩니다. 하지만, 하가장에 부탁할 일이 있었는데 마침 잘 만났습니다."

단검수는 가슴이 덜컹했다. 내색하지 않으려고 했지만 얼굴에 조금 경련이 일어났다. 상대는 하가장에 목적이 있었다. 무슨 일인지가 중요했다. '역시 도박장에서 푼돈이나 벌어보자고 온 건 아니다' 라고 생각했다.

'뭘까? 뭘 요구하려는 걸까? 거물이니 거창한 걸 요구할까? 우리가 감당할 수 있을까?'

민택이 품에서 작은 상자를 꺼냈다. 손에 쥐면 감쌀 수 있을 만큼 조그마한 나무 상자였다.

"저에 대한 이야기는 당문주에게서 들었을 거라 생각합니다. 당문주쯤 되는 사람이 이런 이야기를 떠들고 다닐 이유는 당연히 없고, 하가장에도 주의를 주었겠지요. 하가장이 조용히 처신한 것은 현명한 행동입니다."

'현명' 하다는 말은 대단한 협박으로 들렸다. 절대고수가 하는 말인데 다른 뜻일 리가 없다고 생각했다. 민택이 그에게 상자를 내밀었다.

"앞으로도 계속 그렇게 해달라는 것이 제 부탁입니다. 이건 그 대가로 드리는 선물입니다."

단검수는 두 손으로 공손히 상자를 받았다.

'요구 사항이 그것뿐일 리가 없다. 이 상자에 뭔가 비밀이 있다. 틀림없다. 무슨 상자일까? 아니, 상자는 중요하지 않다. 속에 든 것이 중요하다. 속에 무엇이 들었을까?'

쓸데없는 데 머리를 열심히 굴리는 것은 형제가 비슷했다.

"하가장이 환자 때문에 검군장과 싸움을 했다고 들었습니다. 지난번에 제가 한 목숨을 가져갔으니 한 목숨을 돌려 드립니다. 그것이라면 제 부탁의 대가로 부족하진 않으리라 생각합니다."

'한 목숨을 돌려준다고? 무슨 뜻일까? 목숨? 이 안에 무엇이 들어 있어서 목숨을 말하지? 위험한 건가?'

"그럼 그렇게 알고 가겠습니다."

용건을 마친 민택은 방을 나섰다. 생각에 골몰한 그는 제대로 배웅을 하지도 못했다. 민택이 사라지자 그는 심호흡을 했다. 이 자체로 대단히 위험한 것일지도 몰랐다. 아니면 하가장에 엄청난 위험을 안겨주는 것인지도 몰랐다. 하지만 계속 쳐다보고만 있을 수는 없었다. 뭔지 몰라도 내용물을 확인하고 민택에게 그가 원하는 대응을 해줘야 했다. 고수가 화나면 무섭다. 마음을 단단히 먹고 조용히 상자의 뚜껑을 열어보았다.

"커억!"

비명 소리가 절로 나왔다. 그는 맹세코, 태어나서 이렇게 놀라본 적이 없었다. 심장이 떨어지도록 놀랐다. 말은 많이 들어봤지만, 정말 자신의 심장이 툭 떨어지는 느낌이었다. 그가 이 물건을 몰라볼 수는 없었다. 너무 원통해서 꿈에서도 보던 물건이었다. 당태호와 함께 입수에 직접 나섰던 그가 소림사의 대환단을 못 알아볼 리는 없었다.

"이, 이걸 왜."

왜 줬는지 짐작도 가지 않았다. 이런 보물은 함부로 흘리고 다니는 물건이 아니었다.

민택은 대단한 부자였다. 그가 싸운 싸움의 상대는 한 문파의 수장이거나, 아니면 그 문파를 대표하는 고수인 경우가 많았다. 그런 고수와의 싸움 후에는 그 고수의 시체에서 나오는 값이 나가는 것들을 전리품으로 챙겼다. 명문정파 출신은커녕, 오히려 개망나니 건달 출신인 그가 그런 일을 꺼려할 리가 없었다. 그리고 그쯤 되는 고수는 주변의 시선을 신경 쓰지 않아도 건드리는 사람이 없었다. 정의문 역시 민택이 자신이 죽인 상대에게서 뭘 가져가든 제지하지 않았다. 그 정도는 싸움을 승리함으로써 얻을 수 있는 이익에 비하면 아주 작은 것이었다. 그리고 정의문 내에서 민택의 중요도는 문주 이상이었다.

그가 죽인 고수들의 몸을 뒤져 보면 그들이 가지고 다니는 무공 비급이 나올 때가 가끔 있었다. 그런 비급은 꼭 챙겼지만, 그가 자신의 일도조차 받지 못하는 자의 무공을 익힐 리는 없었다. 그리고 무공이라고 하는 것이 비급 한 권 읽어본다고 쉽게 배울 만한 것도 아니었다. 칼이 움직이는 궤적을 글로 설명해 봤자, 실제 움직이는 모습을 보여주면서 가르치는 것만 못했다. 그래도 비급은 비급이었다.

금자나 은자, 전장의 전표가 나오는 것은 기본이고, 각종 보석이나 귀물들이 나올 때도 많았다. 그런 것들도 꼼꼼히 챙겼다.

상대의 병장기 중에 망가지지 않은 고급품들도 챙겼다. 그에게 단칼에 죽을 정도의 수준인 무인이 녹슨 철검 한 자루만으로도 세상을 풍미할 만큼 대단한 실력일 리가 없었다. 꽤 좋은 무기들이 곧잘 나왔다.

귀한 약들이 나올 때도 챙겼다. 언뜻 봐서 좀 좋아 보인다 싶은 약은 모두 챙겼다. 그의 상대로 나설 만큼의 고수급이 싸움에 앞서 준비해 온 약이었다. 귀한 약이 많이 나왔다. 부상자와 사망자가 나오는 전룡대에게는 그 약들이 필요했다.

물론, 모두 옛날 이야기였다.

그런 식으로 챙긴 물건 중에는 대환단도 있었다. 한 문파의 수장이었던 상대가 여벌의 목숨으로 생각하고 가져온 듯했지만, 민택의 일도에 죽어버렸으니 그걸 쓸 기회는 없었다.

그가 처음 고향으로 돌아왔을 때, 대환단도 가져왔다. 몸보신에 좋은 약이었다. 보약으로 그만한 약도 없었다. 그의 아버지 나이도 있으니 드시면 좋을 것 같아서 챙겨왔다. 하지만 자기 아버지의 상태를 확인했을 때에는 쓸 수 없던 대환단이었다. 좋은 약은 그만큼 약효가 강했고 강한 약은 독으로 작용할 수 있었다. 생명력이 다 되어서 죽어가던 아버지에게 대환단처럼 강한 약을 썼다가는 그 즉시 사망할 것임을 알았다. 몇 달 더 일찍 왔어야 했다.

모든 것을 버리고 고향에 돌아왔던 그가, 하가장이 병자를 살리기 위해서 대환단을 원한다고 한 것을 기억해 낸 것은 목적지인 시홍 지방에 하가장이 있다는 말을 듣고서였다. 아버지를 살리지 못한 약으로 그들이 그토록 간절히 구하고자 했던 병자라도 살려주고 싶었다. 이제 그에게 대환단은 그다지 필요가 없는 약이었다. 비밀 유지니 뭐니 한 것은 덤으로 한 말일 뿐이었다.

덕분에 대박이 터진 건 석민이었다. 이제는 정말 한몫을 노리는 짓은 하지 않기로 다짐했었지만, 그의 인생에 오늘처럼 도박이 잘 풀린 날도 없었다. 그의 앞에 은자가 철전처럼 쌓였다. 대환단이 가지는 의미를 겨우 인식한 단검수가 석민과 도박 중인 전주에게 최대한 잃어줄 것을 지시했기 때문이었다.

'도박장을 말아먹어도 좋다. 얼마나 잃어주느냐를 가지고 너의 능력을 평가하겠다. 자연스럽게, 최선을 다해서 잃어라.'

전주는 정말 최선을 다했다. 하지만 그냥 퍼줄 수는 없었다. 도박에는 규칙이 있었다. 무조건 '너 다 가져라' 고 하면서 돈 자루를 넘겨줄 수는 없었다. 속임수를 쓰지도 못했다. 대박이 터지면서 구경꾼이 너무 많아져서 속일 수가 없었다. 남들이 보기에 어색하지 않도록 돈을 걸어야 했고, 도박의 규칙 내에서 잃어줘야 했다. 그날은 석민이 어찌나 도박 운이 없는지 전주가 초조해질 지경이었다. 그래도 석민이 일어서는 자정까지 잃어준 돈이 은자 백 냥 정도 되었다. 그리고 이제 그만 가야겠다고 생각한 민택이 한마디를 던지자 석민은 미련없이 돈을 챙기고 일어섰다.

"땄을 때 일어서는 게 장땡 아니겠소?"

백 냥의 은자는 그의 도박 인생에서 기록적인 돈이었다. 개봉에서도 이만큼은 아니었다. 그의 말을 듣자 덜컥 겁이 났다. 눈앞에 쌓인 돈은 그것만으로도 푸짐했다. 도박 운이란 것은 하룻밤에도 몇 번씩 오고 가고 하는 것인지라, 더 하다가 제대로 걸려서 다시 날리면 어쩌나 하는 두려움이 생겼다. 백 냥은 그의 배가 부르게 하기에도 충분했고, 겁 먹게 하기에도 충분한 돈이었다. 그래서 미련없이 일어설 수 있었다.

"크하하하. 봤냐? 봤어? 이게 나 항산적 장석민의 실력이다."

요새 들어 꽤나 행복한 항산적이었다. 그리고, 세상은 그가 도박을 끊도록 도와주지 않았다.

✻

"산동 지방에서는 그들의 명성이 우리 못지않다. 놔두면 어디까지 성장할지 모른다. 될 나무는 떡잎일 때 잘라야 나중에 도끼질하느라고 수고하지 않아도 되는 법이다. 그대로 놔두면, 자라서 우리의 양분을 빨아갈 것이다. 그들이 한 번 버텨냈다고 해서 변한 것은 없다. 지난번의 저항은, 잘 처신했으면 기회가 될 수 있었음에도 불구하고 우리 그늘 밑으로 들어오는 것을 거부한 몸짓일 뿐이다. 너희들이 가서 싹을 잘라라. 특히 주요 인물들은 확실히 제거해라."

＊　　　＊　　　＊

"전룡대장이 왜 거기 있는지 반드시 알아내야 한다. 그놈들 중에 몇 놈만 잡아다가 심문해라. 전룡대장은 이목이 날카로우니 주의에 주의를 기울이고, 목격자는 확실히 제거하라."

＊　　　＊　　　＊

"칠성표국에 관한 정보가 부족합니다. 쓸 만한 정보가 좀처럼 들어오지 않습니다. 역시 보통 놈들이 아닌 것 같습니다. 가장 확실한 방법은 고수들을 보내서 몇 놈 잡아오는 겁니다. 광룡이 그들 사이에 있는 이유는 그들 자신이 가장 잘 알 것입니다. 그게 아니더라도 그들이 누구인지를 알아낼 필요도 있습니다. 산동 지부 참사 조사 때 칠성표국과 손을 섞어볼 수 있었는데, 꽤 만만찮은 놈들이기는 하지만 지금의 소문만큼 대단하지는 않았습니다."

서재걸의 칠성표국에 대한 정보 통제로, 정보대는 정보가 부족했다.

＊

곡부에 갑자기 건설 붐이 일어났다. 칠성표국이 표국 주변의 건물 몇 채를 사들여 재단장 및 재건축에 들어갔기 때문이었다. 총표두 강대영은 시간이 부족했다. 소문이 사그라들기 전에 모든 것을 끝내야 했다. 그는 곡부의 놀고 있는 일꾼들을 모두 다 불러 모았다. 담장은 허물어 경계를 넓혔고, 건물들 중 쓸 만한 것들은 재단장에 들어갔다. 낡았거나 위치가 애매한 건물들은 헐어버리고 새 건물을 지었다.

표국이 커지기 위해서 당장 필요한 것은 두 가지였다. 하나는 더 넓은 표국이었고, 다른 하나는 더 많은 표사들이었다. 표국이 있는 땅과 건물이 넓어야 사람들에게 크고 강한 표국이라는 이미지를 줄 수 있었다. 지금의 손바닥만한 표국 크기는 칠성표국의 명성에는 한참 못 미치는 것이었다. 표사 숫자가 늘어나는 문제 때문에라도 넓은 공간이 필요했다. 지금의 표국은 삼십여 명이 지내기에 적당한 곳이었다. 앞으로 표국의 인원 확충을 감안하면 지금보다 몇 배는 넓은 공간이 필요했다.

큰 표국을 지으면서 모집 공고도 냈다. 곡부뿐만이 아니라 인근 지역에도 표사 모집의 소문을 퍼뜨렸다. 공고문을 널리 퍼뜨리기 위해서 돈을 제법 썼다.

그렇게 해야 하는 이유는, 표사로 쓸 만한 사람들은 밭에서 무 뽑듯이 쉽게 뽑을 수 없기 때문이었다.

표국에서 표사를 채용하려면 몇 가지 조건을 검사해야 했다. 일단 대상이 되는 사람의 성품이 곧아야 했다. 대의명분을 따지고 공자 맹자를 논하는 사람이 필요한 것은 아니었다. 싸움질이나 하고 다니는 건달이라도 상관없었다. 표물에 손을 대지 않을 만한 사람이기만 하면 됐다. 함부로 도둑놈을 키우면 표국 신용에 치명타를 입게 된다. 하지만 먹고살기 힘든 세상에서 눈앞에 남의 귀한 물건에 손을 대지 않을 만한 사람을 찾는 건 생각만큼 쉽지 않았다.

다음으로 칼을 쓰는 실력이 있어야 했다. 공자 맹자를 떠들던 사람이나 농사짓던 사람이 칼질을 해봤을 리가 없다. 그런 사람이 먹고살기 어렵다고 표사에 지원한다고 해서 얼씨구나 하고 뽑아줄 수는 없었다. 실력없는 표사가 표행에 동행한다는 건, 그 자리를 채웠어야 할 실력있는 표사가 빠졌다는 뜻이었다. 그리고 그건 전체적인 전력 약화를 의미했다. 모두에게 피해를 주는 일이었다.

목숨 값은 비쌌다. 특히 자기 목숨 값은 남의 것보다 백 배는 비쌌다. 표사들은 자기 몫을 하지 못하는 자와 같이 일하기를 원하지 않았다. 표사로 뽑히려면 먹고살기 힘들어서 소작농을 때려치우고 산적질로 전업을 한 잡산적들보다는 윗줄의 실력이 있어야 했다. 그런데 그 정도 칼 솜씨를 가진 사람은 힘든 표사 일 말고도 할 수 있는 일이 많았다.

자라나는 새싹들을 뽑아다가 수련을 시켜서 표사로 만들 수도 없었다. 역사와 전통을 자랑하는 거대 표국이라면 모를까, 소규모 표국에서 사람을 키워서 쓸 수는 없었다. 뽑힌 사람은 당장 자신의 봉급 값은 해야 했다.

마지막으로 신원이 확실해야 했다. 뽑아놓고 봤더니 산적이 내통을 하려고 보내놓은 놈이어서는 안 된다. 급한 사정에 아무나 뽑았다가 신입과 내통한 산적에 의해서 비싼 표물을 털리고 망해 버리는 작은 표국들 이야기도 곧잘 들렸다. 그래서 신분이 확실한 사람이거나 적어도 추천서라도 가진 사람만을 받을 수 없었다.

이런 조건이 다 맞는 사람은 많지 않았다. 그래서 돈을 써가면서 표사 모집에 대한 홍보를 열심히 했다. 돌이 많이 쌓이면 그중에 가끔 옥이 튀어나오는 법이었다. 그 옥을 뽑기 위해서는 많은 지원자가 있어야 했다.

어쨌든 석민은 표국이 규모를 늘린다는 사실이 좋았다. 자신은 무림명을 가진 항산적 장석민이었다. 내심 표국 내에서 그보다 고수는 총표두뿐이라고 생각하고 있었다. 인원이 늘면 대표두 자리가 더 필요해진다. 자신도 대표두가 될 수 있었다. 대표두가 되면 임금도 더 많아지고 시간도 더 많아진다. 온갖 잡일을 시킬 부하들도 생긴다. 어쩌면 민택이 놈을 자기 부하로 두고 부려먹을 수 있을지도 몰랐다. 그리고 지영에게 폼을 잡을 수 있었다. 구애를 하기에는 표사보다 표두가 나았다. 민택의 상관이라면 지영에게 폼 잡기가 더 좋았다. 어서 빨리 표사들을 많이 뽑기만 바라고 있었다.

건설 경기의 활황에 조금이나마 도움이 된 것은 석민이었다. 그는 도박으로 딴 돈의 대부분을 털어 민택의 집 옆집을 샀다. 그리고 대대적인 개보수에 들어갔다. 담벼락을 새로 세우고 대문도 잘한다는 목수에게 맡겼다. 지붕도 기와로 다시 덮고 벽도 새로 칠을 했다. 여러 가지 정원석이나 석등 등을 사다가 마당에 배치했다. 크기는 일반 여염집만한데, 생긴 건 대갓집이었다. 마침 칠성표국 건설 붐 덕분에 인건비가 오르고 재료가 일시적으로 품귀 현상이 빚어졌다. 그래서 원래 예상보다 훨씬 많은 돈이 들었다.

시일이 제법 걸려 그의 집의 공사가 끝나자, 석민은 지영을 찾아가서 당당하게 요구했다.

"지영 낭자, 낭자가 차려주는 밥을 매일 먹고 싶어요."

물론, 당연히 지영은 석민을 두들겨 패기 시작했다. 자신을 강간하려고 한 남자에게 끌리는 여자 이야기 같은 것은 멍청한 남자들의 상상력의 산물이었다. 제정신을 가진 여자는 그런 생각을 하지 않았다.

그런 것은 주변의 비난을 두려워해서 입을 다문 경우나 자포자기해서 같이 살게 되는 경우를 보고 멋대로 상상해 낸 이야기였다.

그녀가 처음 시장에서 석민을 만났을 때, 그녀는 민택의 동료가 자신의 뒤를 졸졸 따라오는 것을 보고 으슥한 곳으로 유인했었다. 무슨 목적인지 알고 싶었기 때문이었다. 그런데 그놈이 가당치도 않게 그녀를 덮치려고 들었다. 아쉬운 대로 일단 잘 다져 주었다. 하지만 아무리 약한 놈이 덤볐어도 그 불순한 의도를 생각하면 온몸에 소름이 돋았다. 그런데 석민은 그만큼 팼는데도 불구하고 아직 정신을 차리지 못하고 그녀 주위를 맴돌고 있었다. 성질 같아서는 벌써 옛날에 목을 따서 땅에 파묻어 버려야 했지만 참았다.

지영이 이 강간 미수범을 살려두고 있는 단 한 가지의 이유는 그가 민택의 주변 인물이었기 때문이었다. 함부로 주변 인물을 죽이면 민택이 화를 낼 것 같았다. 민택이 원래 자기 수중의 사람을 아낀다는 건 그녀가 아주 잘 알고 있는 사실이었다. 민택을 조금 건드려 보는 거라면 모를까, 분노하게 할 정도의 일을 저지를 배짱은 없었다. 그녀는 민택의 주변을 맴돌아야 했다. 그녀는 임무가 있었다.

최근 들어 민택의 집 옆에 공사를 하는 걸 보고 어떤 미친놈이 저 짓을 하나 궁금했었다. 이 동네는 집들의 크기가 다 고만고만했다. 손바닥만한 집터에다가 해놓는 짓을 보니 돈지랄이 따로 없었다. 그리고 그 집 주인으로 석민이 온 걸 보고는 파묻어 버리는 문제를 다시 심각하게 고민했다.

언제 묻을까 하는 고민의 대상물인 놈이 갑자기 찾아와서 매일 밥을 해달라고 말했다. 사랑하는 연인에게 듣고 싶었던 말을 이놈에게 들어 버렸다. 일단 그 주둥이를 발로 밟아줌으로써 매타작을 시작했다.

"미친놈의 새끼. 대가리에 똥만 찬 새끼. 주제 파악도 못하는 새끼. 개새끼."

"켁, 낭자, 일단 내 말을, 끄억, 내, 내 말은, 아악, 그, 그게 아니라, 꾸엑."

그동안 안 맞고 잘 지냈다고 생각했는데 오늘 제대로 걸렸다. 욕 한 마디에 한 대씩이었다. 사랑하는 여자에게 이리 매몰차게 맞으니 몸도 마음도 다 아팠다. 한참을 맞고서야 겨우 자기가 의도한 말을 다 할 수 있었다.

"그러니까, 민택님은 굶기고 대신 네 밥만 해달라고? 대신에 민택님에게서 받는 돈의 두 배를 준다고? 어머, 두 배면 돈이 얼마야. 이걸 어떡하나. 난 그런 줄도 모르고 때리기부터 했으니. 이거 죄송해서 어떡하죠? 안 아프세요? 그런 건 미리 말씀하셨어야죠. 그리고 당연히 들어드려야죠. 꽤 아프시겠다. 라고 말할 줄 알았냐? 이 개새꺄! 내가 니 밥이나 해주는 식순이로 보이냐? 죽어라! 죽어라! 죽어어엇!!"

겨우 멎었던 매타작이 다시 시작되었다. 하도 원통하고 분해서, 골병들어 죽어버리라고 제대로 된 타작을 했다. 비 오는 날 먼지 나게 맞는다는 말이 무슨 뜻인지 온몸으로 보여준 석민이었다.

"뭐? 그럼 세 배라고?"

석민의 말에 지영이 발길질을 잠깐 멈추었다. 매를 버는 석민이었다.

鏢師 第十章

하가장이 있는 시홍으로 표행을 다녀온 지 한 달쯤 후였다. 집에 들어서던 민택을 보고 곱게 차려입은 여인이 큰절을 올렸다. 피부가 하얗고 눈이 커다란 예쁘장한 아가씨였다. 그녀를 같잖다는 듯이 꼬나보고 있는 지영도 보였다. 처음 보는 아가씨였다. 저 아가씨가 왜 자신에게 절을 하는지 알 수 없었다. 하지만 저 아가씨가 어디서 왔는지는 알 수 있었다. 그녀의 옆에는 단검수가 서 있었다.

"은공, 소녀 하미진이 은공께 인사드립니다."

역시 하가장 사람이었다. 하지만 아직은 그것만을 알 뿐이었다.

"무슨 일이십니까?"

그는 여자들에게 조금은 친절할 줄 알았다. 그래서 예의를 갖춰 물어보았다. 그녀는 살포시 미소를 지었다. 생각보다 험악하게 생겼지만 남자는 외모가 전부가 아니었다.

"소녀는 하가장주의 딸이옵니다. 대인께서 보내주신 약으로 죽어가던 소녀가 살아났습니다. 미물도 은혜는 아는 법. 대인이 베풀이주신 목숨의 은혜를 소녀가 어찌 모르겠습니까? 소녀, 대인에게 은혜를 갚고 싶으나 대인은 이미 천인의 경지에 올라 명리에 초월하신 분. 금전으로 보답한다는 것은 오히려 대인에게 누가 되는 일이라 고민하였습니다. 하여, 소녀가 대인의 수발을 드는 것으로 그 은혜의 만분의 일이나마 갚아보려고 합니다. 제발 내치지 말아주십시오. 이미 집을 나올 때 소녀를 잊으라 하였습니다. 소녀를 내치시면 갈 곳 없는 소녀는 죽으라는 말과 같사옵니다."

말도 안 되는 소리였다. 하가장 공식 무공 서열 제이위, 비공식 무공 서열 일위의 고수를 호위로 대동하고 왔으면서 가문에 그녀를 잊으라 했다거나 앞으로 갈 곳이 없다는 거짓말을 하고 있었다. 어쩌면 시녀라도 하나 데리고 왔을지도 몰랐다. 무슨 수작인지 빤히 보였다.

그의 작은 집은 방이 하나였다.

가장 흔해 빠진 수법이면서도 효과가 좋은 수법. 효과가 좋기 때문에 하도 써먹어서 흔해 빠진 수법. 그러면서도 곧잘 통하는 수법. 그래서 마르고 닳도록 써먹는 수법. 미인계였다. 문제는, 하가장이 자신에게 왜 미인계를 쓰냐 하는 것이었다. 천하의 광룡도 미처 예상 못한 일이었다. 대환단을 전해주고 나서는 까맣게 잊고 있던 일이었다. 약간 경계할 필요는 있었다.

"받아들일 수 없습니다. 물건이 주인을 찾아간 것입니다. 낭자가 건강해졌다면 그것으로 되었습니다. 마음에 두지 마십시오. 그리고 그만 나가주십시오."

어차피 가슴속에 다른 여자를 채울 공간은 없었다.

그녀는 어릴 때 장주의 무남독녀 외동딸로 재녀 소리를 들으면서 귀여움을 받았다. 그녀가 쪼르르 달려와서 크고 귀여운 눈을 깜빡이면서 뭘 요구하면 거절할 수 있는 하가장 사람은 아무도 없었다. 자라면서 가진 재능이 제법 빛이 나서, 십 대 중반에 이미 하가장의 일에 제법 도움이 되었다. 특히 이익을 늘리는 쪽에 관심이 많았다.

하늘의 시샘—하가장 사람들은 그렇게 생각했다—으로 꽃다운 나이 열일곱에 절맥증으로 쓰러졌다. 지난 이 년간 불면 날아갈까 걱정해 주는 주변 사람들에게서 보살핌을 받으며 살아왔다.

언제나 예쁘단 말만 듣고 살아온 그녀는 자신의 미모에 자신이 있었다. 그런데 예쁘고, 귀하게 자라기까지 한 그녀가 몸 바쳐 보은을 하겠다는 데 감히 거절하는 남자가 있었다. 다른 사람이 그랬다면 버럭 화를 냈을 테지만 이 남자만은 예외였다. 그녀는 그저 살포시 미소 지을 뿐이었다.

불과 한 달 전만 해도 그녀는 죽어가고 있었다. 지금은 이렇게 뽀얀 피부에 생기 넘치는 얼굴이지만 얼마 전까지는 죽을 날만 기다리고 있었다. 피부는 햇빛을 보지 못해 창백했었다. 그녀의 병은 절맥증. 맥 자체가 잘라진 건 아니었지만 인체의 주요 맥이 굳어져 가는 병이었다. 돈 많은 하가장이 여러 의원들을 데려다가 치료해 보려고 애를 썼지만 모두 실패했다. 치료법을 모르는 것은 아니었다. 명의 소리 듣는 의원들은 모두 치료법을 알고 있었다. 이 병에 대한 확실한 치료제는 무척 유명했다. 소림사의 대환단이었다.

대환단은 각종 질병에 우수한 효과를 발휘하고 몸의 상태를 최상으로 올려주는 영약이었다. 그리고 무림의 태산북두인 소림사의 영약답

게 혈맥 관련 질병에도 탁월한 효과가 있으며 주화입마에도 즉효였다. 그녀의 질병은 바로 절맥증. 그것도 중증이었다. 각종 영약을 밥처럼 먹어 병세를 늦출 수는 있었지만 치료할 수는 없었다. 오직 소림사 대환단만이 유일한 해결책이었다.

그리고 그 탁월한 효과와 극히 제한된 생산량 덕분에 대환단은 돈을 주고 구할 수 있는 물건이 아니었다. 하가장이 무림문파라고는 하지만 대문파나 정부 고관에게 그것을 요구할 수는 없었다. 또한 중원에 이름을 알릴 만한 부자들은 돈을 주고 사겠다고 해봤자 콧방귀만 뀔 뿐이었다. 그들에게도 대환단은 자신들의 여벌의 목숨쯤으로 여겨지는 물건이었다. 하가장이 힘으로 누를 수 있을 만큼 약한 자가 대환단을 가지고 있다는 이야기도 들리지 않았다. 그런 자들은 설사 가지고 있어도 그 사실을 숨기고 있었기 때문에 소문이 나지 않았다. 약한 자가 보물을 가지면 재난이 따라오는 법이었다. 그래서 하가장이 알 수 있는 대환단의 소재는 모두 그림의 떡이었다.

그러다가 어렵게 검군장에 대환단이 하나 있다는 정보를 입수했다. 만만찮은 상대였지만 그래도 지금까지 알아본 대환단 중에서는 가장 가능성이 높았다. 처음에는 돈을 준다고도 하고 여러 혜택을 준다고도 해봤으나 검군장이 거절했다. 급한 마음에 협박을 하고 무력을 동원하다가 서로 관계가 틀어졌다. 감정이 쌓이고 쌓여 불과 일 년여 사이에 검군장과 하가장은 서로 원수가 되었다. 그리고 그 검군장의 대환단이 몇 달 전에 영원히 사라져 버렸다.

병세가 날이 갈수록 악화되던 그녀는 마지막 희망이 사라지자 이제 올 겨울 눈이 오는 것을 볼 수 있을지 걱정하는 처지가 되었다. 꽃다운 나이에 세상을 등질 것을 생각하니 매일매일 눈물이 흐르지 않는 날이 없었다. 하가장 전체가 침울해졌다.

그러던 어느 날 기적이 일어났다. 포기했던 대환단이 나타난 것이었다. 그것도 겨우 단돈 은자 백 냥에.

하가장쯤 되는 무가는 이런 저런 일로 다치는 사람도 많았다. 그래서 전속으로 두는 의원이 있었다. 그 의원은 대환단을 이용해 절맥을 치료하는 방법을 잘 숙지하고 있었다. 지난 이 년간 사용 방법을 연구하고, 여러 신의들에게 그 이용법을 배웠으며, 미진을 치료하는 모습을 상상해 왔다. 대환단만 있으면 눈을 감고도 치료할 수 있었다. 그는 경건한 마음으로 미진을 치료했다. 결과는 대성공이었다. 이 년이나 그녀를 그렇게 괴롭게 했던 절맥증은 단 며칠 만에 깨끗이 나았다.

어찌 보면 단지 한 알의 단약이었지만 그녀에게 있어서는 생명이었다. 상대에 대한 고마움이 가슴을 채웠다. 비싼 값에 팔아먹은 것도 아니라고 했다. 환자를 살리라고 전해준 것이라고 했다. 그녀는 정말로 감동했다.

물론, 아무리 감동해도 하가장의 금지옥엽인 그녀가 일개 표사 나부랭이에게 보은을 한다고 수발을 들겠다며 찾아올 일은 없었다. 고마운 건 고마운 거였고 현실은 현실이었다.

꿈 많고 하고 싶은 것도 많은 그녀였다. 굴러다니는 개똥에도 웃을 나이인 열일곱에 쓰러졌다. 이 년을 방 안에 갇혀 이야기책만 읽으면서 보냈다. 본성은 꿈 많은 소녀였다. 언제 올지 모를 백마 탄 왕자님도 만나야 했고, 많은 이야기책 중 드물게 여인이 주인공인 '두미선 전기'의 완벽한 여인 두미선처럼 세상을 즐기고 싶었다.

그동안 못했던, 상상 속에서만 그리던 아주 많은 일들을 하면서 잃어버린 두 해를 보상받아야 할 때였다. 저잣거리에 나가서 전병도 사먹어보고 싶었고, 끝이 보이지 않을 만큼 넓은 홍택호에 배를 띄우고 꽃놀이도 하고 싶었다. 친구들과 광내 늘음을 보면서 낄낄거리고 싶었고, 유명한 객잔에 들러 영웅호걸들의 이야기도 듣고 싶었다. 그리고 무림 청춘 남녀와 교분도 쌓고 싶었다. 그녀는 아직 열아홉 꽃다운 나이였다. 그렇게 놀러 다니기 바쁜데도 불구하고 이곳에 나타난 것은, 상대는 일개 표사 광룡이었기 때문이었다. 그녀는 이익에 밝았다.

하가장의 입장에서는 기회였다. 대환단을 얻은 것도 기회였고, 그것으로 민택과 끈이 이어진 것도 기회였다.

무림은 힘이 지배하는 곳이었다. 힘이 약하면 먹히고 힘이 세면 먹는 곳이었다. 하가장이 힘이 있었다면 대환단을 구하기 위해 그 고생을 하지 않아도 되었다. 힘이란 이 시대의 진리였다.

광룡 한민택. '일보경혼 일도단천' 이라는 여덟 글자로 표현되는 남자, 그는 남자였다.

한때는 하가장보다 겨우 조금 더 나아 보이던—물론 하가장이 보기에—정의문. 이 땅에 정의를 세우겠다는 헛소리를 뿌려대던 그런 문파를 단 몇 년 만에 지금의 정의문으로 만든 존재였다. 그 허황된 대의명분에 비해 가진 바 능력이 부족하여 망해가던 정의문에 투신하여 싸움에서 전승. 전룡대의 불패신화를 만들어낸 사람이었다. 단지 몇 년 만에, 구대문파, 오대세가라고 하더라도 우습게 보지 못하는 정의문을 만들어낸 남자였다. 그는 꿈을 현실로 만든 남자였다.

정의문이 할 수 있었으면 하가장도 할 수 있다. 정의문과 그들의 차이는 광룡을 얻었느냐 그렇지 못하느냐의 차이뿐이다. 그들은 그렇게 생각했다. 그들뿐 아니라, 수많은 군소 방파들이 그렇게 생각했다. 그

군소 방파들은 자신들에게는 광룡을 얻는 행운이 없었을 뿐이었다고 스스로를 위안하고 있었다. 그리고 광룡은 남자였다. 남자의 약점은 언제나 여자였다.

대환단의 실제 수혜자인 하가장주의 딸 미진은 외동딸이었다. 어차피 데릴사위라도 들여서 가문의 대를 이어야 했다. 다행히 딸의 미모는 꽤 뛰어났다. 예쁜 아가씨와 외로운 총각이 함께 부딪치며 지내면 정분이 나는 것이 당연했다. 둘이 결혼을 한다면 지참금은 하가장 전체였다. 하가장은 광룡을 얻고 광룡은 하가장을 얻을 수 있었다. 전룡대의 인원들도 꽤 끌어들일 수 있었다. 정의문은 가라앉고 하가장이 그 위치를 차지할 수 있었다. 그래서 하가장주는 딸을 광룡에게로 보내기로 했다. 핑계는 충분했다. 생명의 은인의 구명지은에 대한 보은이었다. 수많은 군소 방파들이 부러워서 죽을 만큼 좋은 핑계였다. 어차피 서로 이익이라고 생각했기 때문에 광룡에게는 눈곱만큼도 미안해하지 않았다. 하가장주는 광룡에게 장인어른 소리 들을 생각에 들떠 있었다.

미진 역시 동의했다. 상대는 그녀가 그리던 백마 탄 왕자는 아니었다. 하지만 왕자가 가치가 있는 것은 그가 나중에 왕이 될 거라고 기대되기 때문이었다. 민택은 왕이었다. 이미 스스로를 증명했다. 외모가 좀 부실하다 들었지만 옥에도 티는 있는 법이었다. 감동은 감동대로 받았고, 상대는 최고의 신랑감이었다. 그를 얻으면, 잘하면 자신은 거대 문파의 안주인이 될 수 있었고, 최악의 경우에도 절대고수의 아내가 될 수 있었다. 그녀는 사랑이 뭔지 알기에는 아직 어렸다. 대신에 무엇이 이익인지를 더 잘 알았다.

그래서 그녀가 이곳에 나타났다. 처음에는 저 아줌마가 광룡의 집에 나타나는 것을 보고 긴장했다. 이미 남의 남자라면 끼어들기가 그만큼 어려웠다. 하지만 간단한 문답을 통해 그녀가 식순이임을 알아낸 미진은 조금 안심했다.

자신은 꽃다운 열아홉. 얼굴에 흙칠을 하고 돌아다녀도 이쁠 나이였다. 그리고 미모에는 자신이 있었다. 이십 대 중반은 되어 보이는 여자보다 많이 유리했다. 여자의 미모가 나쁘진 않았지만, 햇빛을 별로 보지 못한 그녀의 피부는 뽀얗기 그지없었다. 뭘 하고 돌아다녔는지 몰라도 새까맣게 탄 저 여자와 비교되었다. 하지만 신경이 쓰이는 것은 어쩔 수 없었다. 남녀가 어울리는 시간이 길면 정분이 나는 법이었다. 미진도 그걸 노리고 이곳을 찾아왔다. 속 편하게 방심하고 있을 처지가 아니었다.

지영 역시 미진이 거슬렸다. 자신은 민택의 주변을 계속 맴돌 수 있어야 했다. 민택을 감시하려면, 적어도 이곳 곡부에서는 그녀가 그의 곁에 있어야 했다. 그런 면에서 미진이 거슬렸다. 언뜻 보기에도 민택을 꼬셔보겠다고 나타난 것을 한눈에 알 수 있었다. 어차피 그녀가 알기로 민택의 마음에 뚫고 들어갈 공간 따위는 없었다. 전룡대 시절에 자기도 해본 일이었다. 저 짓거리가 다 헛짓으로 보였다. 하지만 조심해야 했다. 그의 마음에 담기는 일은 실패할지라도, 혹시 자신보다 더 가까워질 수는 있었다. 그리고 자신을 쫓아낼 수 있을 만큼 가까워질 수 있었다. 그래서는 곤란했다. 자신에겐 임무가 있었다.

하가장에서는 민택이 미진을 거부했을 때는 어떻게 해야 할지 여러 가지 방안이 미리 연구되었다. 그리고 예상대로 축객령을 받았다. 하지만 이곳에 와보니 거절에 대비해 준비한 방법들은 다 필요가 없었다. 이미 한 여자가 그의 주위를 맴돌고 있었다. 그녀와 같은 방법을 사용하면 쫓겨나거나 미움받지는 않는다는 결론이 쉽게 나왔다.

　미진은 지영의 집 옆집을 샀다. 민택의 집 앞집의 옆집이었고, 석민의 집 앞집이었다.

鏢師

第十一章

칠성표국 표사 채용 대회의 날이 밝았다.

표국의 확장 공사는 아직 진행 중이었다. 인원을 아무리 투입해도 건설 속도에는 한계가 있었다. 하지만 대회는 진행할 수 있었다. 아직 표국의 공사가 완전히 끝난 것은 아니지만 그래도 옆 건물 하나를 통째로 밀어버리고 만든 넓은 뜰이 있었다. 앞으로 연무장으로 사용할 공간이었다. 그곳에는 따로 지어야 할 건물이 없었다. 땅만 단단하게 다지면 그만인 작업인지라 가장 먼저 작업이 끝난 곳이었다. 그리고 그 정도면 오늘 행사를 치르는 데는 충분한 크기였다.

이런 대회 날은 한량들의 좋은 소일거리가 되었다. 조상 잘 만나 놀고 먹으면서 사는 사람들이나, 남의 등이나 쳐 먹고 사는 사람들, 열심히 일하다 하루 쉬는 사람들, 동네 아이들과 그 아이들 손을 잡고 찾아온 아낙들 등등이 모여들었다. 감히 칠성표국에 지원하는 대단한 사람들의 무위를 구경하고 싶어하는 사람들이었다. 이 정도면 작은 축제였다.

이 대회는 산동에 명성이 자자한 칠성표국의 채용 대회였다. 산동에서도 곡부나 그 인근 지방에서의 칠성표국의 명성은 감히 상대할 적수가 없었다. 그런 곳에서 사람을 모집한다고 채용 대회 공고를 인근 지역까지 충분히 뿌렸다. 구경꾼들은 얼마나 대단한 사람들이 나타나서 무위를 뽐내줄지 잔뜩 기대하면서 모여들었다. 곡부 지역에서 시간이 남는 사람들은 모두 모여들었다.

총표두 강대영은 이번 대회에 공을 많이 들였다. 임금도 더 많이 주겠다고 했고, 칠성표국의 이름 값도 지원자를 늘리는 데 한몫할 거라고 기대했다. 모집 공고를 인근 지방까지 내느라고 돈도 들었다. 이번에 반드시 충분한 숫자의 인원을 모집해야 했다. 가능하다면 백여 명의 표사를 거느리는 수준으로는 확장을 해야 했다.

이 방법은 명성을 먼저 얻고 그 명성에 어울리는 표국을 만드는, 거꾸로 진행되는 방식이었다. 하지만 종국에 가서는 마찬가지라고 생각했다. 어느 것이 먼저이든, 명성을 감당할 수 있는 표국이기만 하면 된다고 생각했다. 그리고 반드시 명성을 감당할 수 있는 표국이어야 한다고 생각했다. 명성을 따라잡지 못하고 계속 표국을 운영한다는 것은 짚을 들고 불 속에 뛰어드는 꼴이었다.

상당히 많은 구경꾼들이 바글거리는 가운데에, 지원자들이 한 명씩 나서기 시작했다. 시험 순서는 간단했다. 먼저 자신의 이름과 사는 곳을 한쪽의 접수대에 말하고, 추천서 같은 것이 있다면 같이 제출한다. 그리고 순서대로 중앙으로 나와서 자신이 가진 무공의 시범을 보이면 끝이었다. 접수는 시험이 진행되는 내내 받았으므로 미리 접수하고 무술 시범을 보여도 되고, 남들이 하는 모양새를 보다가 적당한 때에 접수하고 시범을 보여도 됐다. 보통은 후자를 선호했다.

실력을 정확히 파악하기 위해서는 대련이 최고였지만, 서로 간의 능력을 모르는 상태에서 그럴 수는 없었다. 자신의 실력을 최대한 보여야 하는 상황에서는 독한 수가 나오기 쉬웠고, 그렇지 않더라도 부상자가 쉽게 발생했다. 어차피 서로 모르는 사이가 많기 때문에 손속이 꽤나 독해졌다. 이건 일등을 뽑는 무림 대회가 아니라 일정 수준 이상의 사람을 모두 뽑는 시험일 뿐이므로 그런 일은 피해야 했다.

그래서 시험관은 무공이 높은 사람이 맡아야 했다. 강대영쯤 되는 고수와 세 명의 대표두쯤 되는 실전 경험이 풍부한 무사들은 하수들의 무술 시범만 봐도 대략적인 수준을 짐작할 수 있었다. 시험관은 국주—명색이 표국의 주인이다—와 총표두, 세 명의 대표두까지 총 다섯 명이었다.

오늘의 대회에 총표두 강대영이 걸고 있는 기대는 대단했다. 여기서 충분한 사람을 모아야 사상누각의 칠성표국을 반석 위에 올려놓을 수 있었다. 사람이 이렇게 많이 모였으니 그중 쓸 만한 놈들을 꽤나 건질 것 같았다.

그런데 그가 기대했던 칠성표국의 이름 값이 문제가 되었다.

강대영은 시간이 지날수록 점점 실망할 수밖에 없었다. 나오는 사람들의 질이 현격히 떨어졌다. 과거에 표사를 지원받을 때만 못했다. 저렇게 해서야 실전에서 표물 보호는 고사하고 제 목숨 하나 건사하지도 못할 것 같았다. 봉을 양껏 휘두르다 그 봉의 반대쪽으로 자기 뒤통수를 치는 사람도 있었고, 어디서 주워왔는지 알 수도 없는 낡은 검을 이리저리 약장수처럼 휘두르다가 놓치기까지 하는 사람도 있었다. 놓친

검이 마침 심판들이 모여 있는 쪽으로 날아와서 강대영이 잡아챘기에 망정이지, 구경꾼들 쪽으로 날아갔다면 인명 사고가 날 뻔했다. 지원하는 사람들의 면면을 보니 이건 '먹고살기 힘든데 한번 지원이나 해볼까?' 라는 생각으로 온 사람들이었다. 그나마 그 숫자도 많지 않았다. 열 명쯤 나오는 듯하더니 더 이상 지원자가 없었다. 구경꾼들도 실망하는 소리가 여기저기서 들렸다.

모두가 알고 있는 사실이 있었다. 곡부와 그 인근 지역에서 칠성표국의 명성이 하늘을 찌른다는 것은 이 지방에서 칼 좀 잡아봤다는 사람들은 모두 알고 있는 사실이었다. 칠성표국을 검군장 같은 무가보다 훨씬 높게 평가하는 곳이 이곳 곡부였다. 이 지역에서는 칠성표국의 구성원들인 표사들 역시 대단한 실력을 가지고 있을 거라고 모두 믿고 있었다.

일반 표사로나 지원할 만한 실력을 가진 사람들에게 그 사실은 굉장한 부담으로 다가왔다. 그 사람들은 자신들 실력으로는 어차피 시험을 쳐도 떨어진다고 생각했다. 이건 고수급들을 대상으로 하는 공고문이라고 생각했다. 그들은 남들이 화려한 무공의 시범을 보이는 곳에서 자신의 어설픈 칼질을 보여주는 창피를 당하고 싶지 않았다. 그리고 설사 운이 좋아서 뽑힌다고 하더라도 자기 혼자만이 하수라면 고수들 틈에서 제대로 버텨낼 자신이 없었다. 하수들이 많이 섞인 곳에서 고수 몇 명이 있다면 얻어 배울 게 있을까 싶어 지원했겠지만, 고수 천지에서 혼자 하수라면 하인으로 전락하기 십상이었다. 그래서 그들은 대부분 지원을 하지 않았다.

대신에 그 고수급들의 시범을 보려고 잔뜩 몰려들었다. 고수의 수를 구경하다가 한 수라도 얻어 배울 수 있으면 그런 행운이 없었다. 고수들이 하루 종일 시범을 보일 테니 운이 좋으면 그 많은 동작들에서 하나쯤 긴지는 게 있지 않을까 기대했다. 그리고 얻는 게 없더라도 그건 대단한 구경거리였다. 결국 지원한 사람들은 거의 다 칼을 쓸 줄 모르는 사람들이었다.

표사 모집에는 고수는 잘 지원하지 않는다. 대우를 좋게 준다고 하더라도 고수를 쉽게 뽑을 수 없었다. 좋은 대우는 기본이었고, 거기에 인맥이 엮여야 겨우겨우 구할 수 있는 것이 고수였다. 표국도 땅 파서 하는 장사가 아니기 때문에 임금으로 사용할 수 있는 돈은 한계가 있었고, 그 한계 안에서 고수의 임금을 나눠 줘야 했다. 그리고 고수는 표국 일 말고도 그만큼의 돈을 받을 수 있는 더 편한 일이 많았다. 힘들고 위험하고 명성도 날릴 수 없는 표국 일을 반기는 고수는 별로 없었다. 그래서 표국에는 고수가 귀했고, 표사 모집 대회에 고수급이 찾아오는 일은 드물었다.

칠성표국이 비록 명성이 자자하지만, 고수들의 입장에서는 그리 매력이 없는 직장이었다. 합격이야 자신있었지만 칠성표국에는 이미 고수들이 득시글거린다고 알려져 있었다. 거기 들어가면 자신도 일개 고수일 뿐이었다.

다른 곳에서 그런 일이 벌어진다면 고수가 흔한 곳이라고 하더라도 나름대로 보람이 있을 수 있었다. 하지만 칠성표국처럼 고수가 널려 있는 표국에서 일개 고수가 되면, 일개 고수급 표사가 된다는 의미였다. 고수가 일개 무사로 취급되는 조직에 들어가게 되면 그 조직 자체가 대단한 전투 부대라는 의미이므로 부대 전체가 중요한 일을 할 수 있었고 명성을 날릴 기회도 있었다. 하지만 칠성표국은 전투력이 어떻게 되던 표국일 뿐이었고 해야 하는 일은 표사 일이었다. 비루먹은 소

꼬리가 되느니 그냥 닭 머리로 만족하자는 것이 보통의 생각이었다.

그래서 뽑아줄 만한 지원자가 없었다. 강대영이 미처 예상 못하던 문제였다.

결국, 더 이상 지원자가 없어 모두 멍하니 앉아서 시간만 죽여야 했다. 그 모습을 보고 시험을 만만하게 생각한 칼 좀 쓰는 두 명이 뒤늦게 지원했다. 그날 대회에서의 합격자는 그 두 명이 전부였다.

사람을 구하지 못한 덕분에 곧바로 이어진 표행에는 표국의 표사 전원이 동원되었다. 그 이전의 어정쩡한 전원 투입 개념이 아니라 말 그대로 총동원이었다. 표국의 동원 가능한 머릿수는 서른일곱이었다. 총표두 일수삼검 강대영, 대표두 셋, 국주까지 포함한 숫자였다.

국주는 명색이 전임 표국주의 아들이라, 칼을 잡을 줄은 알았다. 하지만 그 가진 바 부족한 실력에 비해서 언제 사고를 칠지 모르는 위험성이 하도 커서 표행에 참여시키지는 않았었다. 그리고 국주 역시 힘든 표행보다는 놀고 먹는 것을 더 좋아했다. 하지만 이번에는 어쩔 수 없었다. 인원 채용을 염두에 두고 받아놓은 일거리라서 한 손이 아쉬웠다. 그렇다고 표국 외의 인원을 투입시킬 수는 없었다. 칠성표국이 외부의 힘을 빌렸다는 건 지금 얻은 명성을 깎아 먹는 일이었다. 칠성표국은 표물 수송에 있어서는 아쉬운 게 없어 보여야 했다. 적어도 남들은 그렇게 봐줘야 했다.

지금까지 칠성표국 역사상 서른일곱 명이 동원되는 표행은 없었다. 그만큼 표물의 값어치가 높았다. 그리고 그 수수료도 당연히 비쌌다. 벌 수 있을 때 최대한 벌어둬야 했다. 그런데 모두 표행을 떠나게 되니 표국을 지킬 사람이 없다는 문제가 생겼다. 빈집 털이를 당할 수는 없었다. 믿을 만한 사람이 필요했다.

표행 기간 동안 표국을 지기기 위해 낙화검 함성호에게 부탁을 했다. 자신들이 검군장이 위험할 때 힘을 써준 적이 있으니 검군장도 자신들을 좀 도와달라고 요청했다. 어떻게든 칠성표국과 좋은 관계를 유지하고 싶었던 함성호는 흔쾌히 허락을 했다. 물론 검군장 내에서는 반대가 심했다. 하지만, 함성호 개인이 도와주는 것으로 처리하겠다고 하자 허락을 받아낼 수 있었다. 기분이 나빴지만 칠성표국을 완전히 무시할 수는 없는 검군장이었다.

그런 이유로 함성호가 자신이 데리고 있던 청년 넷과 함께 칠성표국으로 거처를 옮겼다. 기간은 표행을 끝내고 돌아올 때까지였다. 그들을 고용하는 비용은, 공짜였다. 불필요한 지출은 최대한 아껴야 한다고 생각한 강대영은 고용의 형식이 아니라 부탁의 형식을 취했다. 지금은 아무리 수입이 많아도 부족했다. 돈을 최대한 풀어서 표국 규모를 늘려야 하기 때문에 아낄 수 있는 건 아껴야 했다.

'시간이 걸리는구나. 여유가 없는데.'

강대영이 혼자 속으로 푸념을 했다.

사상누각에 비바람이라도 불어서 무너지기 전에 모래를 바위로 만들어둬야 했다. 이제 남는 것은 돈, 모자란 것은 사람이었다. 이번 표행을 출발하기 전에 다음 표사 채용 대회 공고를 냈다.

표사 채용에 관한 신용 기준을 대폭 낮췄으며, 아무리 지원자들의 실력이 낮아도 최소한 삼십 명은 채용하겠다고 선언했다. 표국의 이름값이 오히려 채용에 방해가 된 것을 알고 나서 세운 고육지책이었다. 그 공고문을 전서구를 여럿 대여해서 하북, 하남, 안휘, 강소성까지 퍼뜨렸다. 원래 표사 채용을 이렇게 허술하게 해서는 안 되지만, 지금은 칼을 쓸 수 있는 사람들이 많이 필요했다. 강대영은 스스로의 걱정에게 쫓기고 있었다.

항산적 장석민의 주변에는 신입 표사 두 명이 쫄래쫄래 따라붙었다. 그들은 석민의 무용담에 빠져 있었다. 있지도 않은, 그리고 있었더라도 석민과는 조금도 관계없던 이야기들까지 그의 무용담이 되어버렸다. 신입 표사들 입장에서는 의기가 치솟고 흥분되는 이야기가 아닐 수 없었다.

표국의 총표두에게는 가까이 가기 어려운 뭔가가 있었다. 개도 그 조직의 실권을 누가 쥐고 있는지 쉽게 알아내는 법이었다. 하지만 그 다음 실력자로 추정되는, 무림명이 있는 고수인 항산적은 좀 널널해 보여서 붙어 있기 편했다. 그의 무용담에 같이 감탄하고, 덩달아 흥분했다. 말을 듣다 보니 이런 영웅호걸이 없었다. 그에게 무공을 몇 수 전수받는다면 자기도 고수가 될 수 있겠다는 기대가 충만했다. 벌써 고수가 된 것 같았다.

석민은 신입 표사들에게 확실히 바람을 넣고 있었다.

석민은 이번 표행에 불만이 있었다. 전 표사들이 동원되어도 부족하지 않을까 하는 고가의 물품을 운반하는 표행이었던 때문에, 그리고 언제 무슨 일이 일어나서 모래 위에 세워놓은 누각이 무너질까 두려워한 총표두 때문에 이번 표행에서는 자유 시간이 없었다. 노숙을 하건, 객점에 묵건, 일체의 열외를 인정하지 않고 단체 행동을 했다.

표사들의 사기를 걱정해서 총표두가 주머니를 열었고, 그래서 객점에서도 꽤나 푸짐한 요리를 먹었지만 술은 마실 수 없었다. 결정적으로 도박하러 갈 시간을 주지 않았다. 요새처럼 일이 많아지고 놀 시간이 적어지는 상황은 달갑지 않았다. 옛날 같으면 벌써 때려치고도 남았다. 이제는 그럴 수 없었다.

예전에 도박으로 딴 돈의 대부분은 집을 사고 화려하게 개축하는 데 거의 다 들이부었다. 그 덕분에 그의 수중에 남은 돈이 거의 없었다.

표국은 돈을 많이 벌게 되자 표사들의 임금을 제법 올렸다. 그것만으로는 한창 도박의 실력이 늘어난 자신을 붙잡아두기에는 다소 부족하다고 생각했다. 하지만 조금만 참으면, 그래서 표국의 인원이 늘어나면 대표두가 될지도 모른다는 생각이 그를 붙잡았다. 대표두가 되면 임금은 더 오르고 지영에게 구애하기도 좋아질 거라는 유혹이 그를 떠나지 못하게 했다.

무공도 더 익혀야 했다. 지영에게 일방적으로 두들겨 맞는 상황을 계속 감수할 수는 없었다. 맞고 사는 남편 역할은 싫었다. 적어도 지영보다는 강해져야 그런 일을 피할 수 있었다. 지영이 아무리 자신보다 고수라고 해도 총표두만 할 것 같지는 않았다. 그에게서 무공을 좀 배워야 했다. 자신은 따로 무공을 배우지 않아도 고수가 될 정도로 천재이니 쉽게 배울 것 같았다.

결정적으로 총표두가 은퇴한 뒤를 생각했다. 총표두 나이가 오십 대인데 자신은 이십 대였다. 총표두가 마르고 닳도록 그 자리에 있을 것도 아니고 언젠가는 은퇴를 할 날이 올 수밖에 없었다. 그렇게 되면 표국에 남는 유일한 고수인 자기가 총표두가 될 가능성이 높았다. 자기 말고 어느 고수가 있어서 감히 총표두의 자리를 차지한단 말인가. 표국의 총표두라는 명예와 그 막대한 수입이 탐이 났다. 그가 알기로 총표두는 대단한 부자였다. 표국 순이익의 삼분의 일을 받는데 부자가 안 되면 이상했다. 그래서 눌러앉아 있었다.

*   *   *

그들 이십 명은 중원표국에서도 가려 뽑은 인재들이었다. 다섯의 알려진 대표두와 다섯의 숨겨둔 고수가 나섰다. 나머지 열도 총국과 그 인근 지국에서 뽑은 실력자들이었다. 지난번에도 정예였지만 그때는 표사 수준에서의 정예였다. 이번에 비할 바가 아니었다. 이 정도면 칠성표국 정도는 싹을 자르는 정도가 아니라 뿌리째 파낼 수 있다고 확신했다. 며칠 동안 신분을 숨기고 몇 명씩 나눠서 은밀히 칠성표국의 표행에 따라붙었다. 오늘은 칠성표국이 주변에 인가도 없는 숲에서 노숙을 하는 날이었다. 이런 날을 놓칠 수는 없었다.

그들은 모두 검은 야행복에 복면으로 갈아입었다. 검은 야행복에 검은 복면이라고 하는 것은 야간에 움직일 때 몸을 숨겨주는 효과가 탁월한 복장이었다. 덕분에 야행의 기본 복장이었다. 기본 복장이라는 것 때문에 문제가 되었다. 야간에 일을 벌이는 사람들은 개나 소나 검은 야행복과 검은 복면을 애용했다. 습격하러 가는 대상이 야행의 기본 복장을 입고 있는 비밀 경호원들을 운용한다면 대낭패였다. 피아간의 식별에 문제가 생길 수 있었다.

경험이 부족한 사람들은 이것을 해결하기 위해서 팔에 눈에 잘 띄는 색깔의 띠를 두르거나 머리에 영웅건을 매는 방법을 주로 사용했다. 하지만 그 방법도 문제는 있었다. 상대편이 영웅건만 빼앗아 똑같은 모양으로 하고 잠입해 오면 뒤통수를 맞을 염려가 있었다.

이런 일에 경험이 많은 사람들은 다른 방법을 사용했다. 옷에 자신들만이 구분할 수 있는 표식을 해두는 것이었다. 다른 사람이 보기에는 크게 다른 점을 알 수 없지만 자신들은 약속된 표식을 구분할 수 있는 그런 것을 애용했다.

지금 이들은 허리띠의 매듭을 특이하게 매는 방법을 사용했다. 그것도 한 가지 방식이 아니라 네 가지 방식을 다섯 명씩 나눠서 사용했다. 상대가 허리띠의 매듭이 표식일 것이라고 생각하지 못하게 하기 위해서였다. 어두운 밤이라 식별이 쉽지 않은 방법이었지만, 고수들은 눈이 밝았다. 이 정도는 가까이에서 보면 별빛만으로도 알아볼 수 있었다.

그들 이십 명은 정의문에서 음지의 일을 하는 조직이었다. 정의문의 암룡대라고 하면, 앞에 나서서 싸우는 전룡대와는 반대로 뒤에서 지저분한 일을 처리하는 조직이었다. 암룡대는 정의문의 이념과 반대되는 그런 조직의 특성상 존재 자체가 비밀이었다. 그 전투력이 전투 부대인 전룡대에 비할 바는 아니었지만 천하의 정의문에서 공을 들여 만든 부대라 쓸 만한 고수들로 이루어져 있었다.

그들은 노숙을 하는 칠성표국의 일행 중, 변을 보거나 기타 등등의 이유로 장소를 벗어나는 사람들을 노리고 있었다. 광룡의 이목이 날카로우니 가능한 멀찍이 떨어져 나오는 사람을 노려야 했다. 며칠을 추적해서 오늘 드디어 기회를 잡았다. 오늘은 걸리는 놈이 있을 거라고 믿었다. 그들 역시 검은 야행복과 복면을 하고 있었다.

그들 이십 명은 녹림맹 정보대의 정예였다. 정보대는 그 특성상 정보 수집 및 분석을 하는 인원과 무력으로 정보를 강탈하는 인원으로 나뉘어 있었다. 청사일살은 정보대의 총책임 및 정보 수집 분석 조직의 운영 책임을 맡았고, 그의 동생 청사이살은 정보대의 무력 조직을 맡았다. 그들은 녹림이란 거대 조직에서 신설한 정보 담당 전문 부대의 무력 담당 요원들이었다. 그런 그들이 고수가 아닐 리가 없었다. 그들 역시 정의문이 노리는 것과 같은 것을 노렸다.

　며칠을 장사꾼으로, 여행자로, 기타 등등으로 위장하면서 쫓아오던 무리들이 오늘 밤, 칠성표국이 숲에서 노숙을 하는 날을 작전 개시 일로 잡았다.
　육십 명의 고수들이 세 방향에서 칠성표국의 노숙지로 은밀히 접근했다.
　정의문의 암룡대나 녹림맹의 정보대는 지난 며칠간 소심하다 싶을 만큼 주의 깊게 칠성표국을 따라왔다. 그들은 광룡의 이목을 두려워하여 정말 조심해서 움직였다. 변장을 한 것만으로도 안심이 되지 않아 가능한 한 먼 거리에서 움직였다. 어차피 표국의 이동 경로는 쉽게 알 수 있는 것이었고, 그래서 추격은 그리 어렵지 않았다.
　광룡에 관해서 녹림맹이 수집해 둔 자료를 분석한 정보대는, 변장을 한 채로 눈으로는 보이지 않을 만한 거리에서 조심스럽게 추격을 했다. 반면에, 광룡에 대해서 더 자세한 정보를 알 수 있었던 암룡대는 정보대보다 훨씬 먼 거리에서 따라왔으며, 그마저도 안심이 되지 않아 두세 명씩 흩어져서 쫓아왔다. 그래서 그들 두 부대는 광룡에게 들키지 않을 수 있었다.
　실수는 중원표국의 고수들이 했다. 그들 중 열 명은 분명히 고수였지만, 나머지 열 명은 고수급 인원이 차출되어 왔다. 고수급과 고수는 분명히 차이가 있었다. 그들 이십 명의 전력은 암룡대나 정보대에 비해서 다소 손색이 있었다. 그리고 차출된 인원들 역시 이런 일에 익숙지 않았다.

중요한 점은, 그들은 칠성표국에 광룡이 있나는 사실을 모른다는 것이었다. 알았다면 칠성표국을 박살 내러 간다고 나설 리도 없었다. 당연히 자신들의 표적은 조금 쓸 만한 표사들 정도라고 생각하고 있었다. 그래서 그들은, 변장을 했다는 사실에 충분히 안심을 하고 칠성표국의 근접 거리에서 이동을 하는 잘못을 저질렀다.

광룡이 못 알아볼 리가 없었다. 걷는 걸음 하나하나에서 자신이 고수라고 광고를 하면서 나타나는 상인들이나 여행객들의 모습이 곧잘 보였다. 그 하는 짓이 광룡에게는 귀여워 보일 정도였다. 저렇게 당당히 나오는 것을 보니 자신을 모르는 놈들이라고 생각했다. 그리고 어디서 왔는지도 추측이 되었다. 숨어서 쫓아오는 고수들이 좋은 뜻을 가지고 있을 리가 없었다. 칠성표국에 악의가 있으면서 그의 존재를 모르는 곳, 그러면서 고수들을 다수 확보하고 있는 곳은 한 군데뿐이었다. 중원표국이 고수들을 보냈다면 그 의도가 훤히 보였다.

표국이 숲 속에서 노숙을 하게 되었을 때 그도 야행복을 꺼냈다. 야간에 은밀한 활동을 할 때의 기본 복장인 야행복은, 칠성표국이 명성만큼 성장할 수 있을 때까지 드러내 놓지 않고 지켜야 하는, 그의 입장에서는 미리 준비해 두어야 하는 복장이었다. 야행복이라고 하는 것이 아무 데서나 파는 옷은 아니었지만 그는 쉽게 구했다. 그에게는 집안일을 해주는 식순이가 둘이나 붙어 있었다.

불침번을 서는 한 명의 표사를 제외하고 모두 잠이 들자, 그는 노숙지를 몰래 빠져나와 옷을 갈아입었다. 그리고 예상 공격로를 향해 움직였다. 수없이 많은 집단 전투를 이끈 그에게 추적자들은 부처님 손바닥 안의 손오공이었다. 가서 좀 밟아주기로 했다.

그의 예상이 잘못되었다는 것을 깨달은 시점은, 목표로 한 중원표국의 표사 무리들을 찾아가면서였다. 이십 명의 고수들은 그의 예상을 벗어나지 못한 방향에 모여서 천천히 전진하고 있었다. 하지만 그 장소까지 가다가 발견한 매복자들이 몇 있다는 게 문제였다. 그래서 표국 주위를 대충 훑어보니 꽤 많은 매복자들이 나왔다.

그는 생각을 했다. 어설프게 행동한 이십 명의 목표는 분명히 칠성표국을 습격하는 것이었다. 하지만 그가 발견한 매복자들은 틀렸다. 그들의 매복 위치는 도주로 차단이 아니었다. 도주로를 차단하려면 충분한 전력으로 도주 예상 위치에 몰려 있어야 했다.

하지만 매복자들은 두세 명씩 조를 이뤄 숲 여기저기에 은밀히 숨어 있었다. 이 말은 도주자가 목표가 아니라 이탈자가 목표라는 뜻이었다. 즉, 자신의 존재를 알고 있기 때문에 감히 건드리지는 못하고 흘러나오는 떨거지를 줍겠다는 뜻이었다. 그렇게 결론을 내렸다.

물론 그도 숨어 있는 자들이 두 군데의 조직에서 온 별개의 무리들인 것까지는 예상하지 못했다. 단지 한 군데에서 꽤 많은 숫자를 투입했다고 생각했다. 하지만 그 수가 많은 것을 보고 계획을 변경했다. 그가 직접 이 어리숙한 중원표국의 습격자들을 밟을 필요가 없어졌다. 그리고 숲 속의 매복자들도 처리하기는 해야 했다. 쉬운 방법으로 가기로 했다.

먼저 칠성표국의 오른쪽에 숨어 있는 매복자들 중 한 군데를 쳤다. 세 명이 잔뜩 긴장하고 풀숲에 웅크리고 있는 곳으로 가서, 그 앞에 툭 떨어졌다. 당연히 세 매복자는 기겁을 했다. 민택이 그들에게 나직이 말했다.

"너희들은 누구냐. 왜 우리 칠성표국을 감시하는 것이냐? 너희들의 위치는 이미 모두 파악되었다. 소란스럽게 하기 싫으니 기회가 있을 때 순순히 물러서라. 물러서지 않으면 우리 비밀 호위들이 너희들을 사냥하겠다."

정의문에서 온 세 매복자는 깜짝 놀랐다. 그들의 목표는 떨어져 나오는 표사 하나나 둘쯤이었다. 그런 목적으로 매복하고 있었는데 상대는 예상치 못한 비밀 호위들을 거느리고 있었다. 그리고 그 비밀 호위에게 발각되고 말았다. 이렇게 되면 목적을 이룰 수 없었다. 비밀 호위쯤이야 무섭지 않았지만 광룡마저 나선다면 큰일이었다. 다른 고수들에게 소식을 전해야 했다. 그들은 재빨리 흩어졌다.

달아나는 매복자들을 놓아준 민택은 다음 단계를 진행했다. 그는 조심스럽게 접근해 오는 중원표국의 고수들 앞에 나타났다. 다시 낮게 깔린 목소리로 말했다.

"나는 칠성표국의 비밀 호위다. 이곳은 우리 비밀 호위들이 지키고 있는 곳이다. 지금 돌아간다면 너희들은 내일 아침에도 개밥을 먹을 수 있을 것이다."

중원표국의 고수들도 깜짝 놀랐다. 일개 표국이 비밀 호위를 운영한다는 것이 놀라웠다. 하지만 그래 봐야 표국 수준에서 얼마나 대단한 놈들을 쓰겠냐는 편한 생각을 했다. 상대는 단 한 명뿐인데다가 그들 모두를 개 취급했다.

"조용히 잡아라!"

지휘자의 낮은 명령에 이십여 명이 일제히 달려들었다. 광룡은 칠성표국이 있는 곳의 왼쪽으로 그들을 유인했다. 아까와는 다른 매복자가 있는 곳이었다. 매복자들이 두 위치로 나뉘어서 숨어 있으니 나머지 한쪽을 건드려 줄 생각이었다. 광룡은 그들을 좀 전에 흩어진 자들과 같은 조직의 매복자로 생각했지만, 날벼락을 맞은 건 녹림맹의 정보대 매복자 두 명이었다. 최초에 숲의 오른쪽은 암룡대가 매복하고 있었고, 숲의 왼쪽은 정보대가 매복 중이었다.

광룡의 이목을 두려워한 암룡대나 정보대는, 아무리 조심해서 은밀히 움직인다고는 하지만 칠성표국의 근접 거리로 다가갈 수는 없었다. 노숙지에서 어느 정도는 떨어진 공간에 매복해야 했고, 그러기에는 이십 명의 숫자로는 부족했다. 상대의 실력이 어떤지 정확히 알지 못하는 상황에서 스무 곳의 매복지를 운영할 수도 없었다. 그래서 두세 명씩 몇 개 조를 만들어 매복을 했다. 그들은 서로 상대의 존재 여부를 몰랐지만 칠성표국의 오른쪽은 암룡대가, 칠성표국의 왼쪽은 정보대가 차지했다.

발각되었다는 보고를 들은 정의문의 암룡대장은 어서 후퇴해야 한다고 생각했다. 하지만 호각을 이용해서 부하들을 모을 수는 없었다. 광룡이 호각 소리가 들린 곳에 지휘관이 있다고 생각하고 추격해 올까봐 두려웠다. 광룡의 경공이 평범하다고는 하지만, 그건 그 수준에 맞는 절대고수들의 시점에서 볼 때의 이야기였다. 암룡대 수준에서 감당할 만한 것은 절대로 아니었다. 일단은 물러설 기회를 준다고 한 말을 믿기로 했다. 그는 다른 부하 매복자들에게 조용히 연락을 했다. 모두 불러들여야 했다.

정보대의 경우, 중원표국 고수들과 만난 최초의 두 명은 달아나기 바빴다. 한 떼거지가 덤벼드는 모습을 보고 그들 둘이서 감당할 상대가 아니라고 판단했다. 그래서 다른 동료들이 있는 곳으로 도망갔다. 그런 식으로 몇 군데의 매복지를 거치자, 손을 섞어볼 만한 인원이 모였다. 그리고 추격대와 난전이 벌어졌다.

암룡대도 그 싸움에서 벗어날 수 없었다. 광룡은 대충 모어든 암룡대원 중 하나를 잡아채서 달아났다. 유인이었다. 암룡대는 이곳에 포로를 남겨놓고 갈 수 없었다. 그들의 신분을 절대로 광룡에게 알려지게 할 수 없었다. 그들이 무서운 것은 광룡이었지 일개 복면인이 아니었다. 그래서 추격을 했다.

그렇게 난전이 벌어진 곳으로 사람들을 모았다.

어두운 밤에, 그것도 낮에도 그리 밝지만은 않은 숲 속에서, 아무리 고수의 안력이 밝다고 해도 서로 틀린 표식을 하고 있는 것을 먼 거리에서 알아볼 수는 없었다.

앞에 새로운 인물이 나타나면 가까이 접근하여 자기편인지를 먼저 확인했다. 약속된 모양의 표식을 하지 않은 것이 확인되면 싸울 수밖에 없었다. 충분히 접근한 상태로 함부로 달아나기 위해 등을 돌리는 자들도 있었지만, 근거리에서 적에게 등을 보이는 것은 꽤나 위험했기 때문에 보통 싸움을 선택했다.

그들 모두는 주변에서 싸우는 두 명이 있으면 그냥 그중 하나는 자기편일 거라고 생각했다. 치열히 싸우는데 접근해서 겨우 한 명의 표식을 확인했을 때, 그가 자신과 같은 표식을 가지고 있지 않으면 나머지 한 명이 당연히 자기편일 것으로 생각하고 함께 공격해 들어갔다. 숲의 한 공간에서 개싸움이 벌어졌다.

모두들 자기가 싸우는 상대는 칠성표국의 비밀 경호대라고 생각했다. 녹림맹의 정보대마저도, 매복해 있는 그들을 습격해 온 것은 칠성표국의 인물들일 거라고 믿었다. 그렇지 않다면 자신들을 공격해 올 사람들이 없었다.

처음에는 이십 명이 투입된 중원표국이 가장 큰 힘을 발휘했다. 그래서 그들은 적극적으로 복면인들을 물고 늘어졌다. 덕분에 나머지 두 부대의 매복자들은 몸을 쉽게 뺄 수 없어 싸움에 더 말려들었다.

하지만 점차 다른 매복자들이 모여들어 싸움에 참여하게 되자 상황이 변했다. 절반의 인원을 고수급으로 채운 중원표국이 전원을 고수들로만 채운 다른 곳보다 상대적으로 밀리는 감이 컸다. 그래서 가장 약한 중원표국의 고수들이 제일 먼저 달아났다. 대단한 상대의 전력을 보니 습격해 봤자 뼈도 못 추린다고 결론을 내렸다. 이미 부상자도 꽤 나왔고 사망자까지 있었다.

나머지 두 부대 역시 중원표국이 빠지자마자 자신들도 빠져나갔다. 서로 몸을 피하려는 의도가 맞아떨어져, 적극적인 공세를 펴던 중원표국의 고수들이 사라지자 싸움은 자연스럽게 중지되었다. 아무도 더 이상 싸움을 하지 않았다. 그들은 광룡이 눈치를 채고 나타나기 전에 빨리 사라지고 싶었다. 어차피 작전은 실패였다.

그들 중에 자신의 신원이 드러나도 되는 곳은 한 곳도 없었다. 모두들 달아나는 급박한 상황에서도 쓰러진 시체들을 확인했다. 그중에 자신들의 표식이 있는 시체를 발견하면 반드시 챙겨 갔다.

광룡은 그 싸움에 참가할 수도, 매복해 있던 복면인을 하나 잡아다가 심문할 수도 없었다. 치열한 싸움 소리가 들리는데 칠성표국의 표사들이 잠만 자고 있을 리가 없었기 때문이었다. 그는 표국에서 표사로서 자리를 지켜야 했다.

어차피 하나쯤 잡아봤자 빠른 시간 내에 답을 들을 거라 기대하지도 않았다. 얼치기로 온 중원표국이라면 모를까, 매복하는 놈들은 제대로 된 놈들이었다. 그런 자들은 입이 무거운 법이었다. 그리고 그는 혈도 몇 번 짚거나 눈을 쳐다보고 수작을 부리면 뭐든지 불고 마는 식의 고문법 따위는 몰랐다. 그런 것이 있다는 이야기는 들었지만 믿지도 않았다. 며칠쯤 끌고 다니면서 차근차근 고문할 수도 없었고 고문을 해본 적도 없었다.

그래서 싸움거리를 만든 후에는 칠성표국의 야영지로 돌아갔다. 칠성표국에서 그는 일개 표사였다. 오래 사라져 있을 수는 없었다. 다음 기회를 노리기로 하고 표국에 복귀했다. 한번 온 놈들은 결국 다시 올 것이고 그때 잡아채면 그만이라고 생각했다. 아예 안 나타난다면 그것도 좋았지만 기대하기는 어려웠다.

그는 다시 표사 옷을 갈아입고 야행복은 땅에 파묻었다. 하미진이 손가락에 수없이 많은 피멍이 들어가면서 만들어준 야행복은 그렇게 사라졌다. 아직 지영이 구해준 것이 남아 있었기 때문에 버려도 불편할 건 없었다. 서투른 수제품의 야행복보다는 남아 있는 기성품의 야행복이 훨씬 품질이 좋았다.

노숙지로 돌아와 보니 예상대로 표국의 모든 표사는 잠에서 깨어 있었다. 모두들 검을 들고 바짝 긴장하고 있었다. 강대영이 그를 보고 작게, 그러나 짜증이 난 목소리로 말했다.

"이런 상황에서 어딜 다녀온 거냐?"

"뒤가 마려워서 잠시 나갔다가 칼 소리를 듣고 돌아왔습니다."

그 말을 들은 석민이 인상을 찡그리면서 말했다.

"잘 닦았냐? 씨발, 똥 냄새 난다."

석민은 누지도 않은 똥의 냄새까지 맡는 개코였다.

강대영은 근거리에서 들리는 싸움 소리에 꽤나 긴장했지만 무슨 일인지 알아보러 갈 수가 없었다. 어떤 일이 일어났는지 궁금했지만 표국에게는 표물을 지키는 일이 가장 우선되었다. 자신들이 가진 것을 지키기도 버거운 상황에서 남의 싸움에 개입할 수는 없었다.

그들은 그렇게 밤을 세웠다.

＊　　　　＊　　　　＊

"그래서 실패했다는 말이냐?"

"국주님, 그들의 암중 호위들의 능력은 평범한 표국에 어울리는 수준이 아니었습니다. 우리도 상당한 정예를 모아서 투입했다고 생각했으나 오히려 밀리는 느낌이었습니다. 게다가 그들은 숫자도 우리보다 훨씬 많았습니다."

습격조의 대장이었던 사내는 국주와 독대를 하면서도 떳떳했다. 그들 정도의 전력으로 일개 표국을 공격해서 실패했다고 한다면 입이 열 개라도 할 말이 없었다. 하지만 자신이 보기에 상대는 표국을 가장한 무림 세력이었다. 그것도 대단한 세력이었다.

중원표국 국주 남양번은 눈앞의 사내를 신뢰했다. 다섯 명의 비밀 고수 중에서 무공이 가장 뛰어났고, 상황 판단 능력 역시 괜찮았다. 그래서 그에게 이번 임무의 대장을 맡겼다. 자신의 행동에 책임을 질 줄 아는 남자가 저렇게 떳떳하다면 그의 말이 옳다고 보아야 한다고 생각했다.

"평범한 놈들이 아니라. 어떤 문파에서 몰래 뒤를 봐주는 걸까? 그럼 왜 몰래 해야 하는 걸까? 뭔가 음모의 냄새가 나는군. 다시 건드리긴 위험하고 그래도 정보는 좀 필요하겠지?"

항상 자신을 믿어주는 자에게는 충성을 바칠 가치가 있었다. 그래서 그는 중원표국주에게 충성했다. 그에게 국주가 말을 이었다.

"자네도 표국 밥을 먹은 지 꽤 오래지? 표사 일이나 한번 해보지 않겠나?"

갑자기 웬 표사냐고 묻고 싶었다. 자신은 중원표국의 숨은 힘. 자신과 그의 동료들 넷을 합친 다섯은 중원표국의 비장의 수였다. 물론 그들만이 중원표국에서 숨겨둔 수의 전부일 거라고는 생각하지 않았다. 그가 모르는 수들이 더 있을 거라고 생각했다. 그렇더라도 자신들은 어둠에 숨어 있을 때 더 가치가 있는 존재였다. 보이는 칼보다는 감춘 칼이 더 무서운 법이었다.

'이번 임무의 책임을 지고 양지로 나가라는 뜻인가? 뒷일은 더 이상 맡길 수 없다는?'

양지에 나가서 떳떳이 이름을 알리면서 일하는 것도 나쁘지는 않았다. 음지에서 일하는 자들은 양지를 지향하는 법이었다. 그의 가족들에게 자신의 직업을 떳떳이 말하고도 싶었다. 하지만 아직 자신은 숨겨둔 검으로서의 가치가 더 컸다. 공을 세우고 온 것도 아닌데 그런 고마운 일을 시켜줄 리 없었다.

"칠성표국에서 표사를 모집한다고 하더군. 자네 정도 고수가 가면 다른 건 몰라도 표국의 일에는 깊게 관여할 수 있겠지. 뭔가 얻는 정보가 있을 거야. 기왕이면 나머지 넷도 데리고 가게나. 여럿이 움직여야 더 빨리 뭔가를 알아낼 수 있겠지."

＊　　　＊　　　＊

"그래서 실패했다는 말이냐?"

"문주님, 그들의 전력은 상상 이상이었습니다. 꽤 많은 숫자의 비밀
호위를 운용하고 있었고, 그들 개개인의 전투력도 암룡대 못지않았습
니다."

"허, 그 정도나? 도대체 어떤 놈들인 거냐."

"그래도 끝까지 싸워서 몇 놈쯤 잡아오고 싶었습니다. 하지만 전룡
대장이 싸움에 개입하면 상황이 어려워질 듯하여 후퇴할 수밖에 없었
습니다."

"흐음. 하긴."

정의문 내에서 전룡대장이란 이름은 만병통치약이었다.

정의문주가 좌중을 둘러보았다. 이곳에 있는 사람들은 정의문 중에
서도 핵심 인물이었다. 지금 정의문에서 상위 서열들이 다 모인 것은
아니었다. 이들은 정의문이 처음 생길 때부터 함께했던, 정의문의 창
립 공신들이었다. 즉, 이들은 정의문의 설립 목적을 제대로 알고 뛰어
든 사람들이었다.

여기 참가한 사람들보다 지위가 높은 사람들이 빠진 경우도 여럿 있
었다. 그들은 정의문 설립 이후에 영입된 인사들이었다. 영입파에게도
직위나 대우는 동일하게 하지만, 이 사람들이 생각하기에 그들은 외인
이었다. 평범한 작전 회의에는 동참을 해도 이런 일은 그들에게 숨겨
야 했다.

광룡도 이 모임에는 참여하지 못했다. 이 모임은 그 자체가 비밀이
었다. 여기 있는 사람들이 진정한 정의문의 중추였다. 그리고 그들만
이 암룡대를 알았다. 그들의 분위기는 꽤 무거웠다.

"군사는 어떻게 생각하는가?"

지적을 당한 정의문 군사가 입을 열었다. 머리 쓰는 것이 군사라는

직업이었으니 쓸 만한 대답을 내놔야 했다. 그리고 별로 어려운 상황
도 아니었다.

"예, 문주님. 전룡대장이 일개 표국의 표사로 위장하고 있을 때부터
그들이 평범한 자들은 아니라고 예상하고 있었습니다. 암룡대장이 가
져온 정보는 그 예상에 대한 확실한 근거의 제시라고 생각합니다. 그
리고 그 정도의 전력이 암중으로 호위한다는 것은, 칠성표국은 겉으로
드러난 모습 이외에 숨은 힘이 있다는 것을 의미합니다. 숨은 힘이 있
다는 것은 노리는 것이 있다는 뜻입니다. 그리고 뭔지 알 수 없는 그들
의 목적에는 전룡대장이 관계되어 있습니다. 그렇다면 우리는 그들이
누구이며 왜 그런 것을 숨기려고 애써야 하는지 반드시 알아내야 합니
다."

"그래, 좋은 말이야. 그래서 어떻게 알아내자는 건가?"

"보안에서 가장 무서운 적은 내부의 적이라고 합니다. 칠성표국이
표사를 모집 중이라는 공고가 사방에 날아다니고 있습니다. 기회입니
다. 암룡대 중에서 광룡이 얼굴을 봤을 리 없는 대원으로 몇 뽑아 표사
로 들여보내는 겁니다. 고수급이 들어가면 나름대로 대우를 받을 수
있을 겁니다. 높은 직위를 받으면 얻어내는 정보가 좀 있을 겁니다."

문주가 손뼉을 쳤다.

"좋은 생각이야. 역시 군사로군. 좋아. 암룡대장이 애들 몇 명 데리
고 들어가는 걸로 하지."

정의문 정도로 커다란 문파의 군사라는 직책은 머리 좋고 계략을 쓰
는 능력이 탁월한 사람이 앉는 자리였다. 특히 정의문처럼 몇 년 만에
이 정도로 커지는 문파의 군사라면 공명 선생이나 방통 선생쯤으로 불
려도 지나침이 없었다.

일반적인 대문파와의 차이점이라면, 민택이 들어오기 전의 정의문은 한창 망해가는 중이었다는 것이 있었다. 이 자리에 있는 모든 사람들은 창립 공신이었고, 군사는 처음부터 군사였다. 유명한 군사라고 다 우수한 건 아니었다.

*　　　　*　　　　*

"그래서 실패했다고?"

"예. 은밀히 접근했음에도 불구하고 놈들은 기다렸다는 듯이 습격을 해왔습니다. 그놈들의 무공 수준 또한 만만치 않아 정보대 무력 담당 요원들만의 힘으로는 제압하기가 어려웠습니다. 게다가 가까운 곳에 광룡이. 케엑."

구지룡 정배가 책상을 뛰어넘으며 몸을 날렸다. 그의 두 발이 청사이살의 가슴을 걸어찼다. 열심히 보고하던 청사이살의 몸이 뒤로 일장을 넘게 날아갔다.

"야, 이 개새끼야."

그의 오른 주먹이 그 옆의 정보대원의 턱을 올려쳤다. 몸이 뒤로 넘어갔다.

"그래서 도망을 와?"

손가락이 하나 모자란 왼 손바닥으로 다음 정보대원의 옆구리를 쳤다. 허리를 꺾으면서 옆으로 쓰러졌다.

"니들이 몇 놈 잡아서."

왼발을 축으로 몸을 빙글 돌리면서 오른발 뒤꿈치로 그 뒤의 정보대원의 다리를 걸어찼다. 정보대원의 다리가 하늘로 올라가면서 머리가 바닥을 찍었다.

"정보를 얻자고 말했으면."

그 옆 정보대원은 본능적으로 막아보겠다고 팔을 들다가 왼발에 정수리를 찍혔다. 머리에서 피가 터지면서 주저앉았다.

"책임을 져야지!"

울상이 된 다음 정보대원의 이마를 향해 몸을 날려 박치기로 마무리를 해주었다. 시원한 소리가 났다.

나머지 정보대원 모두 바짝 긴장하여 차렷 자세를 취했다. 여기저기 터지고 깨져서 붕대를 감은 상태였지만 군기가 바짝 든 모습을 보여주었다.

녹림맹주 구지룡 정배는 크게 심호흡을 한 번 하더니 청사일살을 쳐다보았다.

"칠성표국이 표사를 모집하는 데 애들을 보내자고 했지?"

"예, 옛! 그렇습니다. 처음부터 그 사실을 알았으면 정보를 얻겠다고 굳이 습격할 필요도 없었습니다. 그러면 애들도 죽거나 다칠 일이 없었습니다. 조금 늦었지만 이제라도 알았으니 정보대의 몇 녀석을 침투시키려고 합니다."

청사일살이 재빨리 대답했다. 맹주의 기분이 안 좋은데 빠릿빠릿하게 움직이지 않으면 언제 자기까지 두들겨 맞을지 몰랐다.

"표사를 모집한다는 걸 아는 게 늦어서라고? 이 개새끼!"

다시 화가 치민 정배의 몸이 공중으로 떠올라서 한 바퀴 빙글 돌면서 서재걸을 걷어찼다.

"꾸에엑!"

천장에 거꾸로 매달린 서재걸이 비명을 질렀다. 매달린 몸이 다시 이리저리 흔들리기 시작했다.

＊   ＊   ＊

민택에게 난처한 일이 생겼다. 하가장의 하미진이 자신의 주위에 들러붙을 건 예상했지만, 이런 식의 상황까지는 미처 생각하지 못했었다.

지영과 미진의 은근한 경쟁 관계에 의해서 그가 그녀들에게 무엇을 요구하더라도 두 개가 준비가 되었다.

집에서 밥을 먹을 때 그에게는 두 개의 밥상이 차려졌다. 예전에는 지영이 밥상을 차려주면 넙죽 잘 받아먹어 왔다. 음식 솜씨가 좋다고 할 수는 없었지만 그만하면 제법 먹을 만했다. 그런데 하가장의 미진이 오고부터는 밥상이 하나 늘었다. 둘이 서로를 의식한다는, 그리고 별로 사이가 좋지도 않다는 것은 밥상이 두 개 나오는 것을 보면 알 수 있었다.

어차피 둘 사이의 관계가 어떻게 되던 그에게는 별로 관심없는 문제였다. 하나는 자신에게 꿍꿍이가 있는 곳에서 보낸 여자이고, 다른 하나는 그를 꼬셔서 한몫 잡아보겠다고—그는 그렇게 결론 내렸다—하가장에서 보낸 여자였다.

칼을 들고 덤비는 상대는 두 번 생각할 것도 없이 쳐 죽이는 그였다. 남이 자신을 해하려고 든다면 다시는 그런 생각을 하지 못하게 보복한다는 것이 개망나니 시절부터 굳어진 그의 생활 방식이었다. 그래도 이 아가씨에게는 매정하게 대할 수가 없었다. 그를 꼬셔서 한편으로 만들어보겠다고 하는 것이 꼭 악의를 가진 것이라고 볼 수는 없다는 것도 있지만, 다른 문제가 있었다.

미진이 차려오는 음식의 경우는, 재료는 화려한 것에서 돈을 아낌없이 쓴 것을 알 수 있었지만, 모양새는 영 어설펐다.

그게 문제였다.

어려서는 귀여움을 받고 자라고, 철이 들어서는 절맥증에 걸려 약의 힘에 의지해 겨우 살아왔다고 했다. 그런 아가씨가 음식 하는 법을 알고 있을 리가 없었다. 남에게 대접하는 음식 같은 건 만들어본 적도 없었을 거라고 짐작했다.

그게 문제였다.

요리 잘하는 사람을 데려와서 만들었거나, 음식을 다른 여염집 아낙에게 맡겼다면 소고기며 전복 등을 양껏 사용한 음식이 저리 투박해 보일 리가 없었다. 본심이 어떻건, 쉬운 방법을 무슨 이유로 다 포기했건, 지금 이것은 직접 정성을 다해서 만들어 온 음식이었다. 그래서 두 여자가 경쟁 의식을 잔뜩 가지고 쳐다보고 있는 걸 알면서도 미진의 음식에도 젓가락을 가져가야 했다.

오늘도 지영의 얼굴이 확 구겨졌고 미진은 환하게 웃었다. 소고기 한 조각을 주워서 입에 넣고 씹어보았다. 역시 오늘도 질겼다. 어설프게 삶았는지 질겼다. 살짝 데치거나 푹 삶거나 둘 중 하나를 해야 부드러워지는 고기임에도 불구하고 정말 질겼다. 그리고 그 맛도 이상했다. 무슨 향신료를 얼마나 많이 썼는지 몰라도 조화를 이루지 못한 향은 냄새일 뿐이었다. 눈으로 보면 소고기인데 입 안에 넣고 씹어보니 가죽이었다.

정말 맛이 없었다.

그것도 문제였다.

귀하게 자란 아가씨가 할 줄도 모르는 음식을 애써서 만들었다는 것이 문제였다. 의도를 가지고 접근하는 건 잘 알지만, 이렇게 정성이 우러나는 짓을 하는데 박정하게 대할 수가 없었다. 칼을 들고 덤비는 자는 즉시 두 조각을 내서 응답해 주지만, 마음을 얻어보려고 하는 행동들까지 박정하게 대하지는 못했다. 그리고 그의 입장에서는 미진의 그런 식의 행동들은 남 이야기가 아니었다. 그래서 약해질 수밖에 없었다.

하지만 그동안 식순이로 부려먹던 지영의 밥상을 무시할 수도 없었다. 그렇게 스스로를 설득했다. 사실 무시할 수가 없는 이유는 또 있었다. 그래도 지영의 음식은 먹을 만했다. 미진의 음식은 사람이 먹을 만한 것이 아니었다.

그는 지영의 반찬과 미진의 요리를 두루 먹었다. 그만하면 공평한 판결을 내렸다고 생각했다.

"맛이 어떠신지요?"

미진이 조심스럽게 물었다. 묻고서도 무안했다. 민택은 대답하지 않았다.

미진도 납득할 수 있었다. 진미만 먹던 그녀였다. 혀가 없는 것도 아닌데 스스로의 음식이 어느 수준인지 잘 알고 있었다. 그래서 이렇게라도 먹어주는 것도 감지덕지였다. 어차피 자신은 굴러온 돌. 조금씩 저 식순이를 몰아내야 했다. 이만하면 시작하자마자 평수를 이루었으니 머지않아 앞지를 거라 믿었다. 민택이 요리보다는 반찬을 좀 더 자주 먹는다는 생각이 들지만, 아직은 그 정도는 감수해야 했다.

그래서 순순히 먹어주는 민택에게 꽤나 고마워했다.

그리고 지영은 전혀 납득할 수 없었다. 그동안 먹다 흘린 국물만 모아도 그 속에 빠져 죽을 수 있을 정도로 밥을 해다 바쳤는데 저 딴 요리를 가장한 꿀꿀이죽과 비교되는 대접을 받았다는 생각에 꽤나 억울해했디.

하가장에서는 하미진이 옷가지―야행복―를 만드는 일이나 음식 등을 해야 할 거라고 조금도 예상하지 못했다. 광룡의 무림명에 '광' 자가 들어간 것에는 그가 싸움터에서 행한 금품 수집 활동도 한몫했다. 그 대단하던 사람들과 그렇게 많이 싸워서 전승을 했고, 그가 죽인 자들의 재물을 철저히 챙겼다고 했다. 하는 짓거리는 당당한 절대고수에 어울리는 것이 절대로 아니라고 생각했지만, 대신에 당연히 대단한 부자일 거라고 예상했다.

하가장은 시간이 부족했다. 병을 치료받은 미진이 고마움의 감정에 못 이겨 은혜를 갚으러 찾아가는 것을 연기해야 했다. 오랜 시간이 지나 찾아가서는 옛날 일이 고마워서 왔다고 할 수는 없었다.

부족한 시간에 하가장에서 그녀에게 우선적으로 가르친 것은 남자의 마음을 끄는 법과 관련된 것이었다. 어떻게 걷고, 어떻게 웃고, 어떻게 해야 하는지, 그리고 일 처리는 어떤 자세로 해야 하는지 등에 관해서 짧은 시일이나마 집중적으로 가르쳤다.

대신에 밥이나 옷 수선, 빨래 등에 대한 것은 전혀 가르치지 않았다. 부자인 광룡에게는 당연히 딸린 사람들이 있을 것이고, 미진의 위치는 그 사람들보다 위여야 했다. 써먹지도 못할 요리 만드는 법을 가르칠 필요는 전혀 없었다. 그리고 요리는 배우는 데 시간이 많이 소요되는 능력이었다.

하지만 막상 와보니 젊은 묘령의 여자가 식순이로 붙어 있었을 뿐 가난하게 살고 있었다. 이 사람이 사기꾼이 아니라 정말로 광룡이 맞느냐에 대해서 그녀와 하석호가 잠시 고민했을 정도였다. 어쨌건, 그녀는 먹을 줄만 알았다. 배워본 적도 없는 음식 조리법에 대한 기술은 전혀 없었다.

하가장에서 그녀에게 가르치기를 남자의 마음을 얻는 가장 좋은 방법은 그 남자를 위해 성심 성의껏 지극 정성으로 최선을 다해 모든 것을 바치는 모습을 보여주는 것이라고 했다. 그리고 성심은 현실적으로 어려울지 몰라도 성의와 정성은 다하라고 했다. 그리고 성의를 다하기 위해서 모든 것은 스스로 준비하도록 가르쳤다.

물론 이 생각은 그녀가 할 일이 기껏해야 외로울 때 대화 상대를 하거나, 목마를 때 차를 준비하거나, 술을 마실 때 술을 따르거나, 기분이 좋을 때 노래를 불러주는 등의 일일 것이라는 추측을 했기 때문에 나온 것이었다. 그래서 하가장은 그녀에게 모든 것은 '직접' 하라고 가르쳤고, 남자의 마음을 얻는 법에 대해서는 전혀 모르는 미진은 시키는 대로 할 수밖에 없었다.

하지만 식순이와 음식 대결을 펼친다면 그녀의 패배는 불을 보듯 뻔했다. 정상적인 방법으로는 해결할 수 없었다. 그래서 유일하게 의논할 수 있는 상대인 하석호와 음식 문제에 대해서 논의를 했다. 하석호도 명색이 남자이니 남자의 입장에서 이 문제에 대해 어떤 해답을 구할 수 있지 않겠느냐는 생각에서 머리를 맞대고 고민했다.

그래서 나온 결론은 두 가지였다. 하나는 실력이 부족하면 재료를 고급으로 써서 부족한 부분을 보완해 보자는 것이었다. 그리고 나머지 하나는 요리를 할 실력이 없더라도 따로 어디 가서 배워올 것이 아니라 직접 하나씩 고생해서 익혀가면서 만들어야 한다는 것으로 나왔다. 그것이 가장 정성이 깃든 방법이고 가장 마음에 와 닿는 방법이라고 판단했다.

당연히 유일한 남자인 하석호의 지극히 개인적인 취향에 따른 방법
이었다. 그건 하석호가 가장 바라는 여인상이었고, 꿈이었다. 그리고
그들에게는 다행스럽게도 그것은 민택의 상처를 자극하는 데에는 제법
효과적인 방법이었다.

第十二章

표국의 제이차 표사 채용 대회 날이 다시 돌아왔
다. 이번에는 꽤 축제 분위기가 났다. 실력이 떨어져도 최소한 삼십 명
은 채용한다는 공고를 하도 요란하게 사방에 남발한 덕분에 지난번의
실패에도 불구하고 많은 사람들이 다시 구경해 보겠다고 찾아왔다. 곡
부 지역 지방 관리들조차도 몇 명이 와서 구경했다.

신규 채용 목표 인원은 삼십 명. 예정대로 뽑는다면 기존의 삼십 명
과 지난번 시험 일에 채용한 두 명을 더하면 세 명의 대표두를 제외하
고도 예순두 명의 표사를 보유할 수 있다. 그러면 규모는 기존의 두 배
로 확장된다. 소규모 표국에서 중규모 표국으로 성장할 수 있다. 육십
여 명이라고 하면 중규모 중에서는 작은 편이었다. 아쉽지만 그 정도
만이라도 되기를 바랐다.

산동성에서만은 칠성표국의 명성이 수백 명의 표사들을 거느린 대

규모 표국들 못지않았다. 중원표국과 비교될 정도였다. 그러나 당장 칠성표국을 대규모의 표국으로 만들 수는 없었다. 칠성표국은 대규모 표국에 필수적으로 필요한 지국을 만들 여력이 없었다.

많은 수입은 장거리 표행에서 나왔고, 장거리 표행을 위해서는 필수적으로 필요한 것이 지국이었다. 지국의 영향권 아래까지가 사실상의 표행 가능 거리였다. 하지만 지국을 설립하고 운영하는 것은 하루 이틀 만에 이루어지는 것이 아니었다.

그래서 당장은 중형 단일 표국을 만드는 것이 목표였다. 단일 표국으로는 백오십 명 정도의 표사를 운영하는 것이 한계라고 알려져 있었다. 하지만 이건 다소 무리가 있는 최대치로써, 명성을 날리는 단일 표국에게 권장되는 적정 규모는 백여 명이었다. 지국이 없는 표국이 더 이상 큰 규모로 운영하면 들어가는 돈이 수입보다 많아져 버티기 어려웠다.

총표두 강대영도 일단 백 명을 채울 수 있도록 표사를 뽑아야 한다고 생각했다. 그래야 칠성표국이 지금 얻어놓은 명성을 지킬 수 있다고 믿었다. 그리고 백 명 규모의 표국을 기반으로 지국을 설립하고 확장하여 천하제일의 표국으로 만들고 싶었다. 하지만 현실은 그리 쉽지 않았다.

표사 감의 인물은 뚝 하고 하늘에서 떨어지는 것이 아니었다. 지난번 표사 모집에서는 겨우 두 명이 시험을 통과했었다. 이런 식으로 해서는 위험했다. 명성을 감당할 수 있는 세력의 확보는 이제 발등의 불이었다. 그래서 이번에는 지난번 대회에서 오히려 역효과가 났던 문제, 즉 표국의 명성에 겁먹은 사람들이 지원을 하지 않는 문제를 강수를 써서 해결하기로 했다.

일단 신원 조회 및 면접 요건을 거의 없애다시피 했다는 공고문을 타지방까지 보내는 데 많은 돈을 썼다. 타 지역의 비둘기 집으로 날아간 전서구를 돌아오게 하려면 사람이 새장에 넣고 가져와야 했기 때문에 전서구를 임대하는 비용은 비쌌다. 그 비용을 감수했다.

그리고 기존에는 실력이 좀 되는 무사들을 표사로 뽑았지만, 이번에는 지원자들 중 상위 삼십 명을 무조건 채용하기로 했다는 것도 알렸다. 마음 같아서는 칠십 명쯤 뽑아서 백 명을 채우고 싶었지만, 그러면 아무리 명성이 크고 홍보를 많이 했어도 별의별 얼치기들까지 걸려들 수 있었다. 그래서 최소한의 실력은 유지되리라고 기대되는 수치인 삼십 등으로 채용 기준을 잡았다.

지난번에 보여준 그 황당한 선발 대회의 소문—시험이 만만하다—이 퍼지고, 인원 채용 하한선을 둔다는 이야기가 알려지면서 지원자도 많아졌다. 자신의 실력이 평범하다고 생각한 사람들은 그들 수준의 표사를 삼십 명이나 채용한다는 데 주목했다. 그렇게 되면 기존의 칠성표국 고수들의 잡일을 하는 하인 역할이 아니라 부하가 될 수 있었다. 고수 상관들이 몰려 있으면 얻어 배울 무공이 좀 있을 거라고 기대하고 몰려왔다.

실력이 조금 모자라다고 생각했던 사람들도 삼십 명이나 채용한다면 자기도 혹시나 가능하지 않을까 하는 생각으로 모여들었다. 홍보를 많이 했으니 이번엔 제대로 무술 시범을 보일 걸 생각한 인근에 시간 여유가 있는 한량들도 모조리 구경하러 찾아왔다. 표국 근처에는 간식거리를 파는 노점 상인들까지 다가왔다. 대회는 사람들이 북적거리는 축제가 되었다.

채용 시험 방법은 지난번과 동일하게 무공 시범으로 했다. 공터의

가운데에 밧줄을 가지고 둥근 원을 크게 두르고 그곳을 시범장으로 삼았다.

대회 처음에는 단순히 힘센 것만 자랑하는 사람에서부터 조악한 검법이나 봉술을 보이는 몇 사람이 실력을 보였다. 그 모습을 보면서 찾아든 세 곳의 고수들은 안심을 했다. 저 정도가 이 대회의 수준이라면 그들 정도의 고수는 간단한 시범만으로도 충분히 높은 평가를 받을 수 있다고 믿었다.

제일 먼저 중원표국의 고수 중 하나가 나섰다. 그는 검을 쓰는 사람이었다. 고수와 평범한 무사와는 시범에서도 차이가 있었다. 그는 특별한 보법 등도 보여주는 것이 없이 제자리에 서서 검을 몇 번 휘둘렀다. 검이 공기를 찢는 소리가 연이어 날카롭게 울렸다. 허공에 단순한 십여 번의 칼질을 한 그가 총표두를 보면서 씨익 웃었다. 어떠냐는 의미의, 자신감에 넘치는 미소였다.

강대영 같은 고수에게는 많은 것을 보여줄 필요가 없었다. 이미 이전 채용 대회에서 어떤 일이 일어났는지 듣고 왔고 오늘 그것을 확인했다. 상대가 지원해 줘서 고맙다고 생각할 만큼만 보여주면 충분했다. 칠성표국 놈들이 어떤 놈들인지 의심스러운 상황에서 가진 수를 전부 다 보여주는 것은 조금 위험했다. 그래서 알아서 알아봐 줄 만큼만 보여줬다.

물론 대영은 아주 흡족했다. 상대의 자세는 안정되고 다리는 말뚝을 박아 넣은 듯이 움직이지 않았다. 그 상태로 상체의 힘만으로 검을 휘두르는데도 그 검에 담긴 기세가 사뭇 강렬했다. 최소한 고수급은 될 듯했다. 적어도 대표두들보다는 훨씬 상수였다. 그 정도만 보여줘도 충분히 훌륭했다. 그래서 기뻐하는 감정을 감추지 않았다. 일어서서 포권을 하면서 말했다.

"대단합니다. 그 뛰어난 무공에 안계를 넓혔습니다. 그만한 실력을 가지고 우리 칠성표국에 지원해 주시니 기쁘기 한이 없습니다."

대단하다는 것은 사실이었고 안계를 넓힌 건 인사치레였지만 기쁜 것도 진심이었다. 그의 말에 구경꾼들이 환성을 질러주었다. 시범을 보인 고수는 당연하다는 듯이 사람들에게 손을 흔들어주면서 시범장에서 물러났다.

소속은 다르지만 같은 목적을 가진 고수들의 무공 시범이 그렇게 시작됐다.

다음 차례로 녹림맹에서 온 고수가 나왔다. 그는 내심 녹림의 호걸인 자신이 표사를 해야 하는 데 불만을 가지고 있었다. 하지만 침투해서 정보를 얻어오라는 녹림맹주의 명은 지엄했다. 성과가 없으면 어떻게 깨질지 몰랐다. 총관처럼 맞으면 자신의 무공 정도로는 살아남을 수 없었다.

대신 좋은 정보를 얻으면 칭찬을 받고 지위가 올라갈 수 있었다. 그리고 좋은 정보는 고위직으로 갈수록 줍기 쉬운 법이었다. 일반적으로는 채용 대회에서 좋은 성적을 얻어야 좋은 자리가 떨어졌다.

'고수티가 좀 나는 저놈에게 질 수야 없으니 조금만 더 보여주도록 하지.'

고수는 표국에 잘 지원하지 않는다는 사실은 산적인 그도 잘 알고 있었다. 그래서 자신들 이외의 고수는 방금 나온 한 명이 전부일 거라고 착각했다.

그의 무기는 큼직한 도였다. 그의 도는 보통의 검보다 크고 무거웠다. 검보다 느리지만 더 강한 타격을 주는 무기였다. 그는 그 도를 허공에 휘두르기 시작했다. 앞 사람처럼 이리저리 한 번씩 휘둘러 보는 것이 아니라 휘두른 도가 회수되면서 자연스럽게 다음 공격 초식으로 이어졌다. 연환도법이었다. 더 무거운 도를 휘둘렀음에도 공기를 찢는 소리가 끊이지 않고 이어졌다.

가볍게 초식을 다 전개한 그는 도를 땅에 꽂고 총표두를 쳐다보았다. 대영은 당연히 이번에도 크게 기뻐했다. 일어서서 포권을 하면서 치하를 했다. 벌써 두 명의 고수가 나타났으니 오늘의 대회는 성공이라고 생각했다. 그렇게 시험은 진행되었다.

열다섯 번째로 나선 것은 정의문 암룡대주였다. 그는 마치 생사대적을 만난 것처럼 필사적으로 검을 휘둘렀다. 검에서 끝없이 귀곡성이 울렸다. 하수의 눈에는 제대로 보이지도 않는 검의 궤적이 이어졌다. 정련된 검이 움직이면서 반사하는 햇빛이 밤하늘의 별들처럼 그의 주변을 감싸며 반짝였다. 그 외중에 그가 밟는 땅은 어느 걸음에는 푹푹 파이다가 다른 걸음에는 발자국이 남지 않는 일이 계속 일어났다. 그 위력적인 모습에 모든 사람들이 숨을 죽이고 쳐다보았다. 마침내 시연이 끝나자 그는 숨을 깊게 들이마시며 기식을 조절했다. 그리고 총표두를 쳐다보았다.

좌중이 조용했다. 바람 소리 정도만이 들릴 뿐이었다. 모두들 이 사태에 아무 말도 못하고 있었다. 무공이 낮거나 없는 사람들은 그 현란한 모습과 귀를 찢는 귀곡성에 놀랐고, 무공이 고수급인 사람들은 기의 운용의 절묘함에 감탄했다.

대영은 경악했다. 벌써 몇 명째 고수들을 보는지 몰랐다. 지원자들의 수준이 갑자기 급격히 올라가더니 나중에는 자신도 감당하기 힘들 만한 무위들을 보여주었다. 그리고 지금 보여준 이 사람의 무공은 그보다도 상수였다. 그도 저렇게 할 수는 없었다.

암룡대주는 본래 이렇게까지 할 생각은 없었다. 원래 그들 암룡대는 적당한 실력만을 보여주면서 깊은 인상을 심어주는 것이 목표였다. 따로 목적이 있어서 온 곳인데 실력의 대부분을 숨겨두어야 일을 처리할 때 유리했다.

그런데 일개 표국의 표사 모집에 고수들이 나타났다. 처음에는 심각하게 생각하지 않고 데려온 대원을 내보내며 알아서 하도록 놔뒀는데 조금 지나자 그게 아니었다. 자신이 내보낸 대원보다 더 뛰어난 고수가 연이어 나타났다. 이런 일이 몇 번 반복되자 새로이 나서는 고수들은 자신이 가진 능력을 최대한 보여주기 위해 안달하는 사태가 벌어졌다.

암룡대주는 자신이 데려온 부하 넷을 내보내고도 안심할 수 없는 지경에 이르자 정말 최선을 다해 무술 시연을 할 수밖에 없었다. 이렇게 고수가 많은 상황에서 어설프게 했다가는 정보를 얻을 만한 요직을 얻을 수 없을지도 몰랐다. 일등을 해야 했다. 잘못하면 정말로 일개 표사가 될 판이었다.

'일개 표국에 저런 고수들이 표사로 지원한다는 건 말이 안 된다. 표사 모집을 가장하고 남들의 눈을 속인 채로 고수들을 충원하는 것일지도 모른다. 그리고 보니 저놈들의 동작들이 지난번 그 복면 호위 무사들과 비슷한 느낌이 들 때가 종종 있었다. 우리의 습격 이후로 경계를 강화하려는 모양이다.'

세 조직에서 온 고수들이 공통적으로 하는 생각이었다. 잘못된 초기 분석은 이후의 판단이 틀어지게 되는 일에 지대한 영향을 끼치는 법이었다.

암룡대주 이후로는 더 이상 나서려는 사람들이 없었다. 쉽게 생각하고 왔는데 너무 놀라운 실력자들이 연이어 나오는 것을 보고 대부분 기가 죽었다. 실력 차가 너무 극명하게 드러나니 나서서 창피당하는 일은 피하고 싶다는 생각들을 했다. 그런 좌중의 생각을 읽은 강대영이 일어섰다. 지난번과 같은 상황은 피해야 했다. 아직도 배가 고팠다.

"여러분, 많은 분들이 뛰어난 실력을 보여주셨습니다. 제 눈의 안계가 넓어진 느낌입니다. 이런 분들이 지원을 해주시니 이건 우리 칠성표국의 복이라고 생각합니다. 그리고 아직 나서지 않으신 분들이 계신데, 지금까지 나오셨던 분들보다 실력이 약간 모자란 면이 있다고 해서 망설이실 필요는 없다고 봅니다. 실력이야 같이 일하다 보면 저절로 늘어나는 것 아니겠습니까? 우리 칠성표국은 약속드린 대로 최소한 삼십 명을 채용할 것입니다. 지원하시는 분들의 실력에 따라서 더 많은 수를 채용할 수도 있습니다."

'실력이야 같이 일하다 보면 저절로 늘어나는 것' 이라는 말을 조금 크게 했다. 칠십 명쯤 뽑고 싶다는 말은 꿀꺽 삼켰다.

그의 말을 듣자 사람들의 마음이 변했다. 저런 대단한 고수들과 같이 어울려 일하게 된다면 얻어 배우는 무공이 적지 않을 것 같았다. 고수 동료들이 흘리는 초식들만 주워 배워도 남 못지않은 무사가 될 것 같았다. 얼마나 많은 일반 무사들이 지원할지 모르니 열심히 해야 했다.

그래서 지원자들은 정말 전력을 다해서 자신의 재주를 보였고, 단순히 구경하러 왔던 무인들의 상당수도 시험에 참여하였다. 일반 표사급을 넘어서는 무인들까지 대거 참여하자 시험은 폭발적인 분위기로 진행되었다.

그 모습을 시험장 한쪽에서 구경하던 석민의 표정이 점점 안 좋아졌다. 그가 보기에도 참가자들의 실력은 장난이 아니었다. 잔뜩 등장했던 고수들이 문제였다.

그에게 열다섯 명 중 먼저 나와 대충 시범을 보인 자들의 실력까지 알아볼 안목은 없었다. '좀 하네' 정도로 생각했다. 하지만, 뒤에 나와 제대로 실력을 보인 자들은 자신 못지않거나 어떤 자는 자신보다 무공이 높아 보였다. 그건 정말 큰 문제였다.

칠성표국에 고수는 총표두와 자신 두 명이면 충분하다고 생각했는데 이건 예상 못한 일이었다. 고수들이 많이 들어온다면 신설될 것으로 예상했던 대표두 자리가 자신에게 떨어지기 어려웠다. 그게 가장 걱정이었다.

"씨발놈들, 저 실력에 뭐가 아쉬워서 여기까지 기어들어 오는 거야."

투덜거리는 것 말고 그가 당장 할 수 있는 일은 없었다.

다른 구석에서 대회를 구경하는 민택이 보기에 초반 열다섯 명의 고수들은 표국에 지원할 만한 사람이 아니었다. 한두 명 정도라면 명성에 끌려왔을 수도 있었다. 하지만 열다섯 명은 너무 많았다. 그리고 그중에 소림사의 무공이 없다는 것에 조금 당황했다. 그건 그에게 꽤나 골치 아픈 문제였다.

그는 지영과 끈이 닿아 있는 조직이 소림과 깊은 관련이 있을 거라고 추측했다. 그가 지영을 미행해서 소림 속가제자를 확인했다는 것을 아는 사람은 없다고 믿었다. 따라서 지영을 보낸 곳에서 열다섯 명이나 되는 고수들을 파견했다면 당연히 그중에 소림무공을 쓰는 사람이 있었어야 했다. 그런데 찾아온 고수들 중에 소림무공을 쓰는 사람은 아무도 없었다.

그는 두 가지 가능성을 생각했다. 그 조직의 규모가 너무 방대해서 소림을 아우르는 여러 문파가 관련되어 있는 경우와, 그 조직 이외의 다른 조직에서 자신에게 목적을 가지고 계략을 꾸미는 경우였다. 후자의 경우는 하가장이 부리는 욕심과는 다른 것이었다.

전자의 경우라면 그건 당연히 지영과 연관된 조직이었다. 지영이 노리는 것은 자기들의 이익을 위해서 그를 어떻게든 이용하거나 견제하려는 것으로 보았다. 그래서 그를 위한 감시 역이 지영이라고 생각했다. 감시인으로는 최고의 선택이라고 생각했다. 어쩌면 그의 성향을 파악하고 지영을 붙인 건지도 몰랐다. 그렇다면 이 상황은 그 조직에서 좀 더 적극적으로 접근해 오는 경우라는 뜻이 되었다.

후자의 경우는 전자와 목적은 같지만 새로운 세력이란 뜻이었다. 누구인지는 아직 알 수 없었다. 하지만 알아낼 시간은 꽤나 넉넉해 보였다. 급히 일을 저지르려면 이렇게 조심해서 접근하지는 않을 거라고 봤다.

어느 쪽인지 알 수 있는 열쇠는 지영이 쥐고 있었다. 그런데 그냥 물어본다고 대답해 줄 리가 없었다. 자신의 주위에 얼굴을 드러내고 맴돌 정도면 죽음으로 비밀을 지킬 만한 사람이라 믿어졌기 때문에 보내졌다고 봐야 했다. 그가 알기로도 지영은 대가 센 여자였다. 이럴 땐 궁리가 필요했다.

미진은 일이 기대만큼 잘 풀리지 않아 마음이 편치 않았다. 은혜를 갚는다는 명분을 기반으로 그녀가 얻으려는 것은 두 가지였다. 그녀는 가문을 무림 오대세가에 편입시켜 육대세가, 그것도 그 수좌로 만들어줄 수 있는 인재의 영입과, 무림 절대고수 남편을 원했다. 그 두 마리 토끼를 잡기 위해서 작은 집에서 시비 하나 없이 불편하게 지내고 있었다.

민택은 조건만 보면 거의 최고의 남편 감이었다. 대단한 무공을 가진 고수에, 이미 무림에 명성을 날리고 있는 유명인에, 가진 바 재산도 많은 부자이며, 비록 그만뒀다고 알려졌지만 전룡대의 대장이라는 지위. 이것만 가지고 무림 어느 명문 세가에 가서 딸을 달라고 하더라도 쌍수를 들고 환영하지 않을 곳이 없었다.

'생각보다 마음이 넓은 것 같기도 하고.'

민택이 다정한 남자였으면 좋겠다고 상상해 보는 미진이었다.

그녀가 몸 바쳐서 보필한다는 모습을 보여야 한다는 이유 때문에 단검수 하석호 하나만이 호위 역할로 따라왔다. 단검수는 그녀의 삼촌인 동시에 본 가 최고의 고수였다. 그가 함부로 부려먹을 수 있는 사람이 아니었다. 그게 아니더라도 단검수는 그녀의 일을 직접 도와줄 수는 없었다. 그녀의 정성에 단검수의 정성이 오염돼서 희석되면 원하는 것을 얻을 수 없었다.

어차피 단검수 역시 요리를 할 줄 모르니 도움받을 것도 없었다. 육포 만드는 법 정도나 들어서 알 뿐이었다. 하지만 아무리 공을 들이고 좋은 재료를 써도 저 얄미운 지영에게 많이 밀렸다. 그녀 자신도 먹기 힘든 음식도 꽤 집어 먹어 주는 민택은 어쩌면 다정한 남자가 아닐까 하는 생각을 했다. 사실 음식 솜씨 탓하지 않는 남자 만나기는 쉽지 않았다.

하지만 얼굴이 머슴이라 좀 아쉬웠다. 그래도 그녀는 남자는 능력, 여자는 미모를 내세워야 하는 법이라고 배웠다. 혹시 소문이 잘못돼서 광룡이 정말로 거지인지도 몰랐지만, 그의 능력이 출중하니 재산은 쉽게 모을 수 있을 것 같았다.

그리고 그 소문이 아니라도 광룡이 거지라고 하는 건 도저히 믿을 수 없는 일이었다. 대환단이란 물건은 아무에게나 쉽게 던져 줄 수 있는 물건이 아니었다. 어딘가 숨겨둔 재산이 아주 많이 있어야 앞뒤가 맞았다.

'뭐, 정말 거지라도 상관없지. 돈은 우리 집에 많으니까.'

사실 부유한 하씨 집안의 금지옥엽 외동딸은 돈이 아쉽지 않았다.

어쩌면 다정한 사람일 수도 있고, 절대적인 무공을 가지고, 무림을 진동시키는 명성에, 최강 전투 부대의 대장도 했었고, 재산도 많을지 모르는 남편 감을 어디 가서 다시 찾을 수는 없었다. 그 정도면 완벽하다고 생각했다. 미진은 사랑이란 단어는 책에서만 본 것이 전부인 소녀였다.

음식이 안 된다면 다른 것을 해서라도 꼬실 필요가 있었다. 항상 명심하고 있는 것은 진심으로 정성을 다하는 모습을 보여야 한다는 것이었다. 그리고 자신이 필요한 사람이란 것도 각인시켜야 옆에서 맴돌기 좋았다. 자주 봐야 정분도 나는 법이었다. 그래서 빨래와 집 안 청소를 열심히 했다. 작은 집이지만 쓸고 닦으려고 하면 할 일은 충분했다. 혼자서 한다면 충분했다.

지영과 나눠서 하려니 좀 부족했다. 저 여자가 정말 식순이인지 의심스러웠다. 정보를 좀 알아봐야 했다. 마루를 닦던 걸레질을 멈추고, 그녀가 닦은 마루 위에서 뒹굴거리면서 이야기책을 읽고 있는 지영에게 말을 붙였다.

"아줌마, 아줌마는 왜 대인한테 이런 일들을 해주는 거야? 얼마

받아?”

이야기에 빠져 낄낄거리던 지영이 책을 덮고 몸을 굴려 엎드린 자세로 바꿨다.

“그러는 꼬마는 왜 그리 지극 정성인데?”

스스로를 꽃다운 처녀라고 생각하는 그녀가 꼬마 소리를 들으니 조금 울컥했지만, 지금은 얻고 싶은 게 있으니 참았다.

“난 대인이 이 한 목숨을 구해주셨거든. 대인이 주신 생명, 대인을 위해서 써야지. 내 몸도 마음도 대인에게 바치기로 했어.”

두 손을 꼭 잡고 감동받은 표정을 짓는 것도 잊지 않았다. 이 정도는 충분히 연습해서 이제 습관적으로 나왔다. 지영이 피식 웃었다.

“지랄하네. 대장님이 살려준 사람들이 다 은혜 갚으러 오면 이 집 미어터지겠네.”

미진이 그 말을 듣고 반가워했다. 기왕이면 착한 남편이 말도 잘 듣고 좋았다.

“어머, 대장님이 원래 사람들을 잘 구해주시는 마음씨 좋은 분이었어? 이잉? 대장?”

반색을 하던 미진이 이상한 어감이 혀에 걸리자 고개를 갸웃거렸다.

“대장이라니 무슨 말이야? 대인이 왜 아줌마 대장이야?”

지영이 조금 씁쓰레한 표정으로 말했다.

“몰랐니? 나 전룡대 출신이잖아. 전룡대원들은 전부 대장님이 목숨을 구해준 거나 다름없어. 다시 태어나게도 해주고. 모두 그렇게 생각하는걸?”

미진은 화들짝 놀랐다.

“에엑! 아줌마, 전룡대 출신이야? 그럼 대인을 쫓아온 거야? 왜 쫓아온 거얏!"

"글쎄, 왜일까?"

미진이 보기에 이건 보통 문제가 아니었다. 지영이라는 존재가 단순히 식순이라고 생각했었는데 그렇게만 볼 수 없었다. 그녀 생각에는 전에 데리고 있던 부하가 쫓아왔다는 식의 이야기였다. 그리던 님을 찾아온 게 아니라면 그 먼 데서 여기까지 올 이유가 없다고 생각했다. 그녀도 이야기책 속의 사랑은 많이 읽어보았다.

아무리 여자는 미모가 능력이라고 배웠지만, 자신보다 그리 많이 꿇리지는 않는—그녀 생각에—외모에, 자기보다는 훨씬 나은 음식 솜씨에, 집안일도 자기만큼 하고, 무인의 아내가 된다 해도 제 한 몸 지킬 만한 무공을 가진 여자였다. 거기에다가 광룡을 마음에 품고 처음부터 쫓아왔다는 의심이 들었다. 이건 단순히 마음을 두고 있는 식순이가 아니라 강력한 경쟁자였다. 조심하는 차원에서 경계했는데 그 정도 사태가 아니었다.

전룡대 출신이라면 단검수에게 겁을 줘 쫓아달라고 하기도 어려웠다. 단검수는 하가장 최고수니 못 이길 리 없다고 믿었지만 조용히 처리할 수 있을 거라고까지 기대하기는 힘들었다. 광룡이 정의문을 그만둘 때의 전룡대라면 무림 최고의 전투 부대였다. 전룡대 출신이니 어디를 가도 대접받을 수 있는 실력자임이 분명하다고 보았다.

영웅은 호색한다고 했으니 두 꽃을 다 가지려고 할지도 몰랐다. 그럴 수는 없었다. 광룡을 남과 나눠 먹을 수는 없었다. 그녀 혼자 쥐고 몰래 먹어야 했다. 뭔가 수를 찾아야 하는데 생각나는 방법이 없었다. 화가 나서 두 손으로 허리를 짚고 아랫입술을 깨물며 한 번 째려봐 줬다. 지영이 코웃음을 치며 다시 이야기책을 펴 들었다. 어쩔 수 없이 걸레질만 열심히 하면서 궁리를 했다.

　표사 선발 대회는 성황리에 끝을 맺었다. 실력있는 지원자들이 대거 등장한 덕분에 총표두는 대만족을 했다. 칠성표국의 명성이 이 대단한 사람들을 끌어 모았다고 생각했다. 소문이 가라앉기 전에 무리수를 둔 건 참 현명한 판단이었다고 스스로를 칭찬했다. 참가자들의 숨겨진 이야기들을 하나도 모르는 그로서는 그렇게 생각할 수밖에 없었다. 감개가 무량했다. 하늘의 도우심이었다.

　삼십 명이 아니라 오십팔 명의 인재를 채용했다. 기존 표사 서른두 명에 대표두 세 명, 총표두 한 명, 국주 한 명까지 해서 아흔다섯 명 규모의 표국으로 만들기로 했다. 이 정도면 머리 숫자만으로도 어디 내놔도 꿇리지 않는 중급 규모의 표국이었다. 지국이 없는 중형 표국으로서는 충분한 크기였다.

　그리고 그 구성원 중에 고수급이 대거 포진하고 있었다. 자신 외에도 열다섯 명의 고수급 인물이 채용되었고, 나머지 마흔세 명 중에도 표사급 이상의 실력자들이 많았다. 그의 생각에, 이 정도면 명성에 어울리는 기반은 넘치도록 갖추었다고 생각되었다. 철없는 윤길은 마냥 좋아하고만 있었다. 총표두 일수삼검 강대영도 마냥 좋았다.

　아직 인원 편성의 문제가 남아 있었다. 칠성표국의 실질적인 지휘부인 국주, 총표두, 대표두 세 명이 날을 새가면서 조직 편성을 논의했다. 편성을 빨리 끝내고 서로 손을 맞춰봐야 다음 표행을 나갈 수 있었다. 그리고 표행을 나가야만 이 대인원을 먹여 살릴 수가 있었다.

　고수 열다섯 명 모두에게 대표두의 직위를 내릴 수는 없었다. 기존의 인원과 합쳐 열여덟 명이나 되는 대표두라면, 하나의 대표두와 네 명의 부하들의 체계가 된다. 그건 표국에 어울리지 않았다. 대표두 하나는 최소한 작은 표행 하나를 수행할 수 있을 만큼의 표사를 거느려야 했다. 그리고 신입 고수들을 관리할 사람도 필요했다. 어찌 됐던 총표두 혼자서 구십 명을 통제할 수는 없었다.

그 외에도 고수 한두 명을 대표두 자리에 놓는 것이라면 몰라도 열다섯 명이나 되는 인원을 추가한다는 것은 기존에 오랫동안 표국을 위해 일해온 표사들에게도 미안한 일이었다. 그렇다고 기존 인원 중에서도 대표두를 몇 뽑는다면 그들과 새로 올라오는 대표두들 간의 실력 차가 너무 큰 게 문제가 되었다.

또한 그렇게 되면 가뜩이나 많은 대표두 수도 더 늘어나게 되는 결과가 나온다는 문제가 생겼다. 대표두들을 기존 인원 중에서 추가로 뽑지 않는다고 해도, 기존의 대표두들과 신입 대표두들 간의 실력 차 역시 문제가 되었다.

대영은 체계를 바꾸는 방법으로 해결했다. 어차피 표사 모집을 보고 들어온 사람들이었다. 그는 그들은 모두 표사로 만들었다. 하지만 그냥 표사로 만들면 반발할 것이 우려되어서 소표두라는 직위를 신설했다. 칠성표국은 작아서 없던 직위이지만 중대형 표국에는 일반적으로 존재하는 지위였다.

기존의 대표두들은 이미 표국의 행정적인 처리를 많이 하던 사람들이고 나이도 총표두 강대영의 연배였다. 그들 중에는 총표두보다도 표국 밥을 오래 먹은 사람도 있었다. 그래서 세 명의 대표두가 각각 서른 명씩―예전의 칠성표국 하나만큼의 인원―을 관리하도록 하고 그 이름을 대로 정했다. 대표두들의 직책은 대장이 되었다. 대장은 자신의 대의 행정적인 임무와 표행 등에 관하여 전체적인 책임을 지는 간부가 되었다.

그리고 각 대의 서른 명을 다시 열 명씩으로 나눠서 하나의 조로 정했다. 각 조의 조장과 부조장은 소표두를 임명하기로 했다. 소표두는 실력에 근거하여 뽑아야 하지만, 신입 고수들만 뽑으면 기존에 표국을 위해서 일해온 표사들의 사기에도 문제가 있을 수 있었다. 그래서 기존 표사들에 대한 배려도 해주기로 했다.

아홉 개의 조를 위해서 열여덟 명의 소표두가 필요했는데, 신입 고수 열다섯 명과 기존 칠성표국 인원 중 세 명을 임명했다. 그들 열여덟 명의 소표두들 중 아홉 명을 조장에 임명하고 나머지 아홉 명은 부조장에 임명했다. 그중에서도 칠성표국에서 선발된 세 명의 소표두들은 모두 조장으로 삼았다. 나머지 여섯 개 조는 채용 대회에서 보여준 실력 순서대로 조장으로 임명했다. 그래서 시험을 대충 치른 자들은 부조장이 되었다.

이렇게 편성을 마치게 되니 비로소 중형 표국의 모습이 완성되었다.

가진 바 실력은 대형 표국들에 육박하는 초우량 중형 표국의 탄생이었다.

석민의 어깨에 힘이 잔뜩 들어갔다. 그는 그의 뒤로 아홉 명의 표사들을 따라오게 하고 남들이 좀 쳐다봐 달라는 듯이 어깨를 흔들며 저 잣거리를 활보하고 다녔다. 바라던 대표두 자리는 아니었지만, 원래 그가 기대했던 대표두라고 하는 것 자체가 열 명의 부하를 거느리는 사람이었다. 이름은 좀 작아진 소표두에 조장이지만, 이만하면 아쉬운 대로 만족했다.

석민은 총표두 자리를 노리던 문제도 크게 걱정하지 않기로 했다.

자신 같은 천재는 다른 고수들과 어울리면 실력이 금방 늘어날 거라고 믿었다. 총표두가 일이 년 이내에 은퇴할 사람도 아니니 걱정할 것 없다고 생각했다. 총표두가 은퇴할 때쯤이면 그도 대단한 고수가 되어 수많은 부하 고수 표사들을 거느린 표국의 총표두가 될 거라고 믿어버렸다. 그렇게 속 편하게 생각하니 기분이 좋아졌고 그걸로 됐다고 생각했다.

게다가 그의 밑에는 고수급 인물도 하나 부조장으로 배치되어 있었다. 두 번째로 나와 시험을 대충 치러서 부조장에 임명된 녹림맹 출신 고수였지만, 그 몇 수만 보고서 자기보다 높은 실력임을 알아볼 만한 안목이 석민에게는 없었다. 결국 무림명이 있는 자신과 비교해서 다소 손색이 있지만 나름대로 뛰어난 부하라고 판단해 버렸다. 그는 당당하게 부하들을 끌고 주루를 찾아갔다. 오늘은 그가 조장 취임 기념으로 조원들에게 쏘는 날이었다.

남궁재호가 칠성표국의 표사 모집에 응시할 때만 해도 정말로 일개 표사가 될 줄은 몰랐다. 공식적인 활동을 하지는 못했지만 명색이 중원표국의 밥을 먹는 남궁재호였다. 그가 표국에서의 고수 채용이 얼마나 어려운지, 그리고 일단 채용된 고수는 어떤 대우를 받는지 모를 리 없었다.

물론 칠성표국이라고 하는 곳이 단순한 표국이 아님을 짐작하고 있었다. 지난번 싸움을 겪어보고, 칠성표국은 고수들로 이루어진 비밀 경호 세력을 거느리고 있는 곳이라고 생각하게 되었다. 하지만 이전에 대표두 하나의 목숨만 잃고 실패한 작전에서 돌아온 생존자들이 있었다. 그들에게서 얻은 정보에 의해 무서운 것은 비밀 호위들이지 표사들 개개인의 능력은 그리 대단할 것이 없다는 것도 알았다.

무슨 이유에서 비밀 경호 세력이 있는지, 왜 표국을 내세워서 활동하려고 하는지 알아보기 위해서 찾아왔지만 표국의 수준만은 평범할 것이라고 얕잡아보고 있었다. 그래서 그를 포함한 다섯의 고수는 실력을 조금만 보여주고 나머지는 숨겨도 모두 간부급 자리 하나를 꿰찰 수 있을 거라고 믿었다.

그들 정도의 고수를 겨우 표사로 운영하는 표국이란 없다는 것만 철석같이 믿고 있었다. 하지만 현실은 틀렸다. 실력있는 고수들이 잔뜩 응시를 한 것이었다. 남궁재호는 대회 자체를 우습게 보고 제일 먼저 시범을 보였다가 성적은 꼴찌를 받았다. 그리고 배치를 받은 조는, 다른 고수들이나 자신의 일행들도 아니고 일개 표사가 조장으로 임명된 곳이었다. 환장할 노릇이었다.

천하제일의 표국인 중원표국에서도, 내놓고 쓰는 대표두도 아니고 숨겨둔 한 수인 비밀 무사 다섯 명 중 하나인 그였다. 중원표국을 뒤에서 지키는 힘이라는 자부심이 대단한 그였다. 그의 일은 보수가 많더라도 자부심이 없으면 할 수 없는 일이기도 했다. 그런데 일개 중형 표국, 그것도 막 확장된 중형 표국에 이름만 좋은 소표두로, 조장도 아니고 일개 표사의 부하인 부조장으로 배치되었다.

'일단 조장이라는 놈부터 길들여야겠다. 남들 앞에서 좀 뭉개주면 되겠지.'

어쨌든, 임무는 수행해야 했다. 자신이 다른 고수들에게서 은근히 부러움을 받고 질시당하고 있다는 것은 모르고 있었다.

석민이 조장에 뽑힌 것은 표국 무력 순위 공식 이위를 인정받아서였다. 그는 이미 무림명까지 가지고 있는 유명인이었다. 무림의 소문은 다 공갈이라는 것을 표국 내의 기존 표사 모두에게 뼈저리게 느끼게 해준 존재이기도 했다. 하지만 실제 실력도 대표두들 다음 가는 수준은 되었다.

민택이 뽑힌 것은 빽 덕분이었다. 그는 표국에 들어와서 특별히 실력을 보여준 적도 없었으므로 일반 표사로 취급받고 있었다. 십여 년 전에 칠성표국에서 근무한 경력이 있다고 하지만 더 오래 장기 근속한 표사도 있었다.

최근 몇 달 동안에 하가장의 계략을 깨고 당문의 사람을 죽이는 공을 세우기도 했다. 하지만 그 덕분에 칠성표국이 당문에게 멸망당할 뻔한 위기에 처하기도 했다. 세상만사 새옹지마인지라 그 일 덕분에 다행히 표국의 명성은 더 높아졌다. 하지만 당태호를 죽임으로써 표국을 위기에 몰아넣었던 점이 문제가 되어 공과 과가 상쇄되는 것으로 결론이 났다.

즉, 칠성표국의 입장에서 볼 때 그는 평범한 표사일 뿐이었다. 그럼에도 불구하고 그가 조장 자리를 찬 건, 표물을 지키기 위해 싸우다 순직한 전임 대표두의 아들에 대한 보상이라는 것이 명분이었고, 표국의 전권을 쥐고 있는—국주가 고집을 부리면 가끔 양보하기는 하지만—총표두가 은근히 총애한다는 것이 실제 이유였다.

나머지 하나의 조장 자리는, 표사 중 가장 오래 근무했던 사람에게 돌아갔다. 장기 근속에 대한 보상이었다.

칠성표국 잠입 작전에 투입된 고수들 중 정의문의 암룡대와 녹림맹의 정보대에서 파견된 열 명은, 이곳에 누가 있는지 잘 알고 있었다. 만에 하나의 위험성을 대비해서 그들 모두는 광룡과 마주친 적이 없는지를 확인하고 나서 선발되었다. 그 두 조직의 열 명의 고수들에게 있

어서 가장 중요한 임무, 즉 칠성표국에 잠입한 직접적인 이유는 광룡이
이곳에 있는 이유를 알기 위해서였다. 그 일은 열 명의 고수들의 임무
의 핵심이었다. 그리고 그런 정보를 얻기 위해서는 광룡의 근처에 있
을수록 유리했다.

그 정보는 조직의 이익을 위해서 필요했다.

광룡의 밑에 직계 부하, 그것도 조장과 부조장의 관계로 신분을 숨
기고 있으면 그에게 얻어 배우는 것이 있을지도 몰랐다. 고수의 지도
란 쉽게 얻기 힘든 것으로, 특히 광룡의 지도란 것은 돈을 주고 살 수
없는 것이었다.

광룡은 무림 출도 후 한 초식의 도법과 한 초식의 보법만을 사용하
면서도 그 대단한 명성을 떨치는 사람이었다. 그 한 초식이나마 아직
제대로 받아낸 사람이 없었다.

그리고 광룡은 사 년 전에는 떨거지들의 모임이자 소모품에 불과하
던 전룡대를 지금의 불패무적의 전설을 이룬 중원 제일 전투 부대로
만든 사람이었다.

광룡을 인정하지 않는 젊은 무사들이나 일부 자존심 강한 고수들은
그런 것을 모두 헛소문이라 취급하며 나름대로 여러 이유를 대서 합리
화시켰다. 정파 쪽일수록 그런 사람이 많았다.

자주 등장하는 논리로는 광룡의 상대 중에 정말 무림을 진동시키던
고수는 없었다거나, 전룡대의 막강한 힘 덕분에 그 대장인 광룡의 이름
값이 올라간 것뿐이라는 이야기 등이 있었다. 전룡대의 힘은 사실 정
의문이 강해서 그리 세 보이는 것일 뿐이라는 이야기들이 있었다.

광룡을 인정하기 싫어하는 사람들은 그 이야기들에 수긍하고, 그것
으로 만족했다. 그들 입장에서는 광룡 자체는 사실 그리 대단하지 않

다고 설명할 수 있어야 좋았다. 광룡이 정의문에 들어간 것은 이십육 세 때였다. 광룡이 별 볼일이 없어야, 젊은 나이에 그렇게 대단한 경지를 이룬 자가 있다는 사실에 대한 열등감이나 좌절감에서 벗어날 수 있었다.

하지만 사파 쪽으로 간다면 이야기가 틀려졌다. 그곳에는 실제로 정의문과 붙어본 사람들이 널려 있었고, 전룡대와 광룡의 공포를 뼈저리게 느껴본 사람도 많았다. 더군다나 광룡이 약했다면 광룡과 전룡대에게 깨진 자신들 역시 창피해진다는 점 때문에, 그들은 다른 사람들에게 진실을 이야기해 주어야 했다. 진실만으로도 광룡은 무서웠고 전룡대는 충분히 강했다.

따라서 정의문의 암룡대는 물론이고 녹림맹의 정보대 고수들이 광룡이 얼마나 대단한 사람인지를 모를 수는 없었다. 그들이 보기에 그런 광룡에게서 반 초식이나 반의 반 초식이라도 얻어 배울 수 있다면 그게 바로 기연이었다. 광룡의 바로 아래 부하가 됐다는 것만으로도 십대 조상에게까지 감사해야 하는 행운이었다.

그 기연은 자신의 이익을 위해서 필요했다.

그래서 남궁재호는 부러움과 질시를 동시에 받았다.

단검수에게서 민택이 퇴근한다는 기별을 받자 화려한 비단 치마에 꽃단장하고 기다리던 미진이 골목길 앞까지 쪼르르 달려나갔다. 마음을 잡을 때까지는 뭐든지 할 수 있다고 다짐했다. 일단 휘어잡게 되면 그때 지금의 고생에 대한 보답을 해주리라 다짐하면서 얼굴 가득 환한 미소를 지었다.

"어서 오세요, 대인. 소녀가 승진을 축하드립니다."

그녀는 치마에 흙이 묻는 것을 신경 쓰지 않았다. 감동하라고 일부러 비단 치마를 골랐다. 길에서 주저앉으며 대례를 올렸다. 민택에게 이 아가씨의 행동 하나하나는 부담이 되었지만 그렇다고 매정하게 대할 수도 없었다.

"얼씨구. 꼴값을 떨어요."

그 모습을 보고 뒤에서 지영이 한마디 했다. 그녀는 민택의 주위에 계속 엉겨붙어 있을 수 있으면 충분했으므로 저런 짓까지 할 필요는 없었다. 그리고 미진이 저렇게 한다고 해서 될 일이 아니라고 확신하고 있었다. 하지만 미진이 자신을 쫓아내 달라는 부탁을 민택에게 하고, 그가 그 말을 들어줄 만큼 가까워지는 일이 벌어지는 것은 경계하고 방해해야 했다. 그리고 화통한 무인이던 그녀가 제대로 된 내숭을 떠는 것을 보니 한마디로 기가 찼다.

미진이 고개를 숙인 채로 민택이 모르게 뒤를 한 번 째려봤다. 요사이 코웃음 칠 일이 늘어나는 지영이었다.

鏢師

第十三章

확장된 표국의 업무 방향 및 표물 의뢰들 중 어떤 것들을 맡을 것이냐에 대한 것 등을 결정하기 위해 대표두급 이상 간부들은 따로 회의 중이었다. 그때 구십 명의 소표두 이하 표사 전원은 서로의 손발을 맞추기 위해서 훈련을 받았다. 넓은 연무장에 모여 각 소표두들의 책임 하에 훈련을 하고 있었다. 집단전이 잦은 표국의 특성상 평소에 호흡을 맞춰두어야 실전에서 힘을 쓸 수 있었다.

남궁재호는 대표두 이상의 간부급이 없는 시간을 조장 길들이기의 적기로 잡았다. 많은 사람 앞에서 확실히 밟아줘서 다시 재기하지 못하고 한 마리 무능력자로 몰락하게 만들려고 했다. 표국은 그의 생활 기반일 테니, 여기서 망가지면 다시 일어설 수 없으리라 여겼다. 그 다음부터는 자신의 조는 자기 마음대로였다. 그래서 훈련 도중에 앞으로 나섰다.

"아이들 전쟁 놀이도 아니고, 이게 무슨 짓이야? 어이, 한 조장님. 내 자랑은 아니지만 말야, 나 같은 고수가 이런 걸 하는 게 어울린다고 생각해?"

그의 검이 공기를 찢으며 한 번 휘둘러졌다. 칼바람이 민택의 옷깃을 흔들었다.

"조장님 같은 하수는 잘 모르겠지만 말야, 나 같은 고수에게는 고수에 맞는 방법이 있는 거야. 이런 잡짓은 어울리지 않는다고. 알았냐? 조장님아?"

한 걸음을 앞으로 나서며 검을 쭉 뻗었다. 검끝이 민택의 얼굴 앞에서 멈췄다.

'어라? 이러면 안 되는데.'

민택의 안색이 변하면서 뒤로 주저앉거나, 최소한 놀라며 물러서기를 기대하고 한 행동이었다. 미동도 하지 않고 서 있어서는 안 되는 일이었다. 일개 표사가 이만한 배짱이라니 이건 말이 안 된다고 생각했다. 그렇다고 그냥 찌를 수도 없었다. 그때 상황이 묘해지는 것을 본 그의 동료 하나가 바람을 잡아주었다.

"어이, 한번 붙어봐. 칼날에 목숨을 걸고 사는 우리 인생에서, 조장이 조원보다 약하다는 건 말이 안 된다고. 능력있는 조장을 만나야 조원들이 오래 살지."

"그래, 그래, 싸워라!"

중원표국 출신 소표두 조장 두 명과 부조장 두 명이 싸움을 붙이기 위해서 분위기를 띄웠다. 소표두 하나가 다른 소표두들을 끌어들이려 했다.

"다른 소표두 분들도 그렇게 생각하지 않소?"

그 말에 호응하는 소표두가 있을 리가 없었다. 석민은 내심 이 상황을 반겼다. 그는 지영과의 관계나 평소의 태도 때문에 민택을 달가워하지 않아왔다. 말리고 싶지도 않았다. 하지만 내놓고 찬성할 순 없었다. 같이 한솥밥 먹던 처지였다. 아무리 그라도 다른 스물여덟 명의 기존 표사들의 눈치가 보였다. 그냥 가만히 있어주기로 했다. 그것만으로도 충분해 보였다.

다른 칠성표국 출신 조장인 소표두는 당연히 반기지 않았다. 민택의 다음은 자신의 부조장이 설칠지도 모르는데 찬성할 리 없었다.

정의문 출신이나 녹림맹 출신 고수들이 호응해 줄 리는 더 더욱 없었다. 그들은 감히 일개 고수 주재에 광룡에게 시비를 거는 놈을 볼 날이 올 줄은 몰랐다. 광룡 밑에 배속되는 행운을 차지하고서도 행복한 줄 모르고 저따위 짓을 하다니, 조상 십대가 공덕을 쌓아서 마련해 준 기연을 발로 걷어차 버리는 짓이었다. 그들의 눈에는 용의 아가리 앞에서 춤을 추는 원숭이 한 마리가 보였다.

그리고 중원표국 고수들과는 달리 정보대는 정보를 얻고 분석하는 일을 하는 조직이었다. 암룡대 역시 그 특성상 첩보에 민감하고 작은 정보만을 가지고 다음 행동을 결정해야 하는 일이 많은 조직이었다. 이 정도 상황을 보여주면 거기서 해답을 찾아내는 것은 그들의 직업이었다.

하는 행동을 보니 저들 다섯이 한통속인 것은 쉽게 알 수 있었다. 자신들도 다섯이 왔는데, 다른 곳에서도 다섯이 못 올 이유가 없었다. 저런 어설픈 연극은 비웃음받아 마땅했다. 칠성표국의 배후에서 표국 역량 강화를 위해 투입시킨 고수들인 줄 알았는데 감히 광룡에게 대드는 것을 보니 적어도 저 다섯은 그런 건 아닌 것 같았다.

그래서 의문이 들었다. 서로가 잘 모르는 사이인 듯 행동했으니 목적을 가지고 들어온 자들이었다. 고수를 다섯이나 보냈으니 어떤 큰 문파나 조직에서 보냈을 것이다. 그런데 광룡의 존재를 모르면서도 고수들을 투입했다. 결국 이들은 광룡 이외에 자신들이 모르는 칠성표국의 어떤 비밀을 조사하기 위해서 왔다. 그 정도까지가 이 바닥에서 일하는 사람으로서 예측할 수 있는 한계였다. 어떻게 치신해야 할지는 동료들과 은밀히 만나 의논할 필요가 있었다.

호응은 없었지만 싸움을 하는 분위기는 만들어졌다. 남궁재호는 그것으로 만족했다. 검은 검집에 집어넣었다. 검으로 찌를 수는 없었다. 검에 맞으면 살이 잘리고 피가 쏟아진다. 부상이 크면 사태가 커진다. 들어오자마자 그런 큰 문제를 일으키면 쫓겨날 수 있었다. 그러면 정보를 얻을 수 없었다. 주먹으로 적당히 다져 주어야 했다.

"맨손으로 상대해 줄 테니까, 조장님은 검으로 막아봐라. 어디, 몇 초나 버티는지 볼까?"

무공으로 권법을 익힌 사람은 그 손발이 무기였다. 전공은 검술이기는 했지만 명색이 고수인데 권법을 익힌 것이 없을 리가 없었다. 일개 표사가 검을 들었다고 해서 그의 권과 각을 막을 수는 없었다. 겨우 칼한 자루만큼 손해를 봤다고 해서 그가 표사 따위에게 진다면 고수 소리를 들을 수 없었다. 자신은 중원표국에서 고르고 고른 인재였다.

일단 앞으로 전진하면서 평범해 보이는 주먹지르기를 골랐다. 허초였다. 공력을 담기는커녕 다음 동작을 위해 슬쩍 뻗는 주먹이었다. 상대가 검을 휘둘러 막으려 든다면, 그 지르기를 풀면서 검의 궤적 안쪽으로 들어가서 완맥을 잡으려고 했다. 그렇게 검을 빼앗고, 확실하게 밟아주면 끝이었다.

민택은 조금 곤란한 입장이었다. 보는 눈도 많고 고수도 많은데 함부로 무공을 드러낼 수 없었다. 찾아온 놈들 중에 정말 표국에 지원한 놈이 있을지도 몰랐다. 게다가 이놈도 자신의 존재를 모르는 놈이었다. 알면 이따위로 덤빌 리가 없었다. 그러니 눈치 채지 못하게 자연스럽게 해결해야 했다. 고수 소리 듣는 놈을 상대로 그렇게 하는 건 꽤나 귀찮은 일이었다. 공격이 허초인 것을 빤히 알기에 일단 한 대는 맞아주었다.

'허초에도 맞아? 뭐, 이따위 하수가 있어?'

맞으라고 뻗은 손이 아닌데도 맞았다. 남궁재호는 역시 하수에게는 그에 어울리는 걸 써야 했는데 너무 높은 수법을 썼다고 생각했다. 발을 들어 공력을 싣고 대뜸 걷어차려고 했다. 하지만 그러려고 하니 아무렇게나 휘두른 것 같은 하수의 검이 그의 발이 목표한 쪽으로 날을 세웠다. 뻗던 발을 다시 당겨 내리며 한 걸음 다가갔다. 내뻗으려는 공력이 담긴 발이라 바닥이 푹 파였다. 그러면서 얼굴을 노리고 주먹을 뻗으려고 했는데 하수가 한 걸음 뒷걸음질을 쳤다.

'겁먹었군.'

거리가 벌어졌으니 간격을 줄여야 한다. 다시 한 걸음 앞으로 나갔다. 왼발에 내뻗으려는 공력을 싣고 무겁게 중보로 디뎠으니, 오른발을 가볍게 가기에는 진기의 흐름이 불편했다. 그는 공력을 무겁게 뻗으려는 중보와 가볍게 치고 나가려는 경보의 전환이 자유로울 만큼 기의 수발이 능숙한 고수는 아니었다. 어차피 하수 상대이니 계속 중보로 가기로 했다. 중보는 위력이 강한 만큼 조금 느렸다.

중원표국 출신 고수들은 고개를 끄덕거렸다. 그들이 보기에는 가지고 놀고 있는 것으로 보였다. 그들의 눈에 저 소표두는 정신없이 물러날 뿐이었다. 남궁재호가 하수를 상대로 바닥이 푹푹 파여 나가도록 중보를 쓰는 것을 보고 다른 표사들에게도 확실한 인식을 심어주려는 생각으로 그러는 줄 알았다.

열 명의 고수는 숨을 죽이고 그 싸움을 집중해서 보았다. 그들의 눈에도 민택이 일방적으로 밀리는 것으로 보였다. 하지만 그럴 리가 없었다. 차라리 하룻강아지가 호랑이를 잡아먹었다는 말을 믿지, 저걸 보는 그대로 믿을 수는 없었다.

눈이 항상 진실만을 보여주는 것은 아니었다. 그래서 저 모습을 일종의 지도 대련이라고 인식했다. 상대의 움직임을 자신의 의도대로 조절하여 깨우침을 주는, 실력 차가 아주 큰 고수와 하수 사이에서나 이루어지는 것이 지도 대련이었다. 그것도 자신들 수준의 고수들이 눈치채지 못할 정도로 절묘하게 이루어지는 대련이었다. 안목이 낮아 구분하지 못할 뿐, 저 한 수 한 수에 담긴 의미는 지대하리라. 남궁재호가 더 부러워졌다.

물론, 남궁재호는 아무것도 몰랐다. 처음 한 수 이외에는 마땅히 공격도 못했다. 두 번째로 오른발이 중보로 떨어지는 시점에서 상대가 약간 그의 오른쪽으로 한 발 더 물러섰다. 다리가 다소 꼬이는 자세를 극복하고 중보로 쫓으려 하니 왼쪽 다리에 그전 걸음보다 내공이 조금 더 들어갔다.

그런 식의 동작이 몇 번 더 이어졌다. 묘하게 연이어 중보를 써야 하는 상황이 계속되었다. 그래서 화가 났다. 동료들은 그가 민택을 가지고 논다고 생각하지만, 그는 그들이 그렇게 생각하는 걸 몰랐다. 하수를 상대로 쫓아다니기만 하고 손 한 번 못 써보자 동료들이 비웃을지도 모른다는 생각이 들었다. 더 도망치지 못하게 빨리 쫓아가서 패주고 싶었다. 그래서 중보에서 경보로 전환을 했다. 경보는 걸음이 가볍고 속도가 빨랐다. 물론, 기의 운용과 다리의 동작은 걸음이 무겁고 속도가 느린 대신 힘이 있는 중보와 완전히 틀렸다.

몇 수의 걸음 동안 중보의 묘리로 다리에 공력을 싣고 움직인 덕분에, 몸이 기를 무겁게 운용하는 것에 익숙해져 버렸다. 양다리에 내공을 조금씩 더 싣는 상황은 그 익숙해짐을 더욱 가속화시켰다. 그렇게 몇 보를 연이어 움직이자 그 동작마저 익숙해져 버렸다.

그 상황에서 경보의 묘리로 갑자기 전환하는 것은 고수에게도 쉬운 것은 아니었다. 기의 수발이 그 정도로 자유로우면 일반 고수 수준은 넘어선다고 볼 수 있었다. 암룡대장이 표사 채용 시험에서 보인 보법에 총표두 강대영이 감탄한 것이 바로 그 점이었다.

그리고 중원표국의 남궁재호는 무림 유명 문파인 정의문의 비밀 전투 부대장인 암룡대장보다 그 무공 수위가 좀 낮았다. 그의 몇 번의 중보는 민택의 적절한 대응 동작에 의해서 완벽하게 들어갔고, 화가 난 상태에서의 경보로의 급격한 전환은 흐름을 타버린 기를 완전히 제어하지는 못하게 했다. 결국 양다리의 진기가 갈라져서 운용되어 버렸다. 통제를 할 수 없었다. 순간적으로 발이 어지러워졌다. 뜨거운 것이 치고 올라왔다.

"웩!"

결국 피를 토하고 말았다. 놀란 그의 동료들이 재빨리 달려와 싸움을 막고, 급히 운기조식에 들어서는 남궁재호의 호법을 섰다. 하수를 상대하다가 진기 하나 제대로 못 다루고 내상을 입은 동료가 한심했지만 그래도 동료였다.

열 명의 고수는 경악을 했다. 광룡이 고수임을 알고 있었지만 저건 알고 있는 이야기와 또 틀렸다. 그 명성대로 한입에 저 원숭이를 잡아먹는 것이 차라리 합리적이었다. 그런데 원숭이에게 쫓겨 이리저리 몇 번 비틀댔을 뿐인데, 쫓아간 쪽이 내상을 입었다.

눈으로 본 건 분명히 쫓겨다니는 모습이었는데 그것만으로도 공격한 놈에게 내상을 입혔다. 그들 머리로 당장 이해할 수 없는 수준의 수법으로 재호를 가지고 논 것이었다. 은밀히 모여 논의할 일이 한 가지 늘었다. 모두들 오늘 광룡의 움직임을 잊어먹지 않도록 머릿속에 단단히 기억해 두었다. 잘 연구해 보면 배울 게 있을지 몰랐다. 모두 그 행운에 감사했다.

민택은 남궁재호의 행동에 어설프게 동조하고, 호법까지 서는 모습을 보고 그들 다섯은 동료임을 알았다. 그건 그의 신분을 모르면서 칠성표국에 침입한 고수가 다섯이란 뜻이었다. 그렇다면 그들이 어디에서 왔는지 짐작이 갔다. 다섯은 중원표국 출신임을 알아냈다. 나머지는 어디서 왔느냐, 몇 명이나 그에게 목적이 있어서 온 놈들이냐가 남은 문제였다. 일부는 칠성표국의 명성에 끌려서 찾아온 것일 수도 있으니 모두 족칠 수는 없었다.

어쨌든 지난번에 놓아준 자들이 제 발로 다시 찾아왔다. 나머지도 어디서 왔는지를 알아내야 했다. 왜 왔는지도 알아내야 했다.

아쉬웠다. 지금의 고수들이 온전하게 칠성표국의 것이 된다면, 그 정도만으로도 그에 대한 소문이 은밀히 조금 퍼지는 것 정도는 감당할 수 있다는 점이 아쉬웠다. 어쨌든 그들이 위장을 해서 다가온 이유가 그에게 악의가 있어서라면, 보답을 해줘야 했다.

그의 무림명에 '광' 자가 들어가게 된 이유가 자신이 죽인 시체들의 품을 뒤진 것 하나만은 아니었다.

그들 각자가 무슨 목적을 가지고 채용 대회에 참가했든지 간에, 일단 표사로 채용되었으면 표행에 나서야 했다. 표국은 표행을 해야 먹고살 수 있었다. 즉, 상인들이 대량의 화물을 운송할 때, 상인들과 화물 모두를 도적 떼에게서 지켜내야 돈이 생겼다. 요사이 명성이 늘어 기부금 형식의 대가없는 돈도 가끔 들어왔지만, 표행을 하지 않고는 이 많은 인원수를 먹여 살릴 수가 없었다.

그래서 열다섯의 신입 고수들도 표행에 투입되었다. 그 세 조직의 고수들은 일을 쉽게 생각했었다. 자기네 조직에서 이 임무에 다섯 명씩이나 투입했다. 표행 중인 사람은 주변 표사들에게, 표행이 끝난 사람은 표국 자체에서 쉽게 정보를 얻을 수 있을 거라고 기대했다. 그래서 이 임무가 오래 걸릴 거라는 걱정 따위는 병아리 눈곱만큼도 하지 않았다.

총표두 강대영은 표사 채용 대회 이후의 첫 표행에는 한 조를 제외한 모든 조를 동원했다. 칠성표국의 고수들 중 표행에 나가지 않아도 되는 사람은 총표두와 표국 경비를 맡은 조의 고수 하나뿐이었다. 강대영은, 그의 나이 오십이 넘어서야 그가 직접 힘든 표행을 하지 않아도 될 만큼 표국의 규모를 키우는 데 성공했다. 이제 다소 여유로운 시간을 즐기면서 지내고 싶었다.

그게 아니더라도, 누군가 책임질 수 있는 사람이 표국에 남아서 표물 의뢰를 받아야 했다. 표국의 규모가 커졌기 때문에 더 많은 의뢰를 처리할 수 있었고, 따라서 표국 안에서 그 업무를 담당할 사람이 꼭 필요했다. 하지만 그런 중요한 일을 국주에게 맡겼다가는 중원 횡단 표물처럼 표국의 운명을 걸어야 하는 건수라도 함부로 계약할지 몰랐다.

모든 건 그가 짊어질 수밖에 없었다.

표사의 능력은 무공 수위로 판단되는 경우가 많았다. 보통 무공이 높은 표사가 유능한 표사로 인정받았다. 상황 판단 능력이 높거나 경험이 많은 것도 능력으로 평가되었다. 하지만 그런 것은 객관적으로 순위를 잡기가 곤란했다. 반면에 표행에서 가장 중요한 무공 수위는, 쉽게 판단할 수 있었다. 고수와 하수의 차이는 칼 몇 번만 휘둘러 봐도 알 수 있었다. 그래서 고수가 하나씩밖에 포함되지 않았다고 총표두가 철석같이 믿고 있는 세 조의 능력이 최하위로 평가받고 있었다. 그 세 조에는 채용 대회에서 가장 점수가 낮은 세 고수가 배당되었다.

표국 개편 후 첫 표행에서, 돈이 되는 큰일들은 여섯 개 조를 나눠 투입하고, 상대적으로 작은 의뢰에 하위 두 조를 투입했다. 하위 한 조는 표국 경비를 담당시켰다. 큰 의뢰들이라고 해도 표물의 액수가 큰 것이었지 장거리 의뢰는 아니었다. 작은 의뢰의 경우는 소규모 표국 시절의 단골이라 그때 먹여 살려준 신세를 생각해서 차마 거절하지 못한 것이었다.

총표두는 몰랐지만 표행에 나가는 여덟 개 조에는 녹림맹의 고수들이 다섯이나 포함되어 있었다. 하지만 녹림맹의 고수들은 산적을 만났을 때 동업자라고 봐주거나 하지는 않았다.

그들은 녹림맹이 그들에게 연락도 없이 칠성표국을 건드릴 리가 없다고 믿었다. 더군다나 산동에는 녹림맹 산동 지국이 없었다. 광룡이 지워 버린 지 오래 지나지도 않았다. 따라서 덤벼드는 것은 이 바닥의 물을 흐리는 피라미들이었다. 잡산적들은 생각에 따라서는 경쟁자들이었지 그들이 동료로 생각하는 존재들이 아니었다. 오히려 감히 덤비는 잡놈들이 있다면 화풀이 대상으로 삼겠다고 벼르고 있었다.

민택의 조와 석민의 조를 이끄는 것은 안상진 대표두였다. 그들의 운송물은 네 개의 수레뿐이었지만, 그 값어치가 제법 되는 물건들이었다. 곡부 지역의 부자가 제남 땅에 사는 전직 고관에게 딸을 시집보내면서 따로 딸려 보내는 지참금 형식의 비싼 선물들이 가득 들어 있었다. 그래서 표국의 보호가 필요했다.

곡부나 제남이나 모두 산동 땅에 있는 곳이라 짧은 거리였으므로 오래 걸리지 않는 표행이었다. 하지만, 물주는 보내는 물자들이 고가품이고, 또 딸의 혼수품이라 안전한 보호를 원했다. 그래서 비싼 돈을 주고 유명한 칠성표국을 고용했다. 총표두 역시 그동안의 안면도 있고, 짧은 기간에 수입이 괜찮은 경우이기도 해서 흔쾌히 수용했다. 그리고 운송 물품의 가격대와 그들이 받은 돈, 거기에 더해서 소규모 표국 시절에 표물을 자주 맡겨주었던 친분 등을 감안하여 대표두 하나와 두 개 조를 붙여주었다.

어차피 인원이 충분했기에 취해진 조치였다. 두 개 조 이십 명 중에는 고수도 둘이나 포함되어 있었고 새로 채용한 표사들의 실력도 녹록치 않았다. 어지간한 도적 떼를 만나도 손쉽게 지켜낼 수 있을 거라고 생각했다.

표행을 출발하고 나서 민택은 그의 조의 부조장을 열심히 구박했다. 남들이 보기에는 틀림없이 얼마 전 훈련장에서의 도전에 대한 보복이었다. 주변에서 보기에 좀 심한 것 아니냐 하는 생각이 들도록 심하게 갈궜다.

첫째 날 밤 노숙을 하게 되자 남궁재호가 민택을 조용히 불러냈다.

야영지에서 제법 멀리 떨어진 곳으로 오고서야 남궁재호가 입을 열었다.

"조장님아, 너 호랑이 간이라도 삶아 먹었냐? 뭐 믿고 이러냐? 그때
는 내 몸이 조금 안 좋았거든? 근데 그걸 보고 니가 무슨 생각을 하는
지 도대체 모르겠다. 운 좋게 살아남았으면 알아서 기어도 부족할 판
에 이런 식으로 나오냐? 니 머릿속을 좀 열어보고 싶어. 아, 다시 생각
하니까 열받네. 그날은 내가 쪽이 좀 많이 팔렸지. 나도 남자니까 사람
들 앞에서 한 번 더 하기는 좀 그래. 그런데, 그냥 잊고 넘어갈 수는 없
거든?"

말은 편하게 하지만 재호는 절대로 잊을 수가 없었다. 그는 동료들
에게 면박과 압박과 구박의 삼박을 당했다. 하수와 상대해서 내상을
입었다는 건 정말 고수 체면에 얼굴을 들 수 있는 일이 아니었다. 이제
와서 민택을 패준다고 해서 땅바닥에 떨어진 체면이 회복되지는 않겠
지만, 그래도 원인이 된 놈을 두들기면 화풀이는 될 수 있었다. 오늘
밤이 새도록 때려서 울분을 풀고 싶었다. 어차피 자신의 말을 잘 듣게
길들이기도 해야 했다. 마음 약해지지 말고 열심히 때리자고 다짐을
했다.

"일단 좀 맞고 말을 하자."

재호가 손가락을 꺾으며 말했다.

가만히 보다가 한 걸음 쓱 다가가서 다리를 걸어 자빠뜨렸다. 엇 하
는 사이에 넘어졌다. 피할 틈도 없었다. 그리고 타작을 시작했다.

재호는 정말 열심히 맞았다. 참 많이도 맞았다. 그리고 정말 아프게
맞았다.

때린 데 또 때리는 건 기본, 아픈 곳만 골라 때리고, 그만 때리려는
척하다가 다시 때리고, 돌아서다 다시 때리고, 손 잡아서 일으켜 주다
때리고, 사과하다 때리고, 땀 닦다가 때리고, 흙 털어주다가 때리고, 쓰

러지려고 하면 때려서 세우고, 기절하려고 하면 때려서 깨웠다. 얼굴만 빼고 열심히 때렸다.

'때려죽일려나 보다.'

그 생각 이외에 아무 생각도 들지 않았다.

한바탕 매 타작이 끝나고 나니, 눈물 콧물 안 흘리는 물이 없었다.

민택은 표행이 시작되고 나서 일부러 재호를 자극했다. 아직 정체를 알 수 없는 다른 놈들은 몰라도 중원표국에서 온 어설픈 놈들은 수가 날 것 같았다.

"중원표국에서 그렇게 가르치더냐?"

"허억!"

재호는 온몸이 아파서 뒹굴며 몸을 비비 꼬는 와중에도 몸을 움찔거릴 만큼 놀랐다. 민택이 그가 어디서 왔는지 알고 있었다. 그의 생각에는 절대로 알 수가 없는 일인데 알고 있었다.

"모를 줄 알았느냐? 내가 묻고 싶은 게 좀 있으니 일단 좀 더 맞아라."

놀라서 뭐라 말하려는 것을 무시하고 다시 한 식경쯤 때렸다. 그는 고문 수법 같은 건 몰랐다. 말 안 듣는 놈은 매가 약이다고 생각할 뿐이었다.

재호의 눈이 돌아가기 직전이 되어서야 타작을 멈췄다.

"자, 중원표국에서 왜 우리 칠성표국에 침투해 들어왔는지에 대해서 읊어봐라. 어수룩하게 대답하면 좀 더 맞고 다시 물어보마."

재호는 술술 불었다. 온몸이 자지러지는 고통으로 상황 판단력이 흐려지기도 했고, 더 맞기도 싫었다. 어차피 그들이 중원표국에서 온 것을 알고 있는 이상 나머지는 목숨 걸고 지킬 만한 비밀이 아니었다.

"저는 중원표국의 비밀 고수입니다."

그 와중에서도 자신의 신분에 대한 자부심에 무의식 중에 쓸데없는 정보를 내놓았다. 명예없는 자리는 그 대신에 자부심이라도 좀 있어야 버틸 수 있었다.

"호, 그래서?"

"얼마 전에 표행 중인 칠성표국에 중원표국에서 고수들을 투입한 적이 있습니다. 칠성표국의 전력에 대해서 좀 알아보기 위해서였습니다."

"좀 알아보기로 했다고? 우리 비밀 호위대가 막지 않았으면 알아보기만 했을까? 매가 부족한가 보군."

민택이 안색을 찌푸리며 말하자 재호는 기겁을 했다. 주먹이 날아오기 전에 재빨리 다음 말을 이었다.

"그, 그 때문에 중원표국에서는, 칠성표국이 도대체 어떤 곳인지, 왜 그런 대단한 비밀 호위들을 운용하는지 알아보기로 했습니다. 같은 표국의 명패를 건 곳이 그런 대단한 숨겨둔 힘을 가지고 있으니 그 이유에 민감해지지 않을 수 없었습니다. 그래서 제가 표사로 들어가서 여기가 과연 어떤 곳인지 좀 알아보기로 했습니다. 이게 전부입니다. 정말입니다."

"역시 매가 모자라."

이번에는 일 다경만 팼다. 재호의 성품을 보아하니 더 패지 않아도 충분할 거라는 걸 이미 눈치 챘다. 패는 걸 멈춘 민택이 다시 말했다.

"우리의 명성이 과장된 것이라고 생각한 거라면, 네 한계가 그것뿐이라서 알아보지 못하는 것일 뿐이다. 우리 표국 표사들 중에는, 평범해 보이지만 너보다 고수인 사람들이 섞여 있다. 표사들 중 누가 고수인지를 시험하려고 들지 마라. 대가는 죽음이다. 중원표국 따위에 있다가 우리 표국에서 일하게 된 것을 감사히 여겼어야 했다. 어디서 감히 설치는 거냐. 우리는 말이다, 임무를 위해서는 목숨을 잃더라도 본신의 실력을 드러내지 않는다. 그런데 내가 왜 이렇게 내 실력을 드러내고, 또 너에게 이런 이야기까지 해주는 걸까? 이건 한식구들에게만 해줄 수 있는 이야기였다. 여기는 보는 사람이 없으니 너를 묻어버리면 비밀이 지켜지겠구나."

재호는 민택의 말에 정신이 번쩍 들었다. 살아야 했다. 아내도 있고 딸도 있는 그가 이런 곳에서 죽을 수는 없었다. 중원표국의 비밀 무사 일을 하느라고 그의 아내와 어린 딸은 그를 표국의 일반 일꾼으로 알고 있었다. 돈을 빼돌리는 비리 일꾼이라 가져오는 수입이 짭짤하다고만 알고 있었다. 그렇게만 알려지고 죽고 싶지는 않았다. 그리고 그게 아니라도 당연히 죽기가 싫었다. 살고 싶었다. 그는 제 목숨 소중한 것을 너무 잘 아는 사람이었다. 엎드려 빌었다.

"소표두님, 조장님. 제가 잠시 돌았나 봅니다. 살려주십시오. 저도 이제 칠성표국 사람입니다. 한번 칠성표국에 들어온 몸. 표국이 하는 일은 지옥에라도 뛰어드는 표사가 되겠습니다. 저 꽤 쓸 만합니다. 싸움도 잘합니다. 일도 잘합니다. 저도 가족이 있습니다. 제가 죽으면 제 아내와 어린 딸은 굶어 죽습니다. 크흑, 저도 이제 한식구입니다. 살려주십시오."

목숨이 왔다 갔다 하니 말이 잘도 나왔다. 목소리에 감정이 절로 배어들었다.

민택이 그런 모습을 보더니 재호의 손을 잡고 일으켜 주었다. 재호는 뜨끔했다. 이 자세로도 많이 맞았었다. 하지만 이번에는 옷에 묻은

흙만 털어줄 뿐이었다. 흙을 털어주는 손이 한번 움직일 때마다 몸이 자동으로 움찔움찔했다.

"네 생각이 그렇다면 더는 말을 하지 않겠다. 하지만 명심해라. 용서는 한 번뿐이다. 배신에 대한 처벌은 너 하나로 끝나지 않는다. 네 가족들의 목숨도 생각해라."

"예. 이 한 목숨, 조장님을 위해 바치겠습니다."

물론 정말 바치고 싶을 리가 없었다. 일단 이 위기를 벗어나기 위해서는 무슨 말이든 해야 했다. 그리고 이 비밀을 중원표국에 보고해야 했다. 이들은 누구인지 모르지만 정말 대단한 비밀 세력이라고 생각됐다. 그걸 알려야 했다. 중원표국이 경계할 수 있도록 해야 했다. 자신이 함부로 움직였다가는 가족의 목숨까지 위험해질지 모르니, 다른 동료들에게 이 소식을 전해 대신 보고하도록 해야 했다.

"아, 그리고."

돌아가던 중 민택이 생각난 듯 돌아서며 말했다. 재호는 또 뜨끔했다. 문득 참 여러 가지 자세로 맞았다는 생각이 들었다.

"너랑 같이 온 놈들에게도 전해라. 한 번의 용서는 네가 다 써버렸으니 깝치지 말라고. 칠성표국이 배신자를 어떻게 처리하는지 확인해도 좋다. 네놈들 목숨도 소중하고 네놈들 가족들의 목숨도 소중한 것 아니겠느냐? 너희들은 이제부터 칠성표국의 표사다."

그 말을 하고는 표국의 노숙지로 걸어가기 시작했다.

그 뒷모습을 보면서 재호의 얼굴이 노래졌다.

'헉. 우리 다섯이 들어온 것을 알고 있다. 이들의 능력은 어디까지지? 설마 총국에까지 첩자를 둔 것일까? 그렇다면 어느 선까지?

알 수 없었다. 그로서는 아무것도 알 수 없었다. 일단은 시키는 대로 말 잘 듣는 부하가 되기로 했다. 동료들에 대해서 미리 불지 않았으니 언제 그걸 핑계 삼아 때려죽이려 들지 모른다고 생각했다. 신뢰를 심어줘야 최소한 목숨이라도 건질 것 같았다. 그리고 이 문제는 동료들과 의논해야 했다.

'언젠가는 정보를 뽑아 달아날 수 있겠지.'

재호는 그래서 당분간은 충성을 바치는 연기를 하기로 했다.

민택은, 일단 그 의도가 빤히 보이는, 그리고 만만해 보이는 중원표국 출신 고수 다섯이라도 건지기로 했다. 고수 다섯이면 아쉬운 대로 표국의 명성을 지킬 만한 힘이라도 될 듯했다. 그 시작 점이 재호였다. 공갈 협박은 개망나니 시절부터 충분히 갈고닦아 온 그의 재능 중 하나였다.

재호는 그 다음날부터 사람이 변한 듯이 움직였다. 아무리 사소한 일을 지시해도 최선을 다해서 수행하고, 시키지 않은 일도 알아서 찾아서 했다. 쉴 때는 조장의 자리를 제일 먼저 마련하고, 음식을 먹을 때는 가장 맛있는 부분을 모아 따로 바쳤다. 강아지처럼 졸졸 따라다니면서 보필을 하는데 다른 표사들이 보기에도 좀 심하다 싶었다. 조장에게 잘 보이려는 아부꾼의 모습이었다. 간을 빼달라고 하면, 조원들의 간을 다 빼서 쌓아놓고 그 위에 자기 것을 얹어놓을 것 같았다. 하지만 재호의 입장에서는 목숨을 확실히 건지기 위해서 필사적으로 하는 일이었다.

총표두나, 하다못해 대표두 같은 간부급에게 그런다면 억지로라도 이해를 해주겠는데, 소표두에게 저리 열심히 매달리는 것은 표사들이 보기에도 별로 안 좋았다. 직책은 조장과 부조장이지만 직위는 둘 다

같은 소표두였다. 게다가 조장은 일개 표사이고, 아부를 하는 부조장
은 고수 표사였다. 표사 아니라도 할 짓이 많은 사람이 저리하는 게 영
거슬렸다.

그래서 대부분의 표사들은 재호를 경멸했다. 재호를 조금씩 피했고,
말을 걸어도 무시하기 일쑤였다. 처음엔 고수라고 우러러보는 마음이
있었으나 자신들과 비슷한 수준의 칠성표국표 소표두에게 쩔쩔매는 것
을 보니 얕잡아보는 마음이 생겼다. 한 명을 제외한 모두가 그랬다.

유일한 예외인 한 명은 녹림맹 출신의 고수로 석민의 조에 배속된
자였다. 어젯밤에 광룡과 재호 둘이서 사라지고는 한참 후에 나타나는
것을 보았다. 그의 임무가 광룡에 관한 정보 수집인데 광룡의 움직임
을 주의하지 않을 리 없었다.

어젯밤 이후부터 저렇게 변했다. 그가 보기에 재호의 모습은 광룡에
대해서 알게 된 후에 어떻게든 잘 보여서 한 수 얻어 배우려는 행동이
었다. 저 정도로 지극 정성을 보인다면 언젠가는 반의 반 초식이라도
얻어 배울 수 있을지도 모르겠다는 생각이 들었다. 부러웠다. 초식을
배우지 못해도 광룡의 지도를 받을 수 있으면 원래 가지고 있는 무공
이 많이 늘어날 거라고 생각했다.

다른 사람도 아니고 광룡의 지도를 받기 위해서 하는 일이라면 그도
충분히 이해할 수 있었다. 그래서 부러웠다. 자신이라면 더 잘할 수 있
을 것 같았다. 자리도 더 편하게 마련해 주고 음식은 훔쳐서라도 더 맛
있는 것을 구해줄 수 있을 것 같았다. 무공만 지도받을 수 있으면 간이
아니라 심장이라도 빼줄 수 있었다.

까짓 거 녹림맹을 배신하고 광룡에게 붙어줄 수도 있었다. 광룡이
지부 하나를 아작내도 함부로 건드리지 않고 조사만 하고 있는 녹림맹

이었다. 배신과 음모, 남의 등쳐 먹기가 일상생활인 도적 놈들이 모인 곳이 녹림맹이었다. 자신 같은 도둑놈 하나가 적에게 넘어갔다고 광룡과 등을 질 리가 없다고 믿었다.

그렇다고 광룡에게 찾아가서 부하로 받아달라고 할 수도 없었다. 천하의 광룡이 뭐가 아쉬워서 자신 같은 도둑놈을 받아줄까 하는 생각 때문이었다. 대신에 기회만 주어진다면 아부꾼이 무엇인지 제대로 보여주고 싶었다. 그런데 기회가 없었다. 그래서 재호를 더 미워했다.

제남 땅에 도착해서 표물을 넘겨주고 나니 느지막한 오후였다. 대표두 안상진은 이제 이번 표행의 반환점까지 왔고 또 실질적인 표행은 끝났다는 것을 감안해서 돈을 좀 풀기로 했다. 그래서 지친 몸들을 제대로 쉬어가게 할 요량으로 크고 좀 호화로운 객점을 잡기로 했다. 이제는 자금의 여유가 꽤나 풍족해진 칠성표국이었다. 하는 일만 간부가 아니라 실질적인 간부 권한을 가지게 된 후의 첫 표행이기도 했다. 그것을 기념해서 표행 내내 돈을 아끼지 않기로 했다. 간부와 일반 표사의 차이 중 하나는, 공금의 사용에 대한 재량권에 있었다.

기존의 표사들은 많아진 보수와 개선된 처우에 만족했다. 새로 들어온 표사들은 고수들과 어울릴 기회가 생긴 것에 만족했다. 새로 들어온 고수들 중에 만족하는 사람은 하나도 없었다. 그들은 모두 부어라 마셔라 하면서 왁자지껄하게 떠들었다.

"'월화(月花)객잔' 이라는 이름의 이곳은 으레 이런 이름을 가진 곳이 그렇듯이 주루와 식사, 숙박을 모두 겸하고 있었다. 밤에는 후원에서 꽃 같은 기생의 접대를 받으며 술을 마실 수 있었다. 그 정도 규모가 되다 보니 요리를 하는 숙수도 많았고, 그래서 꽤나 다양한 수준의 음식과 술안주를 먹을 수 있었다. 가격이 다른 곳보다 조금 비싸기는 하지만 넓은 객잔에서 다양한 음식을 입맛 따라 주문해 먹는다는 장점 때문에 꽤 호황을 누리는 객점이었다.

보통 사람은 술을 하루 일과를 끝낸 후인 밤에 마신다. 하지만 아직 해가 떠 있는 시간의 월화객잔에는 현재 세 가지 부류의 사람들이 술을 마시고 있었다. 술과 너무 친해서 밥을 먹으면서도 술을 마셔야 하는 사람, 임무를 마치고 그것을 축하하기 위해서 술을 마시는 사람, 농땡이 치러 와서 돈 많은 친구 덕을 보면서 술을 마시는 사람의 세 가지가 있었다.

그중 세 번째의 경우인 친구 덕을 보는 사람들은 이 지역 무림문파의 무사들이었다. 뚱뚱한 비단옷의 부자 하나와 날렵한 무사 여섯이 이미 얼굴이 시뻘게진 상태에서도 계속 술을 마시고 있었다.

사람이 술을 마시면 자제력이 약해진다. 술이 조금 들어가면 두려움이 사라지고, 술이 많이 들어가면 자제력이 사라진다. 자제력이 없어지면 말을 자제하지 못해 말이 험해지는 경우부터, 폭력을 자제하지 못해 싸움을 일으키는 사람까지 다양한 군상이 존재한다.

이 동네 무사들의 경우, 이미 대낮부터 오후 늦은 시간까지 마셔대고 있는 중인지라 자제력이라고 하는 것은 일찌감치 사라지고 없었다. 이미 서로 했던 말을 하고 하고 또 하는 상황에 도달해 있었기 때문에 분위기를 좀 전환하고 싶어했다. 그때쯤에 그들의 눈에 띈 것이 우르르 몰려와 시끄럽게 떠들고 있는 한 무리의 표사들이었다.

그들의 숫자는 여섯. 평소라면 무림문파의 일반 무사인 그들 여섯으로 표사 이십을 상대하기는 버거운 편이었다. 하지만 그들은 겁을 팔아먹어 버린 상태. 일 대 일이라면 자신들의 필승이라는 자신감에, 평소에는 우습게 보던 표사들이라 숫자를 무시했다. 그런 것 다 계산하기에는 술이 이미 과했다. 물론 그들도 칠성표국의 명성은 들어서 알고 있었지만, 자부심 강한 무림문파 사람들이 평소에 다른 지방 표국의 복장 같은 것을 외워두고 다닐 리 없었다. 게다가 이곳은 객잔 안이라 표국의 깃발을 세워놓고 있지도 않았다.

그래서 술자리 유흥 삼아, 그리고 부자 도련님 친구에게 술값으로 뭔가를 보여주기 위해서 시비를 걸기로 했다. 그들에게 필요한 것은 안주거리였다.

"야, 거기 표국 놈들. 객잔 니들이 다 전세 냈냐? 대충 처먹었으면 좀 꺼져라."

한 명이 고함을 치자, 왁자지껄하던 객잔이 순식간에 조용해졌다. 객잔의 모든 사람이 그들 여섯을 아는 것은 아니었다. 하지만 모르는 사람들이라고 해도, 여섯 자루의 검이 탁자 위에 올려져 있는 것을 보면 충분히 경계할 만했다.

분위기가 차가워지자 대표두 안상진이 일어서서 무마를 시도했다.

"소협 분들, 저희가 오늘 표행을 무사히 마무리한 기념으로 흥에 겨워 한잔하고 있었소이다. 그러니 조금만 이해를 해주시오."

검은 머리보다 흰머리가 더 많은 그가 젊은 사람들에게 포권을 하면서 좋게 이야기했다.

"소협이라니~ 누가 소협이라는 거야. 엉? 우리는 대협이야~ 대협."

"아, 그러니까 이제 그만 가라고 하잖아. 안 들리냐?"

돌아오는 대답들이 전혀 좋지가 않았다. 표사들의 기분이 나빠졌다. 지금 그들은 일반 무사 여섯 정도는 눈에 차지도 않는 전력이었다. 대표두 안상진도 기분이 좋지는 않았다. 당연히 말이 거칠어졌다.

"허, 젊은이들이 말을 함부로 하는군. 우리가 겨우 취객 여섯을 두려워해서 양보한다고 생각하는 건가?"

그 말을 들은 무사들이 자리를 박차고 일어섰다. 많이 취했지만 명색이 무공을 수련하는 무사. 그 기세가 제법 드셌다.

"뭐야? 소처럼 짐이나 나르는 것들이 미쳤나. 이봐, 늙은이. 한번 해 보자는 거야?"

대표두 안상진은 민택의 아버지의 절친한 친구였으며 어려서부터 그를 귀여워해 주던 아저씨였다. 민택은 간단한 손익 계산을 했다. 지금 지은 죄는 버릇만 고쳐 줘서는 그 값을 치를 수 없었다.

"대표두님, 대표두님이 나설 만한 일이 아닙니다. 야, 재호야."

"옛, 조장님."

남궁재호가 벌떡 일어서며 대답했다.

"너, 싸움 좀 한다고 했지?"

"옛, 그렇습니다."

"쓸모도 있다고 했지?"

"옛, 아주 쓸모가 많습니다."

민택이 무사들을 한 번 쓱 쳐다본 후 안상진을 향해 말했다.

"이번에 새로 들어온 신입 놈 실력 좀 시험해 보겠습니다."

무슨 소리인지 눈치 챈 안상진이 고개를 끄덕였다. 저 고수가 조장인 민택에게 껌뻑 죽는 모습이 이해는 잘 가지 않았지만 며칠 계속 봤더니 이젠 그냥 그러려니 했다.

"하긴, 애들은 싸우면서 크는 거니까. 그렇게 해라."

들으라고 한마디 해주면서 자리에 느긋하게 앉았다. 민택이 다시 재호 쪽을 향해 말했다.

"증명해 봐라."

"예?"

"여섯이다. 피 보지 않는 선에서 확실히 손봐줘라."

재호는 무슨 소린지 그때서야 이해를 했다. 그래서 기뻤다. 그날의 악몽에서 아직 제대로 벗어나지 못했다. 받은 만큼 돌려줘야 벗어날 것 같은데 쳐다보기만 해도 무서운 조장에게 돌려줄 수는 없었다. 최근 들어서 쌓이고 쌓인 화를 풀 데가 없었다.

자신들을 허수아비 취급하는 대화를 듣던 무사들은 정말로 화가 나서 일제히 달려들려고 했다. 그때 재호가 그들을 향해 몸을 돌리면서 양 팔을 한 번 떨쳤다. 소맷깃에서 공기 터지는 소리가 났다. 무사들은 그 소리를 듣자 정신이 확 들었다. 취했어도 명색이 무공을 닦는 무림문파의 무사인지라 그 소리에 들어 있는 힘을 어느 정도는 눈치 챘다.

새 장난감을 받은 아이의 기대에 찬 표정을 짓고 몇 걸음 나서던 재호가 걸음을 멈췄다. 고개를 돌려보았다. 옆에 녹림맹의 고수가 다가왔다.

"운 소표두? 무슨 일이오?"

"나도 싸움 좀 한다."

재호의 눈썹이 꿈틀했다.

"이건 내 밥이야."

"나도 아주 쓸모가 많다."

"아니, 이자가."

둘 사이의 공기가 차가워졌다. 그때 민택이 한마디 했다.

"좀 늦는구나."

그 말이 떨어지기가 무섭게 두 고수가 여섯 취객에게 달려들었다. 하나는 무서워서, 하나는 눈에 들기 위해서였다. 술을 마시지 않았어도 무사 여섯이 고수 하나를 당해내는 건 만만한 일은 아니었다. 더군다나 이렇게 무사들은 만취 상태이고, 고수들은 술 맛만 본 상태에서는 실력의 차이가 압도적으로 벌어졌다. 그들 두 고수는 무사들이 칼을 꺼낼 틈도 주지 않고 두들겨 패기 시작했다.

재호는 여섯 무사를 때리면서도 서운하고 아쉬웠다. 그가 맞은 그 많은 자세로 자기도 때려보고 싶었다. 그래야 한이 풀릴 듯했다. 그런데 옆의 이 운상원이라는 소표두가 그럴 틈을 안 줬다. 잠깐 쉬는 척하면 어느새 끼어들어서 그의 먹잇감을 두들겼고, 쓰러진 놈 잡아 세워주려고 하면 무슨 미친 짓이냐는 듯이 걷어차 버렸다. 운상원은 정말 열심히 성의를 다해서 때렸다. 재호도 자기 몫이 자꾸 줄어드는 걸 보고는 몸 바쳐서 배운 때림의 미학은 잠시 접어두기로 했다. 일단 때리는 데 집중하기로 했다. 그냥 열심히 때렸다.

그 모습을 보던 안상진이 민택에게 물었다.

"네가 생각이 있나 보다 싶어서 따라주기는 했지만 왜 그런 거냐? 그냥 힘으로 눌러도 되는데 말야. 남궁 소표두가 신입인 건 사실이지만 고수잖아?"

"이만한 규모면 제남에서도 꽤나 유명한 객잔일 겁니다. 유명한 객잔에서 일어난 일은 소문이 잘 퍼지는 법입니다. 객잔의 소문이란 건 때론 과장도 잘되는 것입니다. 우리 표국의 신입 표사 하나가 이 지역 무림인 여섯과 싸워서 이겼다고 소문이 나면 표국의 명성이 더 오르지 않겠습니까? 미련한 놈이 붙어서 이 대 육이 됐지만, 그 정도도 나쁘지는 않습니다. 우리가 돌아가고 나서도 이 인근에는 꽤 오랫동안 이 싸움의 소문이 날 겁니다. 소문이 퍼지면 나중에는 제남에서 출발하는 표물을 받을지도 모르지요."

"허, 저놈들 문파에서 보복한다고 나서면 어쩌려고?"

"표사 둘에게 자기네 무사 여섯이 깨졌습니다. 칼을 들고 결투를 한 것도 아니고 일방적으로 맞아서 깨졌는데 그럴 리가 없습니다. 대낮에 여기서 술이나 마시다 맞은 놈들입니다. 문파 내에서 이 이야기가 언급되는 것 자체를 싫어할 겁니다. 아예 쫓겨나라고 피 보지 말라고 한 겁니다."

이야기를 듣던 안상진이 묘한 표정으로 민택을 빤히 쳐다봤다.

"솔직히 말해 봐라. 너, 집 떠나고 나서 뭐 해 먹고 살았냐? 너, 잔머리는 옛날부터 잘 알았지만 지난 세월에 그쪽으로 성취가 꽤 대단했나 보다?"

대답하지 않았다.

"하지만 그래도 조금 심한 것 아니냐? 그 정도 시비로 쫓겨나야 한다니."

대답하지 않았다. 다른 장소, 다른 신분의 상황이었다면 저들의 문주가 문도들을 모조리 끌고 와서 사죄를 해야 했다.

문득, 부하들이 보고 싶어졌다.

〈2권에 계속〉